KB239327

the Mask of *Leon*

가면의 레온

눈매 퓨전 판타지 소설
FUSION FANTASTIC STORY

가면의 레온 8

눈매 퓨전 판타지 소설

초판 1쇄 찍은 날 § 2010년 5월 6일
초판 1쇄 펴낸 날 § 2010년 5월 13일

지은이 § 눈매
펴낸이 § 서경석

편집장 § 문혜영
편집책임 § 주소영
편집 § 서지현 · 이수민

펴낸곳 § 도서출판 청어람
등록번호 § 제1081-1-89호
등록일자 § 1999. 5. 31
어람번호 § 제1-1144호

주소 § 경기도 부천시 원미구 심곡2동 163-2 서경B/D 3F (우) 420-822
전화 § 032-656-4452 팩스 § 032-656-4453
http://www.chungeoram.com
E-mail § chungeoram@chungeoram.com

© 눈매, 2009

ISBN 978-89-251-2172-7 04810
ISBN 978-89-251-1944-1 (세트)

8

[완결]

The Mask of Leon

가면의 레온

눈매 퓨전 판타지 소설
FUSION FANTASTIC STORY

도서출판 청어람

Contents

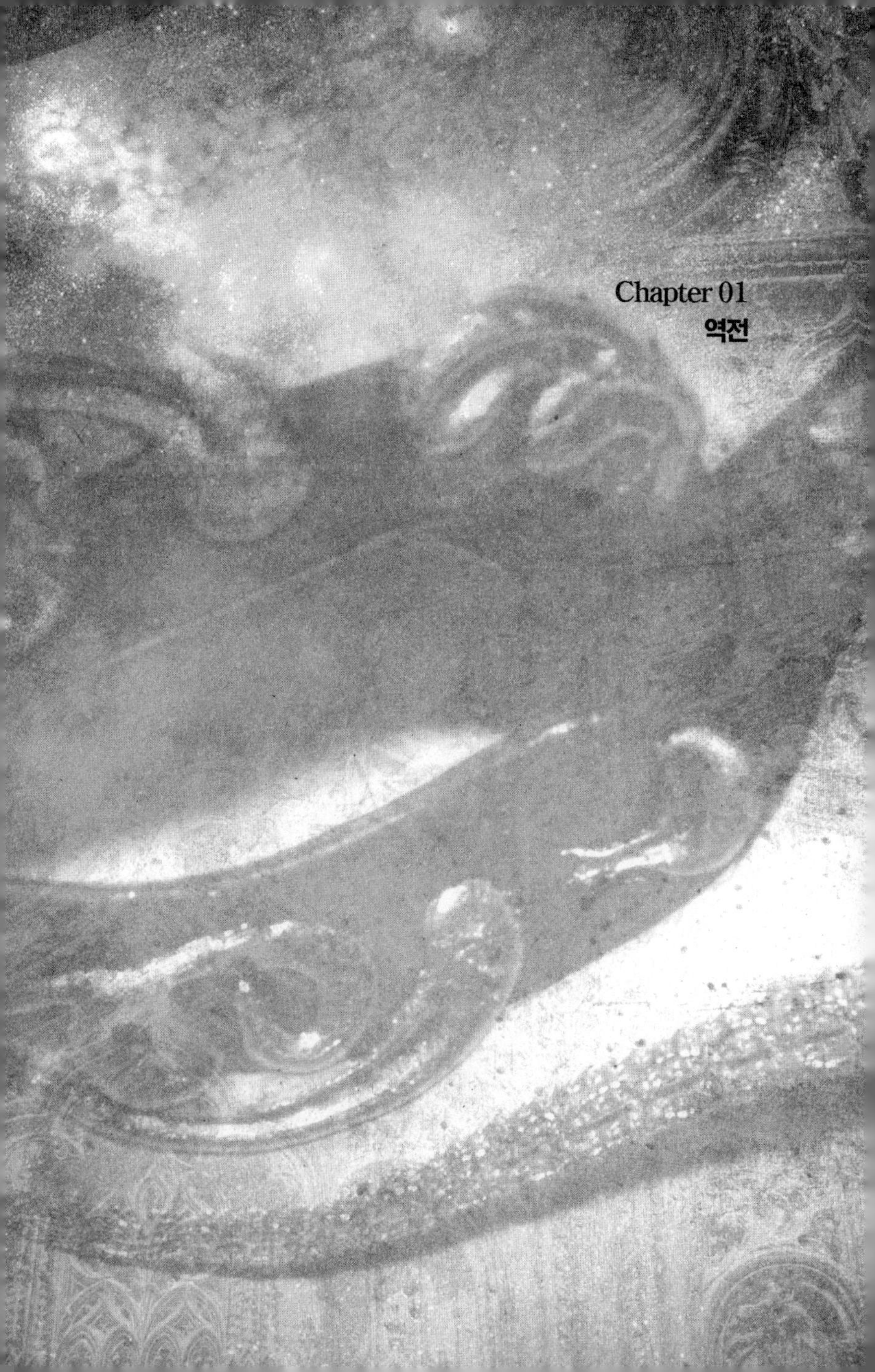
Chapter 01
역전

가면의
레온

사방이 조용했다.

어둠 속에서 날카로운 눈빛만이 번뜩였다.

빈센트는 부서져 나간 창문을 통해 밖을 내려다보았다. 아직은 기척이 없었다.

쿠웅!

천지가 격동할 만큼 시끄러운 진동음이 울렸다.

레온이 싸우고 있는 곳이었다.

도대체 저곳에서 무슨 일이 벌어지고 있는 것일까?

빈센트는 슬쩍 고개를 돌려 레온이 있을 방향을 바라보았다.

하지만 이곳에서 레온은 보이지 않았다.

높은 건물에 가려져서 그 커다란 괴물도 보이지 않았다. 대신 그쪽의 하늘만은 붉은빛으로 물들어 있었다. 지상에서 이글거리며 타오르는 불길 때문이다. 저 붉은 하늘 아래에서도 목숨을 건 사투가 벌어지고 있으리라.

쿠웅!

다시 또 요란한 소리가 울렸다.

한 번씩 땅이 들썩이며 고막을 찢을 듯한 소리가 울릴 때마다 마음이 조여든다.

하지만 좋은 징조다.

저곳에서 소리가 계속 울린다는 것은 아직 레온이 살아 있다는 뜻이었다. 그리고 그 괴물을 상대로 지금까지 살아 있다면 해볼 만한 싸움인 게다.

생각은 거기서 멈췄다.

거리에 인척이 느껴졌다.

곁에 있던 아린이 움찔 움직였지만, 빈센트가 손을 들어 그녀를 제지했다. 나타난 자들은 다름 아닌 3대의 사도들이었다. 대략 십여 명으로 보이는 사도들이 무너진 건물 사이의 길을 빠르게 내달렸다.

아린의 눈빛이 반짝 빛을 뿜었다. 그녀가 손을 슬쩍 들어 보였다. 그러자 맞은편 건물 옥상에서 예기가 번뜩였다. 석궁을 겨눈 1대의 사도들이었다.

잠시 후,

"쿠와아악!"

모퉁이를 돌며 거리로 좀비 떼가 가득 나타났다.

투둥! 투둥!

쒜에엑! 쒜에엑!

화살이 날아가면서 좀비 떼의 머리 위로 쏟아졌다. 바로 코 밑을 지나가는데다가 중력의 영향까지 받으니 석궁의 화살들은 어렵지 않게 좀비들의 머리를 꿰뚫었다. 무수하게 많은 좀비가 우르르 쓰러져 나갔다.

모든 석궁을 발사하고 나서 사도들이 저마다 검을 뽑으며 거리로 뛰어내렸다.

빈센트와 아린도 거리로 뛰어내렸다.

"크아악!"

좀비들이 비명을 내지르며 쓰러져 갔다.

사도들은 거침없이 좀비들을 베고 쓰러뜨려 갔다. 이미 한 번의 실전을 겪었던 그들이었다. 게다가 이렇게 지형이 복잡한 시가전이라면 아무래도 좀비들보다 한 수 우위에서 싸울 수 있었다.

휘황한 오러들이 뿜어져 나왔고, 그때마다 좀비들의 몸에서 피가 튀어 올랐다.

이든은 건물과 건물 사이를 나는 듯이 옮겨 다녔다. 그의 뒤에 바짝 붙어서 쫓는 사람은 마리였다.

"왼쪽!"

마리의 외침에 이든이 지붕 위에 착지하자마자 왼쪽으로 몸을 날렸다. 두 사람은 마치 날다람쥐처럼 건물들을 옮겨가며 신속하게 내달렸다. 멀리서 지면을 울리는 소음이 끊이지 않고 들렸지만 이든은 신경 쓰지 않았다.

마스터라면 잘해내실 거다.

그에겐 무조건적인 믿음이 있었다.

언제나 죽음의 강을 건너온 레온이었다. 그런 레온이라면 분명히 내뱉은 말에 대한 책임을 지고 돌아올 것이다.

지금 자신이 할 일은 최대한 레온을 돕는 것이었다, 그가 온전히 저 발롭에게만 집중할 수 있도록.

"전방이야!"

마리의 외침에 이든이 속도를 급히 줄였다.

츠츠츳.

그의 발이 미끄러지며 마찰음을 내질렀다. 마리도 그의 뒤에 다가와 멈춰 섰다.

두 사람은 건물 끄트머리를 바라보았다.

건물 아래에 좀비의 우두머리가 있을 것이다.

"저 아래에 있는 게 확실한가?"

이든의 물음에 마리가 고개를 끄덕였다.

"저놈만 잡으면 된단 말이지?"

"좀비라지만 인간과 거의 흡사해. 실제로 살아 있는 인간을 그대로 좀비로 만든 것일 뿐이니까. 명령을 내리는 우두머리를 치면 녀석들은 일시적으로 광란 상태에 빠질 거야."

"더 미쳐서 덤벼드는 거라면 곤란한데."

"그럴지도 모르지. 하지만 마계의 기를 운용하는 머리가 없어진다고 보면 돼. 그럴 경우 좀비들은 적아를 구분하지 못해. 가장 가까운 상대한테 칼을 겨누겠지, 같은 좀비라고 하더라도."

"주의할 점은?"

"한 번에 쳐야 해. 좀비라고 해서 쉽게 보면 안 돼. 녀석들의 우두머리는 확실히 급이 다르니까."

이든이 검을 뽑아 들었다.

그의 눈빛이 차갑게 식었다.

"그래 봐야 좀비는 좀비일 뿐. 죽인다."

이든이 성큼 걸음을 내디뎠다.

두 사람은 오러를 최대한 숨기며 건물 끝까지 걸어갔다. 건물 아래에 좀비들이 바글바글 모여 있었다. 과연 한눈에 보더라도 누가 우두머리인지 알 수 있을 것 같았다.

머리가 치렁치렁하게 긴 남자. 웃통을 벗고 있었지만 단단한 피부와 근육이 마치 갑옷처럼 보일 정도로 완벽한 몸매였다. 자잘한 상처가 많았지만 그 때문에 오히려 위압감이 풍겼다.

남자의 주위로 검은 기운이 안개처럼 퍼져 있었다. 모든 좀비들의 기운이 고만고만한데 반해, 우두머리로 보이는 장발의 그 남자만은 유독 짙은 마계의 기를 풍기고 있었다. 매서운 눈빛도 여느 좀비와는 달랐다.

"저 장발이군."

마리가 고개를 끄덕였다.

이든은 몸을 돌려 건물 안으로 들어갈 계단을 찾았다. 바로 뛰어내리면서 놈의 머리통에 검을 쑤셔 박아도 상관없는 일이었다.

하지만 혹시라도 있을지 모를 만약을 대비하기 위해 최대한 가까운 곳에서 놈을 노리기로 마음먹은 것이다.

계단을 따라 내려가면서 마리가 다시 한 번 나직이 경고했다.

"거듭 말하지만 쉽게 보면 안 돼. 여느 좀비들과는 확실히 달라."

이든은 대답하지 않았다. 대신 차갑게 가라앉은 눈으로 주위를 훑어볼 뿐이었다.

두 사람이 내려온 곳은 텅 빈 여관의 이층 어느 방이었다. 이 정도 위치라면 일격에 놈을 끝낼 수 있을지도 몰랐다.

이든은 숨을 죽이고 최대한 은밀하게 창가로 다가갔다.

'놈!'

장발의 좀비가 보였다.

녀석은 여전히 날카로운 눈매로 다른 좀비들을 훑어보고 있었다. 가끔씩 몇몇 좀비들에게 지시를 내리기도 했다. 다행히 이든과 마리가 가까이 있다는 것을 눈치채지는 못한 모양이었다.

기회는 한 번.

일격에 성공하지 못하면 상황이 어려워질 수 있다고 했다.

이든은 마리의 말을 완전히 무시하진 않았다. 이곳에 좀비의 우두머리가 있다는 것을 안 것도 마리의 감각 덕분이니까. 마녀인 그녀가 좀 더 마계의 기에 익숙했기에 좀비의 위치를 정확히 알 수 있었던 것이다.

이든은 끈질기게 기다렸다.

호흡을 조절하면서 언제라도 뛰쳐나갈 수 있는 태세를 갖추고.

그러던 찰나,

'지금이다!

이든이 눈을 번쩍 치떴다.

모든 좀비들이 등을 돌리고 있을 때, 장발의 좀비가 측근 좀비들로부터 사각지대에 놓였을 때, 이든이 귀신처럼 날아갔다.

슈라락!

판단과 행동은 거의 동시에 이루어졌다.

"쿠와악!"

이든의 존재를 가장 먼저 눈치챈 것은 과연 장발의 좀비였다. 녀석의 눈과 이든의 눈이 정확히 마주친 순간, 이든은 끝이라고 판단했다. 우두머리를 제거하는 데 성공했다고 생각했던 것이다.

그런데 다음 순간, 마치 시간이 일순 멈춘 느낌을 받았다. 자신의 몸놀림이 더뎌졌다고 느낀 그때, 장발이 고개를 옆으로 숙인 것이다.

핏!

이든의 검은 장발의 이마를 꿰뚫지 못했다. 급습을 하기 위해서 오러 블레이드를 발동시키지도 않은 상황이었다. 귓불을 찢으면서 그대로 나간 검날에 핏방울이 튀었을 뿐이었다.

다음 순간,

슈우욱! 쾅!

장발이 허리를 숙이더니 발을 뒤로 들어 올려 그대로 이든의 이마를 뒤꿈치로 찍었다.

'뭐가 이리 빠른……!'

이든의 몸이 더뎌진 것이 아니었다.

놈이 너무 빨랐던 것이다.

쿠당탕탕!

이든이 주위의 좀비들을 쓰러뜨리며 그대로 바닥으로 굴렀다. 뒤늦게 좀비들이 괴성을 내지르며 이든에게 달려들었다.

"쿠왁! 습격자다! 죽여라!"

좀비들이 창칼을 휘둘러 왔다.

파앙!

이든은 곧바로 오러를 끌어올려 방출시켰다.

몰려들던 좀비들이 오러의 바람에 휩쓸리며 낙엽처럼 날아갔다.

한편 귀가 찢어진 장발 좀비는 이든을 똑바로 노려보고 있었다. 화가 났다는 것이 느껴졌다. 감정이 느껴진다는 것도 다른 좀비와는 다른 모습이었다.

찰나, 마리가 이든 옆으로 뛰어내리며 사방으로 검은 기체를 쏘아냈다.

펑펑!

가죽이 터져 나가는 소리와 함께 기체에 맞은 좀비들의 몸이 갈기갈기 찢겨 날아갔다.

"실패했군."

마리가 착 가라앉은 목소리로 말했다.

그녀의 얼굴에 낭패감이 짙었다.

하지만 이든은 마리보다 조금 더 희망적인 표정이었다. 분명히 놈은 빠르지만, 죽일 수 있다는 생각이 들었다. 오히려 마리가 일격에 없애야만 한다고 했던 것이 호들갑처럼 느껴질 정도였다.

'빠르긴 빠르다. 하지만 이쪽도 혼신의 힘을 다한 건 아니지.'

후우웅!

이든이 오러 블레이드를 일으켰다. 그 막강한 위력에 좀비들이 본능적으로 주춤 물러났다.

겁을 먹은 것은 아니었다.

다만, 위기의식을 느낀 것이다. 무작정 덤벼들어 봐야 득이 될 게 없다는 것을 안 것이다.

'오러 블레이드를 사용한다면 충분히 제거할 수 있는……'

하지만 마리가 차가운 말투로 그의 생각을 잘랐다.

"늦었어."

“이길 수 있다.”

“늦었다니까.”

그때 이든과 마리를 응시하던 장발 좀비가 히죽 웃었다.

‘웃어?’

좀비라도 이성이 있다면 오러 블레이드를 보고 여유를 부릴
순 없을진대…….

장발 좀비가 쇠를 긁는 듯한 목소리로 말했다.

“여기까지 용케 찾아오다니. 대단하군.”

“말은 나중에!”

오러 블레이드가 수평으로 쏘아져 날아갔다. 동시에 이든이
놈을 향해 달렸다.

하지만 이번에도 놈이 한 발짝 더 빨랐다.

슈우욱! 콰작!

장발 좀비를 아슬아슬하게 빗겨간 오러 블레이드가 벽에 처
박혔다.

‘빠르지만 할 수 있어!’

이든이 몸을 돌렸다. 한데,

“저, 저건 도대체……?”

이든이 입을 쩍 벌렸다.

몸을 피한 좀비가 입을 쩍 벌리더니 바로 옆의 좀비를 잡아
먹고 있는 것이 아닌가. 마치 뱀의 입처럼 크게 벌린 입으로
옆에 선 좀비를 머리통부터 삼키고 있었다. 그 모습이 너무 괴
기스러워 구역질이 날 지경이었다.

“미친 것!”

이든이 다시 몸을 날렸다.

오러 블레이드가 장발 좀비를 향해서 쏘아졌지만 이번에는 보이지 않는 막에 튕겨 나왔다.

터엉!

“뭐, 뭐야?”

“늦었다고 했잖아!”

마리가 주위의 좀비들을 경계하며 날카롭게 소리쳤다.

“마계의 결계야. 놈은 지금 힘을 흡수하고 있는 거야. 저걸 뚫으려면 힘으로는 안 돼!”

“그럼 어떻게 해야 하나?”

“율란이라면 가능할지도 모르지만…….”

마리가 말꼬리를 흐렸다.

한편 제 동료인 좀비를 잡아먹은 장발의 좀비는 몸이 울룩불룩 변하더니 덩치가 두 배 정도로 부풀었다. 녀석은 다시 그 옆의 놈을 잡아먹고, 또 그 옆의 놈을 잡아먹기 시작했다.

우거적. 우거적.

뼈와 살을 씹는 소리가 소름 끼치게 들려왔다.

그럼에도 주위의 좀비들은 도망갈 생각조차 하지 않았다. 마치 잘 차려진 밥상 위에 놓인 고기처럼 얌전히 잡아먹히고 있었다.

놈이 동료를 씹어 삼키는 속도는 점점 빨라지고 있었다. 이제 한입에 좀비 하나를 통째로 삼킬 수 있을 정도로 덩치가 커져 있었다.

외모도 더 이상 좀비라고 보기 힘들었다.

마치 커다란 구더기에 촉수가 여러 개 달린 듯한 모습이었다.

아무리 무서울 것이 없는 이든이라지만 그 기괴한 모습에는 기가 질리고 말았다.

"쿠워어어어!"

녀석이 길게 포효했다.

녀석은 이제 웬만한 건물보다도 크게 성장한 상태였다. 덕분에 주위의 좀비들이 상당수 없어졌지만, 좀 전보다도 훨씬 위급한 상황이라는 것이 온몸으로 느껴졌다.

쉬이이익! 꽝!

촉수 하나가 떨어지며 이든과 마리가 서 있던 자리를 강타했다. 바닥이 움푹 파이고 파편이 튀어 올랐다. 만약 이든과 마리가 간발의 차로 몸을 날리지 않았더라면 그 자리에서 피떡이 되었을 것이다.

"이놈을 어떻게 상대해야 하는 거지?"

마계의 기가 발롭만큼 강하게 느껴지지는 않았지만 충분히 위압적인 괴물이었다.

다시 촉수 하나가 마리에게 떨어지는 찰나,

퉁퉁퉁퉁!

어디선가 화살이 날아들어 괴물의 몸통에 작렬했다.

콰앙! 콰앙!

괴물의 몸에 불이 타오르며 커다란 폭발을 일으켰다.

"단장님!"

고개를 돌려보니 빈센트와 아린이 사도들을 이끌고 와 있었다.

아린이 괴물을 보며 어이없다는 표정으로 물었다.

"도대체 저건 어디서 또 나타난 거야, 단장?"

"너희들……."

"율란이 폭약을 가져다줬거든. 우리 쪽은 거의 다 정리했는데, 여기서 또 일을 벌여놓으면 어떻게 해?"

이든이 픽 웃었다.

웃음이 나올 상황은 아니었지만, 부하들이 와준 것만으로도 한편으로 안심이 됐다.

"건방진 것들!"

괴물이 노호성을 터뜨리며 일순 촉수를 사방으로 뻗었다. 수십 가닥의 촉수가 이든을 비롯한 사도들을 덮치듯 날아왔다.

"발사!"

빈센트의 날카로운 목소리에 다시 사도들이 일제히 화살을 쏘았다.

투두두둥!

쾅! 콰앙!

엄청난 폭발음과 함께 다시 괴물이 비틀거리며 물러났다. 찰나를 이용해서 이든과 마리가 몸을 훌쩍 날려 사도들이 있는 곳으로 돌아갔다.

한편 괴물은 팔인지 촉수인지 모를 그것으로 가슴을 두드리며 몸에 붙은 불을 껐다. 어지간한 폭발로는 어림도 없어 보였다.

"쳇, 귀찮게 됐군."

아린이 혀를 차며 괴물을 올려다보았다.

"우선은 거리를 두고 생각을 해보자."

이든의 말에 모두들 고개를 끄덕였다.

구더기를 닮은 몸. 그리고 바닥을 짚고 있는 두 개의 굵고 튼튼한 팔. 몸 곳곳에 달린 촉수. 다리 따위는 없었다. 아마 저 팔인지 다리인지 모를 것으로 바닥을 짚은 채 기어서 움직일 듯했다.

생전 처음 보는 괴물이었다.

그런 놈이 앞에 있으니 어떻게 싸워야 할지 감도 오지 않는 사도들이었다.

*　　　*　　　*

—이런 바보 같은 일이!

발롭이 믿을 수 없다는 듯 소리쳤다.

그는 이글거리는 눈으로 자신의 손에 들린 도끼 자루를 쳐다보았다. 도끼 자루에는 용이 한 마리 매달려 있었다. 그것 역시 불처럼 이글거리는 형상이었다. 하지만 발롭의 그것과는 조금 달랐다.

발롭의 불길이 붉고 노란빛이라면, 용은 검고 붉은빛이었다. 그리고 그 용은 정확히 발롭이 후려친 도끼를 통째로 집어삼킨 채였다.

—크아아아!

발롭이 마성을 터뜨리며 손을 빼냈다. 하지만 용은 끝내 떨어지지 않았다.

콰작!

순간 용의 입속에서 뭔가 부러지는 소리가 났다. 그와 함께 도끼날을 물고 있던 용이 스르르 흩어지며 사라지기 시작했다.

쿠웅!

용이 삼켰던 도끼날이 바닥에 떨어지며 처박혔다.

—이런 말도 안 되는!

온통 화염처럼 이글거리는 발롭의 표정을 읽기는 불가능했지만, 그의 목소리에서 당혹감이 역력하게 묻어 나오고 있었다.

발롭의 무기 하나가 그대로 두 동강 나면서 바닥에 처박혔으니 당연한 일이었다.

도끼 자루를 사과 씹듯 베어 문 용은 레온에게서 나온 것이었다. 아니, 정확히 말하자면 레온의 등 뒤에서 커다랗게 버티고 서 있는 수라혈마상이 쏘아낸 것이었다.

레온이 피식 웃었다.

"덩치가 좀 비슷해지니까 할 만하잖아?"

―노옴!

발롭이 다시 채찍을 휘둘렀다.

츄라라락!

화염에 휘감긴 쇠사슬이 요란한 마찰음을 내지르며 레온을 향해 쏘아져 갔다.

퍼엉!

레온 앞에 다다른 채찍이 폭음을 내며 터졌다. 뿌연 연기가 피어올랐다.

하지만 연기가 서서히 걷히면서 발롭은 다시 한 번 실망할 수밖에 없었다. 아니, 절망에 가까웠다.

레온은 그저 손을 슬쩍 들어 올린 것으로 채찍을 막아낸 것이었다. 이번에도 레온의 손길을 따라 수라혈마상이 여덟 개의 팔을 뻗어서 그것을 같이 막고 있었다.

발롭은 당황할 수밖에 없었다.

다른 한 손으로 도끼를 내려칠 수도 없었다. 그의 손에는 도끼날이 없는 부러진 도끼 자루가 전부였다.

순간 레온이 눈을 번쩍 떴다.

퍼엉!

촤라라락!

레온이 기파를 튕겨내자, 수라혈마상의 손에서 검붉은 빛이 폭사됐고, 동시에 화염 채찍이 그 반동으로 발롭을 향해 되돌아갔다.

비록 무기라곤 하지만 화염 채찍은 발롭에게 있어서 신체의 일부나 같은 것이었다. 마계의 기로 자유자재로 다룰 수 있었다.

하지만 그 반동이 어찌나 센지 화염 채찍이 그대로 자신을 향해 몰아쳐 왔으나, 발롭은 그것을 피할 수 없었다.

콰앙!

쿠당탕탕!

발롭이 덩치에 어울리지 않게 구겨진 휴지처럼 나뒹굴었다.

—크읏!

발롭이 이를 부드득 갈고는 몸을 일으켰다.

레온이 자박자박 걸어왔다. 그의 가라앉은 눈빛에는 어떠한 감정도 담겨 있지 않았다.

발롭은 그것이 더 화났다.

—감히 인간 따위가……!

"인간을 얕잡아 보지 마."

—흥! 건방진 놈.

"하긴 지상 최강으로 건방진 종족이 인간일지도 모르지."

—어쩌다가 기적이 일어났다고 해서 상황이 달라지진 않을 것이다.

말은 그렇게 했지만 발롭은 내심 부담을 안고 있었다. 이미 현계에 소환되고 나서 많은 기를 소모한 상황이었다. 반면 레온은 어디서 저런 힘을 얻은 것인지 모르겠지만 이제 시작으로 보였다.

아무래도 시간을 끌수록 불리해지는 것은 발롭이었다.

마계라면 모를까, 이곳에서는 발롭이 절대적으로 불리한 상황.

레온이 빙긋 웃었다.

"잘 알아둬라. 가장 신에게 가까워지고자 하는 존재가 바로 인간이라는 것을. 그 어리석음만큼이나 인간의 집념과 열망은 강하다는 것을. 그리고 그것이 가끔은 기적을 아무렇지도 않게 만들어낸다는 것을."

―시끄럽구나!

발롭이 다시 채찍을 휘둘렀다.

이번에는 그 어느 때보다도 빠른 속도로 화염 채찍이 날아들었다.

쒜에엑!

레온이 훌쩍 뛰어 뒤로 물러났다.

꽈자장!

채찍은 레온이 있던 곳을 순식간에 불바다로 만들었다. 한데 그것으로 끝이 아니었다.

슈우욱! 슈우욱!

마치 새끼 뱀 여러 마리가 재빠르게 기는 것처럼 땅을 따라 여러 갈래의 불줄기가 레온을 덮쳐 갔다.

화르르륵!

레온이 뒤로 성큼 물러났지만 불줄기는 생각보다 화력이 강했다. 새파란 빛을 뿜어내는 것으로 보아서는 온도도 상당히 높은 것이 틀림없었다.

"크윽!"

레온이 잽싸게 기풍을 일으켜 다가오는 불을 막아냈지만 이미 불기를 쏘인 얼굴은 화끈거리고 따갑기까지 했다.

비로소 발롭에게도 여유가 생겼다.

─너에게만 숨겨둔 힘이 있었다고 생각하는가?

비웃음이 담긴 마성이었다.

하지만 레온은 피식 웃었다.

그 웃음이 발롭을 자극시켰다.

─웃어?

"숨겨둔 힘?"

─무슨 말을 하려는 거지?

"난 아직 시작도 안 했어. 이제부터 보여주지."

레온이 천천히 기를 끌어올렸다. 웅혼한 내력이 그의 단전에서부터 피어오르기 시작했다.

지켜보던 발롭의 마기가 크게 흔들렸다.

발롭은 본능적으로 레온을 저대로 두어선 안 된다는 것을 깨달았다.

어떻게든 막아야 한다.

무슨 꼼수를 부리는 것인지 알 수 없지만 저 기술을 쓸 수 없도록 해야만 했다.

─허튼수작!

발롭이 마성을 터뜨리며 재빨리 채찍을 휘둘렀다.

슈우우욱!

화염 채찍이 레온에게 곧장 쏘아지듯 날아갔고, 채찍으로부터 다시 여러 갈래의 불길이 새끼 뱀처럼 날아갔다.

채찍과 불줄기가 일시에 레온을 덮치기 직전, 레온이 두 눈을 번쩍 떴다. 그리고,

쫘아앙!

화르르륵!

어마어마한 불길이 지상에서부터 하늘로 치솟았다. 솟아오른 불줄기는 하늘도 뚫을 듯한 기세였다.

—크큭, 크하하하하!

발롭이 크게 웃음을 터뜨렸다.

이러니저러니 해도 인간은 인간인 게다.

자신을 이길 수 있을 리가 없었다.

이제 레온은 저 불기둥 안에서 흔적도 찾아볼 수 없을 정도로 불타 버렸을 것이다.

불기둥이 서서히 수그러들었다.

혹시나 하는 마음에 발롭이 불기둥을 지그시 응시했다. 불기둥이 희미하게 빛을 잃어가면서 차츰 레온이 서 있던 자리가 보였다.

그곳에는 아무것도 있지 않았다.

당연한 이치였다.

저 속에 들어 있었다면 눈 깜빡할 사이에 한 줌 재가 되어서 흩날렸을 것이다. 사방으로 흩날리는 불꽃에 레온의 영혼이

실려 날아가고 있을 게다.

한데,

—이런…….

발롭은 등 뒤에서 서늘한 기운을 느끼고 천천히 돌아섰다. 그의 몸에서 다시 한 번 불길이 미친 듯이 치솟았다. 이번에는 즐거워서 아니었다. 놀라움과 당혹감으로 인한 반응이었다.

—네, 네놈이 어떻게!

"말했잖아, 이제부터 시작이라고."

레온이 서 있었다.

레온이 어느덧 발롭의 등 뒤로 돌아가서 서 있었던 게다.

그리고 잠시 후,

쿠르르릉! 쩌러러렁!

대지진이라도 일어난 듯 지표가 흔들렸다. 바닥에 십자로 금이 가더니 거짓말처럼 땅이 갈라지기 시작한 것이다. 동시에 발롭의 몸도 십자로 갈라졌다.

피가 쏟아져 나오는 대신 불똥이 마구 튀어 올랐다. 발롭은 자신의 몸이 서서히 네 조각으로 분리되고 있다는 것을 깨달았다.

수라혈마공의 제이초식.

초식을 사용하고 나면 땅이 갈라진다고 해서 이름 붙여진 지열참(地裂斬)이었다.

—있을 수 없는… 일이다……!

발롭이 마지막으로 포효했다.

쿠와아아앙!

마치 폭음과 같은 소리가 발롭의 온몸에서 터져 나왔다. 그의 몸은 순식간에 네 조각으로 나누어지면서 갈라진 땅속으로 꺼져 버렸다.

발롭이라는 것이 이렇게 쉽게 소멸될 수 있는 존재였던가, 하고 생각하게 될 정도로 무력한 모습이었다.

레온이 갈라진 땅바닥을 내려다보며 한숨을 내쉬었다.

"그러게 내가 말했잖아, 얕잡아 보지 말라고."

*   *   *

언덕 아래를 내려다보던 테오도르 단장은 두 눈을 크게 떴다. 그는 자신이 바라본 광경을 믿을 수 없다는 표정이었다.

"이, 이게 도대체……."

그가 여전히 진정되지 않은 표정으로 산 아래를 내려다보았다. 레온이 어딘가로 걸음을 옮기고 있었다. 제법 먼 거리였지만, 마을을 태우고 있는 불길 때문에 그 모습이 확실히 보였다.

꼼짝없이 레온이 죽을 것이라고 생각했다.

한데 레온의 몸에서 알 수 없는 기운이 폭발하듯 터져 나오고 나서부터는 상황이 완전히 역전됐다. 불기둥이 치솟고 땅이 갈라졌다.

도저히 인간의 싸움으로 보이지 않았다.

혹시 레온이 또 다른 종류의 마왕 숭배자가 아닌가라는 생각도 들었다. 한데 그 레온이 발롭을 상대로 싸우고 있으니 일단 아군인 것은 확실했다.

"아……!"

루나는 후들거리는 다리를 주체하지 못하고 털썩 주저앉았다. 싸우는 사람보다 지켜보는 사람이 더욱 숨 막히는 시간이었다.

"레온… 신관님이 이겼어……!"

함께 내려다보던 성기사 한 명이 멍한 표정으로 중얼거렸다.

그의 중얼거림에 테오도르가 퍼뜩 정신을 차렸다.

그렇다. 어쨌든 결과적으로 레온 신관이 이긴 것이다.

그렇다면 이러고 있을 여유가 없었다.

"참모관!"

"예, 총단장님."

이지적으로 생긴 성기사 한 명이 앞으로 나서며 대답했다. 테오도르가 숲을 훑어보며 물었다.

"부상병과 치료할 자들을 남겨두고 출전 가능한 병력이 얼마나 되겠나?"

"많진 않습니다. 만약을 대비해서 이곳에도 기사들을 남겨두어야 하니 대략 삼백 정도 될 듯합니다."

"준비하게."

“알겠습니다.”
참모관은 두말 않고 테오도르의 명을 받았다.

*　　　　*　　　　*

불기둥이 치솟았다.
모두의 시선이 그곳으로 돌아갔다.
“마스터…….”
이든이 불기둥을 바라보며 나직이 중얼거렸다. 저 불기둥이
레온에게 어떤 영향을 주었을지 알 수 없었다.
적어도 하나는 분명했다.
자신이 아는 한 레온은 저런 기술을 쓸 수 없다는 것.
레온이 당했을까?
생각은 오래 이어지지 못했다.
슈우우욱! 쾅!
사람 몸통만큼 굵은 촉수가 그가 있던 자리를 움푹 파놓았
다.
이든은 뒤로 물러섬과 동시에 오러 블레이드를 휘둘렀다.
서걱!
털썩!
잘려 나간 촉수가 몸부림치더니 이내 축 늘어지며 땅에 녹
아들어 갔다.
이스키오스 사도단은 고전을 면치 못했다.

갑자기 생겨나 버린 저 괴물은 도저히 감당하기가 힘들었다. 왜 그토록 마리가 '일격'을 강조했는지 실감되는 순간이었다.

이든은 불기둥으로부터 시선을 쉽게 거두지 못했다.

불기둥이 서서히 사라지는 순간,

쩌르르릉! 꽝!

지진이 일어나면서 사도단들이 주춤 흔들렸다. 사도단을 무차별하게 공격하던 괴물도 마찬가지였다.

그런데 이상한 쪽은 괴물이었다. 갑자기 괴성을 내지르며 포효하더니 더욱 무차별적으로 사도단을 공격해 오기 시작한 것이다.

슈우욱! 쾅!

슈욱!

"크읏! 이 미친……!"

사도들이 욕지기를 뱉어대며 물러서고 방어하길 반복했다. 확실히 괴물의 공격은 거세졌지만, 어쩐지 효과는 미미했다. 조금 전에 비해서 공격의 정확도가 많이 떨어진 것이다.

쒜에엑!

이든은 날아드는 촉수를 향해 몸을 던졌다.

사각! 사각! 사각!

그가 오러 블레이드를 일으켜 촉수를 잘라 나가면서 괴물의 몸체에 접근했다. 그야말로 검이 보이지 않을 정도로 빠른 움직임이었다.

“흐아앗!”

서걱!

기합성을 터뜨리는 것과 동시에 이든이 검을 수직으로 내리
그었다.

츄아악!

괴물의 이마쯤으로 생각되는 부위에서 피 분수가 일어났다.

“꿰에에엑!”

듣기 싫은 괴성이 터져 나왔다. 동시에 녀석이 팔방으로 촉
수를 쏘아내기 시작했다.

슉슉슉!

콰콰쾅!

주위에 밀집되어 있던 건물들은 그야말로 쑥대밭이 되고 있
었다.

이든은 이를 꽉 깨물었다.

까다로운 상대라고 할 수는 없었다. 이 정도면 해볼 만한 상
대였다. 공격 방식도 단순했다.

다만 저 무식할 정도로 큰 덩치에, 어떠한 공격에도 큰 상처
를 입지 않는 맷집이 문제였다. 녀석을 제압하려면 제법 시간
이 걸릴 수밖에 없었다.

‘이대로라면 언젠간 처리하겠지만…….’

이 도시는 그야말로 초토화되고 말 것이다.

도시 하나가 잿더미로 변해 버리는 것은 그야말로 시간문제
가 될 게다.

이든이 고민을 거듭하는 와중에도 녀석은 사정없이 주변 건물들을 부숴 나갔다.

놈을 교외로 끌어내려고 해도 문제였다.

이끄는 대로 쫓아올지 알 수 없을뿐더러, 교외까지 가는 동안 녀석이 지나간 자리에는 남아날 건물이 없을 게다.

그때,

"단, 단장님!"

사도 한 녕이 괴불의 머리 위를 가리키며 경악성을 터뜨렸다.

자세히 보니 괴물의 머리 위쪽에 사람 한 명이 서 있었다. 핏빛 로브를 두른 채 서늘한 시선으로 괴물을 내려다보고 있는 남자.

"마스터?"

이든은 놀라서 눈만 끔뻑였다.

분명 나타난 사람은 레온이었다.

그가 허공에 떠 있는 모습을 보고 사도들은 물론, 이든까지 입을 척, 벌리고 말았다.

'정말 드래곤인 거 아냐?'

그 생각이 터무니없지만은 않다는 것을 증명하기라도 하듯 놀라운 일이 벌어졌다.

레온이 허공에 뜬 채 바로 아래에서 꿈틀거리는 괴물을 향해 검을 수직으로 그어 내렸다.

순간, 공간이 팟 흔들렸다.

마치 어떤 거대한 존재가 괴물이 자리 잡고 있는 공간을 통째로 흔들어놓은 듯한 느낌이었다.

이어서,

"꾸에에에엑!"

고막을 찢을 듯한 비명이 괴물의 입에서 튀어나왔다.

"도, 도대체 무슨 일이……!"

사도들이 귀를 틀어막으며 소리쳤다.

쿵! 쿠웅!

갑자기 괴물이 미친 듯이 몸부림치기 시작했다. 땅이 흔들리고 머릿속이 왕왕 울릴 정도로 격한 몸부림이었다.

찰나,

부우욱! 펑!

마치 가죽 북 터지는 듯한 소리가 나더니, 그 커다란 괴물이 갈기갈기 찢어져 사방으로 터져 나갔다. 피가 튀고 살점이 튀어 온 땅을 다 적셨다.

"우욱! 우웨엑!"

사도 중 몇 명은 제자리에 엎드려 구토를 했다. 그래도 한때는 이곳 베일크라운에 살던 사람들의 몸이었다. 찢어져 나간 괴물의 일부는 흐물흐물 녹아 있었지만, 아직 인간의 신체였다는 것을 알 수 있을 정도로 팔다리의 모양만은 남아 있었다.

괴물이 있던 자리로 레온이 천천히 내려섰다. 그의 몸에서 숨 막힐 듯이 피어 나오던 마기도 이제는 상당히 약해져 있었다.

괴물을 향해 날린 그의 일격은 수라혈마공의 세 번째 초식인 개화혈검(開花血劍)이었다. 제일초식인 용비검(龍飛劍)부터 제이초식 지열참, 그리고 마지막으로 개화혈검까지 쉴 틈도 없이 사용했으니, 내력이 엄청나게 소모된 것이다.

더구나 본래 자신이 가지고 있던 내력은 모두 소모하고, 각성을 통해서 얻은 내력만 가지고 수라혈마공을 시전했으니 힘에 부치는 것이 사실이었다.

"마스터, 발롭은……."

이든이 질문을 꺼내다 말고 입을 다물었다.

방금 전 레온의 일격을 보고 분명히 느꼈던 것이다. 레온이 발롭을 처리한 것이라고. 굳이 물어볼 필요까진 없다고.

분명 지금의 레온은 몇 시간 전과 많이 다른 느낌이었다.

"레니에는?"

그제야 이든은 레니에를 쫓아야 한다는 것을 상기해 냈다. 좀비들이 달려들고 나서 곧바로 몸을 빼낸 그녀였다. 최대한 빨리 좀비들을 처리하고 그녀를 잡겠다는 것이 꼬여 버리고만 것이다.

레온은 이든의 대답을 기다리지 않았다.

대신 동쪽을 스윽 돌아보고는 다시 걸음을 옮기기 시작했다.

*　　*　　*

레니에는 입술을 쿡 씹었다.

설마하니 발룹이 당할 줄은 생각도 하지 못했다. 물론 발룹은 갓 현계로 소환된 마계의 몬스터다. 그만큼 온전한 힘을 발휘하지 못했을 것이다.

하지만 상대는 인간이다.

드래곤이 아니란 말이다.

한데 인간이 발룹을 쓰러뜨렸다.

쉽게 이해할 수 있는 경우인가?

'레온 신관. 도대체 정체를 알 수 없는 남자야.'

레니에가 송곳니로 길게 자란 엄지손톱을 꼭 깨물었다.

딱 하고 손톱이 부러져 나갔다.

성기사단들도 산에서 내려와 좀비들을 휩쓸어가기 시작했다.

이제 이곳은 버려야 한다.

그녀는 몸을 돌렸다.

"이대로 달아날 생각이군요?"

부드러운 남자의 목소리.

레니에가 피식 웃으며 돌아섰다. 과연 그녀의 생각대로 율란이 검은 부채를 살랑이며 서 있었다.

"어떻게 여기 있을 거라고 생각했지?"

그녀의 물음에 율란이 대수롭지 않다는 듯 대꾸했다.

"처음 발룹이 발견됐던 장소죠. 아이러니하게도 신성한 루

카스 교의 신전에서 마계소환진을 펼쳤으니… 굳이 기억하고
싶지 않아도, 한 번쯤 와보고 싶은 곳이 될 수밖에요."
  "단지 그 이유?"
  "물론, 그런 곳이라면 레니에 교주가 위급할 때 몸을 수월하
게 빼내기 위해서 미리 결계가 쳐져 있을 거라는 생각도 들었
지요."
  레니에의 눈꼬리가 곱게 휘었다.
  그녀는 '과연'이라는 표정을 짓고 있었다.
  "해서?"
  "짐작하셨겠지만 그 결계를 파훼하고 새로운 결계를 걸어
놓았습니다."
  "훗."
  레니에가 허탈하다는 듯 웃음을 흘렸다.
  "역시 율란은 무시할 수 없군."
  "하나 물어봐도 되겠습니까?"
  "좋아, 나는 율란을 좋아하니까."
  "도대체 당신의 목적이 무엇입니까?"
  "말했잖아?"
  "마왕의 시대입니까?"
  "맞아."
  "하지만 카자른 제국에서 그런 것을 용납할 거라고 생각하
십니까?"
  "지금도 꾸준히 타라 교의 세력이 확장하고 있어. 그거 하나

로도 충분히 가능성이 있는 것 아냐? 마계의 기가 많아질수록
마왕이 현계에 부활하는 것은 더욱 수월해지는 거지.”

“그러나 카자른 황제라면 일이 잘못되기 전에 분명히 타라
교를 제거하려고 할 텐데요?”

“어머, 지금 내가 피해볼까 봐 걱정해 주는 거야?”

레니에가 눈웃음을 흘렸다.

색기가 흘러넘치는 미소였다.

아무리 여자에게 관심을 두지 않는 율란이라지만 일순 색심
이 피어오를 정도로 고혹적인 미소였다.

“흠…….”

율란은 침음을 흘리면서 잠시 마음을 다스렸다.

부채질이 조금 빨라졌다.

그가 곤란한 상황에 놓이면 늘 버릇처럼 나오는 행동이었
다.

“레니에 교주, 카자른을 어떻게 상대할 생각입니까? 당신도
바보가 아닌 이상 카자른 제국이 당신의 야망을 모르고 있을
거란 생각은 하지 않겠지요?”

레니에가 깔깔거렸다.

“알지, 너무 잘 알아. 카자른 제국도 내 야망에 대해서 너무
잘 알아서 탈이지. 하지만 걱정 마. 당신이 생각하는 만큼 내
가 무모하진 않으니까. 율란, 당신은 언제나 정석만을 생각해.
시프의 머리가 그렇게 정석만을 생각하면 너무 따분하지 않
아? 시프라면 좀 더 비겁해도 된다고 생각하는데.”

"무슨 말을 하고 싶으신 겁니까?"

"아니, 그냥 혼잣말이라고 생각해 줘."

"레니에 교주!"

"약속이 틀리잖아? 하나만 묻는다고 해놓고 벌써 몇 개를 묻는 거야?"

"……."

"대신 이번엔 내가 묻겠어. 그래야 서로 비기는 거니끼."

"…뭡니까?"

"저 남자, 레온 신관. 도대체 정체가 뭐야?"

율란이 피식 웃었다.

"저도 모릅니다."

"어떻게 발롭을 꺾을 수가 있지? 아무리 현계의 싸움이라지만 터무니없이 강하잖아."

"우리가 싸우는 상대가 드래곤과 발롭 같은 자들이니… 이쪽에서도 그 정도 여유는 있어야지요."

"호호호. 그래도 그대들은 질 거야."

"여기서 빠져나갈 수 있다고 생각하십니까?"

"내가 왜 당신 질문을 다 들어주고 있었을 것 같아?"

"…설마!"

율란이 뒤늦게 소리쳤다.

레니에는 시간을 끈 것이었다. 두 사람이 신전 내에서 대화를 나누는 동안, 밖에서는 마녀와 마자들이 율란의 결계 위에 다시 레니에가 달아날 수 있는 결계를 만들고 있었던 것이다.

율란은 그저 결계 도식을 그려놓았을 뿐이었지만, 레니에는 직접 사람이 그 도식 위에서 마계의 기를 주입시키는 것이니, 결계의 힘만 따지자면 싸움이 되기가 힘들었다.

'마계인들을 잊고 있었군!'

왜 이곳에 마녀나 마자가 있을 거라는 걸 미처 생각하지 못했단 말인가!

발롭의 출현과 거대 좀비 괴물을 보고 너무 놀란 탓이리라.

그때 율란의 등 뒤에서 낯익은 목소리가 들려왔다.

"여기 있었군."

"마스터!"

신전 입구에 나타난 레온이 차가운 눈길로 레니에를 쏘아보았다.

레니에의 표정에서 미소가 지워졌다.

"역시 잠시도 방심할 수 없는 인간이야."

"그쪽도 마찬가지지."

말을 내뱉는 것과 동시에 레온이 땅을 박차고 쏘아지듯 날아갔다.

하지만 그 짧은 순간, 레니에의 눈이 반짝 빛을 뿜었다.

'느려!'

확실히 레온은 생각보다 몸이 둔해진 상태였다.

상당한 내력을 소모했기에 당연한 이치였다.

어쨌거나 레니에로서는 다행스러운 일이었다.

'지금이라면!'

레니에는 재빨리 주술을 읊기 시작했다. 그녀가 마계의 언어를 중얼거리자 레온의 마음이 더욱 급해졌다. 그가 순간적으로 내력을 끌어올리며 강기를 쏘아냈다.

쏴앙!

피츄웃!

강기가 레니에의 옆구리를 베어내며 신전 뒷벽을 부쉈다.

하지만 레니에는 여전히 주술을 멈추지 않았다. 옆구리에서 피가 줄줄 흐르는데도 그녀는 신음을 꾹 참으며 주술을 외우는 데 정신을 집중했다.

"멈춰라!"

레온이 일갈하며 검을 내찔렀다.

하지만 거기까지였다.

내력이 바닥을 드러낸 것이다.

레온의 움직임이 눈에 띄게 느려졌고, 레니에의 미소는 더욱 짙어졌다.

사악!

레온의 검이 반투명해져 가는 레니에의 목을 지나갔다.

레니에가 희미한 미소를 지으며 가까이 다가온 레온의 뺨을 어루만졌다.

"당신은 정말… 볼수록 매력적이야."

그 말을 끝으로 레니에는 신전에서 완전히 모습을 감추고 말았다.

　잠시 후, 신전 밖에서 마녀와 마자들이 사도들과 성기사단을 상대로 싸우는 소리가 시끄럽게 울리기 시작했다.

　레온은 허탈하게 검을 내렸다.

　율란이 그에게 다가갔다.

　"몸은… 괜찮으십니까?"

　"율란."

　"말씀하십시오."

　"나……."

　레온이 고개를 돌려 율란을 처연하게 올려다보았다.

　"…배고파……."

　"예?"

　하지만 레온은 대답도 하지 못하고 그대로 풀썩 쓰러졌다.

　"마스터! 마스터!"

　깜짝 놀란 율란이 레온에게 달려가서 코에 손을 가져다 댔다.

　다행히 숨을 쉬고 있었다.

　그제야 율란도 털썩 주저앉으며 안도의 한숨을 내쉬었다. 아무리 레온이라지만 발롭을 상대로 싸우고 왔으니 뭔가 잘못된 게 아닌가 걱정했던 것이다.

　레온은 곧 코를 드르렁 골며 잠에 빠져들었다. 내력을 일시에 소모하면서 지독한 허기와 졸음에 빠져들고 만 것이었다.

율란이 픽 웃었다.

"놀라자빠질 만한 일은 혼자 다 저질러 놓고 잘도 주무시는군요."

그는 고개를 들어 부서져 나간 창문으로 스며드는 별빛을 물끄러미 올려다보았다.

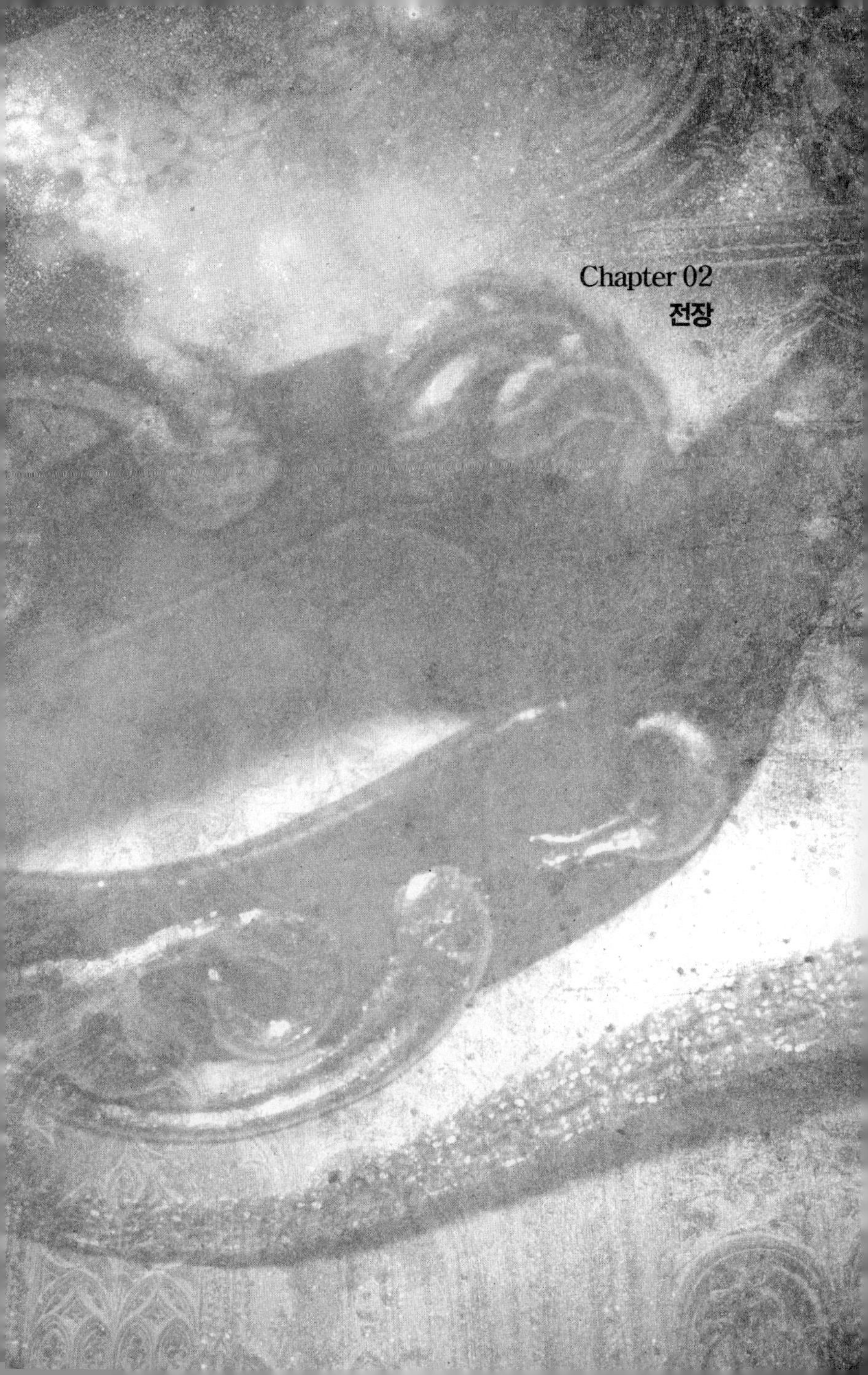
Chapter 02
전장

가면의
레온

아란스 왕국과 카자른 제국의 전쟁은 일진일퇴를 거듭하며 치열하게 진행되고 있었다.

제국 내에서 궐기한 타라 교는 베일크라운에서 대패하면서 수도로 진격하는 것을 멈추고 오히려 국경 지대 쪽으로 휘몰아쳐 갔다. 그들이 지나가는 곳은 온통 죽음의 땅으로 변해 버렸다.

타라 교가 가까이 온다는 소식만 들리면 사람들은 집과 일터도 버리고 멀찍이 피난길에 올랐다. 타라 교를 두려워한 사람들 중에는 자신들이 키우는 소나 개조차도 외양간을 허물고 목줄을 풀어 제 갈 길을 가도록 두는 이들도 있었다.

그럼에도 타라 교를 옹호하는 자들이 있었으니, 그들 대부분은 타라 교가 지나갈 때 그 무리에 합류해서 왕국에 대적했다.

성기사들은 꾸준히 타라 교의 뒤를 쫓으며 좀비들과 싸우고, 부서진 마을들을 정비하기도 했다.

한편 국경에서 접전을 벌이던 두 나라의 팽팽한 균형은 어느 날 갑자기 깨지고 말았다. 카자른 제국에서 매수한 드래곤이 나타나 브레스를 뿜기 시작하면서 싸움은 일방적으로 흘러갔다.

카자른 제국의 진격은 멈출 줄을 몰랐고, 아란스 왕국군은 계속해서 후퇴를 거듭하게 된 것이다.

이러한 위급한 소식은 곧 수도의 왕성과 대신전에도 전해졌다. 이에 대신전의 모든 신관들이 모여 비상 대책 회의를 열었다.

그리고 그 때문에 더욱 난감해진 한 남자, 제롬은 대신관의 자리에 앉아서 식은땀을 줄줄 흘리고 있었다.

외모야 레온이 만들어준 인피면구이니 나무랄 데가 없는 대신관의 모습이었지만, 목소리가 문제였다. 혼자 대신관실에 있을 때 셀 수도 없이 연습을 했지만 좀처럼 대신관의 목소리를 흉내 낼 수 없었던 것이다. 비슷하다 싶으면 곧 이상해진 목소리가 흘러나왔다.

더구나 대신관의 목소리를 직접 비교해 볼 수도 없으니 문제였다. 오로지 레온에게서 들은 대신관의 목소리를 기억해서 흉내 내는 수밖에는 없었다.

　게다가 목소리뿐만이 아니라 억양도 문제였다. 제롬 특유의 강한 억양이 좀처럼 지워지지 않은 탓이었다.
　"대신관님?"
　누군가의 목소리가 제롬의 귀를 파고들었다. 그제야 제롬은 그자가 자신을 수어 번 불렀다는 것을 자각했다.
　"무, 무엇이오?"
　제롬이 최대한 대신관의 목소리를 흉내 내며 물었다.
　'제기랄. 말시키지 말란 말이다!'
　하지만 그의 바람과는 달리 자신을 부른 신관이 질문을 던졌다.
　"어떻게 하시겠습니까?"
　그동안 멍하게 있던 제롬이었기에 무슨 결정을 묻는지 알 수가 없었다.
　"뭘, 뭘 말이오?"
　제롬이 당황해서 묻자, 좌중이 조금 수군거리기 시작했다.
　아셀이 얼른 일어나서 설명을 이었다.
　"많은 신관님들께서 대신관님이 직접 전장으로 가시는 게 어떨지 의견을 냈습니다."
　"내, 내가? 아, 아니. 그러니까 제가 직접 가는 게 좋겠다는 말씀이오?"
　"아무래도 드래곤의 개입으로 왕국군이 힘들어하니 나온 의견입니다."
　아셀의 설명에 제롬의 안색이 굳어졌다.

　물론 신관들이 제시한 의견은 타당한 것이다. 단, 대신관이 정말 살아 있다면 말이다.

　하지만 오러도 제대로 부릴 수 없는 자신이 전장으로 간다고 한들 뭘 할 수 있단 말인가? 그렇다고 가지 않겠다고 할 수도 없는 노릇.

　모두 제롬을 빤히 쳐다보았다.

　제롬의 사정을 알고 있는 아셀로서도 마땅히 나서서 변호해 줄 만한 명분이 없었다.

　"생각 좀……."

　제롬이 말문을 여는데, 오스왈드가 나섰다.

　"빠른 결정을 내리셔야 합니다, 대신관님."

　모두 고개를 끄덕였다.

　제롬의 인상이 확 굳었다.

　'저 배신자 새끼!'

　이제 생각 좀 해보겠다는 말은 내뱉을 수 없는 상황이 된 게다.

　'아아, 젠장! 이제 어쩌지?'

　그때 엎친 데 덮친 격으로 누군가 고개를 갸웃거리고는 물었다.

　"그런데 대신관님… 목소리가 좀 이상합니다."

　"감기요! 감기! 쿨럭! 쿨럭!"

　당황한 제롬이 연신 기침을 해댔다.

　상황이 이리되자 아셀이 나섰다.

“아무래도 이번 안건은 추후에 다시…….”

“미룰 수 있는 일이 아니라는 걸 잘 아시지 않습니까?”

이번에도 오스왈드가 말을 잘랐다.

지극히 당연한 발언이었다. 때문에 더욱 할 말이 궁해지는
아셀이었다.

결국 제롬이 발끈해서 소리쳤다.

“가겠소! 가면 될 것 아니오.”

다소 신경질적인 그의 반응에 모두 눈을 동그랗게 뜨고 제
롬을 보았다. 그제야 제롬이 실수를 깨닫고 다시 기침을 거칠
게 해댔다. 그리고 잔뜩 쉰 목소리로 말했다.

“대신전은 이제 본격적으로 참전할 것입니다. 모두들 준비
하십시오. 오늘 회의는 여기서 마치겠습니다.”

결국 아슬아슬하게 진행되던 회의는 그렇게 결론이 났다.

“괜찮겠소?”

대신관실에 들어선 제롬에게 누군가 물었다. 목소리의 주인
은 룬이었다.

제롬이 창가로 걸어가서 한숨을 내쉬었다.

“안 갈 수도 없지 않소.”

“하지만 시간을 좀 더 끌어본다면…….”

“그럴 수 있는 상황이 아니었잖소.”

“하긴…….”

룬 역시 대회의실에서 몸을 은신한 채 회의 내용을 모두 들

었다. 제롬으로서는 방법이 없었을 것이다.

제롬이 몸을 돌렸다.

"룬 사범, 지금 바로 마스터께 이 사실을 전해주시오. 귀성하던 마스터께서 곧바로 걸음을 돌리신다면 이쪽과 엇비슷하게 전장에 도착할 수 있을 겁니다."

"알겠소. 부디 몸조심하시오."

제롬은 묵묵히 고개를 끄덕였다.

잠시 후, 룬의 기척이 대신관실에서 지워졌다.

'너무 늦지만 마십시오, 마스터.'

제롬이 창밖으로 시선을 두며 다시 길게 한숨을 내쉬었다.

*　　*　　*

"와구와구. 쩝쩝. 냠냠."

음식 먹는 소리만 가득한 식당. 그런데 음식을 먹고 있는 사람은 단 한 명이었다. 다른 사람들은 앞에 놓인 음식을 먹을 생각도 하지 않고 한 곳만 멍하니 바라보고 있었다.

그들 생각은 똑같았다.

'저게 정말 사람인가?'

사람임을 끊임없이 의심받고 있는 존재는 다름 아닌 레온이었다.

레온은 벌써 일곱 접시째 음식을 먹고 있는 중이었다. 그야말로 게 눈 감추듯 빨리 먹어치우고 있었다. 처음에 시킨 요리는 훈제 오리. 이어서 곰 가슴살, 노루 엉덩이 구이, 양고기, 닭 튀김, 토끼 구이, 훈제 칠면조까지.

칠면조도 이제 곧 바닥을 드러낼 태세였다.

아린이 고개를 설레설레 저었다.

"마스터, 배 안 불러요?"

"나는 아직 배고프다."

"명언이군."

아린이 픽 웃었다.

발롭을 처리하고 돌아오면서 레온은 들르는 식당마다 거의 모든 음식을 먹어치우고 있었다. 갑자기 내력을 왕창 소진했기 때문에 식욕이 왕성해진 탓이었다. 물론 틈틈이 운기하면서 내력을 보충시키고 있었지만, 갑자기 늘어난 내력 탓일까? 여전히 식욕만큼은 줄지 않은 상태였다.

금방 칠면조를 다 먹어치운 레온이 주방을 향해 소리쳤다.

"여기 쇠고기 스테이크 하나 더! 아니, 두 개 더!"

그러자 종업원이 달려나와 머리를 조아렸다.

"손님, 죄송합니다만 지금 스테이크가 없습니다."

"뭐야? 그럼 돼지고기는?"

"죄송합니다만, 돼지고기도……."

"그럼 도대체 있는 게 뭐야?"

레온이 신경질적으로 묻자 종업원이 땀을 뻘뻘 흘렸다.

"정말 죄송합니다. 지금은 야채샐러드밖에……."

레온이 벌떡 일어났다.

"이런 말도 안 되는 일이 있나! 어째서 식당에 풀밖에 없단 말인가!"

그러자 종업원이 울상을 지었다.

"저희 식당이 그리 큰 곳은 아닌지라……."

그가 주위를 둘러보았다.

약 100여 명에 가까운 이스키오스 사도단이 저마다 음식을 앞에 놓고 있었다. 레온은 그제야 상황을 짐작하고는 슬그머니 자리에 앉았다.

이런 작은 식당에 모처럼 단체 손님이 들어왔으니, 음식이 동이 난 것이다.

결국 레온이 풀 죽은 목소리로 주문했다.

"그럼 있는 재료 다 긁어서 가져다줘."

"알겠습니다."

종업원이 얼른 주방으로 달려갔다.

그 모습을 보던 율란이 슬그머니 자신의 접시를 레온에게 건넸다.

"마스터, 제 것도 괜찮다면 드십시오."

"에이, 됐어. 됐어."

그러자 아린도 접시를 내밀었다.

"저도 별로 생각이 없어요."

"에이, 됐다니까. 어떻게 부하들이 먹는 걸 뺏어 먹겠어."

이번에는 이든이 또 접시를 내밀었다.

"사양 말고 드십시오, 마스터."

"그럼, 고맙게 먹을게."

레온이 두말 않고 이든의 접시를 받았다.

이든이 움찔 떨고는 물었다.

"왜 제 것만 드십니까?"

"난 고기가 좋거든."

결국 레온은 이든이 뭐라고 더 이야기하기도 전에 접시를 비우기 시작했다. 이든도 픽 웃고는 고개를 내저었다.

그렇게 이든의 몫까지 먹은 레온은 이어서 나온 야채샐러드까지 깔끔하게 비우고 나서야 자리에서 일어났다.

그때까지 사도들은 멍하니 레온만 바라볼 뿐이었다.

"뭣들 해? 안 먹을 거야? 내가 대신 먹을까?"

그제야 사도들이 허겁지겁 음식을 먹기 시작했다.

레온이 입맛을 다시며 걸음을 옮길 때였다. 갑자기 문이 벌컥 열리며 한 남자가 불쑥 뛰어 들어왔다.

"룬?"

"마스터!"

룬의 표정에 반가움이 스쳤다.

"하마터면 그냥 지나갈 뻔했습니다."

룬의 급보를 들은 레온은 그 길로 룬과 함께 전장으로 향했다.

반면 사도단들은 모두 귀성했다.

　먼저 수도에 도착한 이든은 율란과 루나와 함께 왕성으로 갔다. 이번 전쟁에서 필요할지도 모를 골렘을 출전시키기 위해서였다.

　한데 생각지도 못한 복병이 있었으니…….

　"그럼… 꺼낼 방법이 없단 말씀입니까?"

　율란의 멍한 질문에 루나가 얼굴이 발갛게 달아올라서 고개를 푹 숙였다.

　"차마 실전에 바로 쓰이게 될 거라곤……."

　정작 골렘을 지하에서 꺼낼 방법이 없다는 말에 율란은 할 말을 잃고 말았다.

　그렇다고 해도 루나를 무조건 질책할 수도 없는 노릇이었다.

　물론 두 번째 제작된 것이라곤 하지만, 어디까지나 골렘은 그녀 입장에서는 안전을 우선시한 실험체였던 것이다. 그리고 실험에 성공한다면, 그것을 바탕으로 본격적으로 대량 생산에 들어갈 계획이었던 것이다.

　한데 생각보다 카자른 제국의 침공이 빨라졌고, 골렘을 대량 생산하기에는 시간적 여유가 부족했다.

　그나마 당장 활용할 수 있는 골렘이 지금 실험 중인 것인데, 그것을 지하 연구실에서 꺼낼 방법이 없으니…….

　그렇다고 마냥 낙담만 하고 있을 수는 없었다. 어떻게든 방법을 찾아야 했다.

　율란 일행은 곧바로 궁정 마법사 바힐을 찾아갔다.

하지만 바힐이라고 뾰족한 수가 있을 리가 없었다.

"골렘을 꺼낼 방법이라……."

바힐이 그늘진 표정으로 혼잣말처럼 중얼거리자 율란이 불안감에 파르르 입꼬리를 떨었다.

"하하, 그래도 궁정 마법사님이시니… 뭔가 있죠? 저 연못이 사실은 위장 출입구라든지, 땅이 갈라지면서 지하 연구실이 모습을 드러낸다든지……."

바힐이 빙그레 웃었다.

"그렇습니다. 사실은 지하 연구실은 언제든 개방할 수 있도록 지면이 갈라지게 설계되어 있습니다."

"역시!"

"…라고 말씀드리고 싶지만, 지하 연구실은 어디까지나 안전한 연구를 우선시한 장소이기에 그런 기능은 없구려."

"그럴 리가요!"

"이거 참 괜히 미안하구려."

바힐이 멋쩍게 웃자, 율란이 버럭 소리쳤다.

"지금 웃을 상황이 아닙니다, 궁정 마법사님!"

"하긴. 그렇구려."

이 대책없는 상황에 율란이 머리를 감싸쥐었다.

지난번 발롭과 싸울 때 보인 레온의 무용은 그야말로 입이 쩍 벌어질 정도였지만, 엄밀히 따진다면 발롭보다는 드래곤이 더 강하다.

적어도 이곳, 현계라면 말이다.

아무리 레온이라지만 맨몸으로 드래곤을 상대하기에는 무리가 많을 것이었다.

'방법을 찾아야 해, 방법을.'

율란이 초조한 표정으로 이리저리 머리를 굴렸다.

그때 이든이 불쑥 말했다.

"네가 결계를, 그리고 마법사님이 텔레포트를 쓴다면?"

"오오!"

율란이 고개를 번쩍 들었다.

하지만 그는 곧 고개를 푹 숙였다.

그건 불가능했다.

지하 연구실은 결계를 그려 넣을 만한 공간이 없었다. 결계를 그리더라도 우선은 땅 위로 끌어올린 다음에 해야 할 일이었다.

다시 한참 시간이 지나고 이든이 말했다.

"폭파시키자."

"예?"

"폭약을 이용해서 폭파시키도록 하자."

"어디서요?"

"폭약을 땅에 묻어서 폭파시킨 다음 지표가 얇아지면 골렘을 타고 직접 부수고 나오는 거지."

율란이 곰곰이 생각에 잠겼다.

터무니없는 발상은 아니었다. 자고로 폭발 물질이라는 것들의 특성이 대개 그렇듯, 땅을 파고들어 가는 힘은 거의 없다고 봐야 한다. 땅을 깊게 판 다음, 폭발 물질을 터뜨린다면 제법 커다란 구덩이는 만들 수 있을 것이다.

그렇게 해서 지표가 어느 정도 얇아졌을 때 골렘이 직접 천장을 부수고 나온다면 가능할 것이다.

'그래, 그 방법밖에 없다!'

율란이 결심을 굳혔다.

"폭약을 이용하도록 하죠."

하지만 바힐의 표정이 어두웠다.

"그게 그렇게 간단한 일이 아닐 텐데……."

율란은 그의 말을 이해할 수 있었다.

이곳이 어딘가.

아란스 왕국의 중심이자, 왕이 살고 있는 왕성이 아닌가. 그런 왕성 한가운데에서 폭약을 터뜨리자는 것은, 그야말로 정신 나간 소리처럼 들릴 것이다.

하지만 왕성 한가운데에서 폭약을 터뜨리지 않으면, 왕국 전체에 폭약이 터질 상황이 아닌가.

율란이 확고한 표정으로 말했다.

"이 방법 외에는 없습니다. 우선 지하 연구실에 걸려 있는 실드 마법을 해제하고 폭약을 터뜨린다면 골렘을 꺼낼 수 있을 것입니다."

"알겠습니다. 우선은 왕성 관리소에 보고를 해두지요."

바힐이 자리에서 일어났다.

하지만 일은 율란의 뜻대로 쉽게 풀리지 않았다. 관리소에서 돌아온 바힐은 어두운 표정으로 말문을 열었다.

"관리소장 권한으로는 허가를 내릴 수 없다는구려. 당연한 일이겠지만, 아무리 주의를 기울인다고 하더라도 왕성 내에서 폭발을 일으키면 여러모로 안전에 문제가 생길 테니 말이오."

"하지만 인명 피해가 없도록 사전에 통제를 하고 폭파하면 되지 않습니까?"

율란이 반박하자, 바힐이 한숨을 내쉬었다.

"물론 그렇게 이야기해 보았소만, 우선은 국정회의를 통해서 귀족들이 결정을 내려야 한다고 하오. 왕성 한복판에서 폭발을 일으킨다는 것이 왕권으로만 결정할 수 있는 상황도 아니니……."

"그럼 국정회의는 언제랍니까?"

"마침 오늘 저녁 국정회의가 있을 것이라고 하니, 내일 아침쯤이면 그 결과가 나올 것이오."

"한시가 급박하건만."

골렘의 출격이 하루만 늦어도, 드래곤은 하루 만에 무수한 사람들을 죽일 수 있을 것이다. 당연한 말이겠지만, 레온이 드래곤과 맞선다고 하더라도 싸움은 하루 안에 승부가 날 것이다.

하지만 어쩔 수 없었다.

그나마 오늘 저녁 국정회의를 한다는 것이 다행이라면 다행이었다.

　초조한 하루가 지난 다음날.

　율란과 이든은 이른 아침부터 바힐을 찾았다. 지난 새벽 동안 폭파 작업을 위한 인부들과 폭약을 모두 구비해 두고 기다렸던 것이다.

　하지만 그날도 율란은 좋은 소식을 들을 수 없었다.

　"의견이 분분하여 어제 결정이 나지 않았습니다. 다음 회의 때 결정을 내리기로 결론이 났습니다."

　바힐의 말에 율란이 대경실색했다.

　"뭐라구요? 다음 회의는 언제입니까?"

　"닷새 뒤라오."

　모처럼 율란의 입에서 욕지기가 튀어나왔다.

　"이런 빌어먹을! 닷새라니요? 이 멍청한 귀족들이 지금 국경에서 무슨 일이 벌어지는지 모르고 있는 것 아닙니까?"

　상당히 실례가 되는 행동이었지만, 바힐은 율란의 심정을 십분 이해할 수 있었다. 그 역시 귀족들의 탁상공론에 충분히 질릴 대로 질린 사람이었으니까.

　바힐이 넌지시 말문을 열었다.

　"아무래도 허가를 받기 전에 사고 치는 게 가장 좋을 것 같구려."

　"예?"

　"이대로 귀족들의 결정을 기다리기에는 시간이 너무 오래 걸릴 거요. 내가 폭파 범위 내에 실드를 치겠습니다. 결계술을 익혔다지요?"

율란을 향한 질문에, 그가 얼른 고개를 끄덕였다.

"예."

"그럼 제 마법과 결계술을 혼용해서 우선 일을 벌이도록 하지요."

"하지만 혹시 통제가 잘못돼서 폭파 범위 안으로 누군가 들어오기라도 한다면……."

"우선은 협력자가 있어야겠습니다."

"협력자라면?"

"아무래도 권한이 강한 사람이 좋겠지요. 아무리 결계를 친다고는 하지만 만약의 사태가 있을 수 있으니, 결계를 치는 동안 그 안으로 아무도 들어오지 못하도록 통제를 해야 할 테니까요."

"흠… 그럴 만한 사람이……."

"제가 협력자를 구해볼게요."

루나가 나섰다.

모두의 시선이 그녀에게 향했다.

누구냐고 묻는 시선이었다.

"이리나 공주님이라면 충분하지 않을까요?"

사람들의 얼굴에 화색이 돌았다.

한 번 대책이 세워지니 일은 일사천리로 진행됐다. 이리나는 흔쾌히 루나의 요구를 들어주었다. 그녀는 사병을 풀어 정원 특정 장소까지 통행자들을 차단했다. 그래도 한 나라의 공주의 명으로 통행을 차단하는 것이니, 대부분의 귀족들은 별말없이 길을 돌아갔다.

하지만 가끔씩 무슨 일로 길을 차단한 것이냐고 물으면, 이리나 공주가 실전 검술 훈련을 익히는 중이라는 이유를 댔다. 그녀는 평소에두 실전 훈련을 할 때면 자신이 군 주위로 사람들이 접근하지 못하도록 했기에 딱히 이상할 것은 없었다.

다만 통행 금지된 정원의 범위가 넓어 불평을 내뱉는 귀족들이 간간이 있을 뿐이었다.

율란이 결계를 펼쳤고, 바힐은 실드를 쳤다. 그리고 킴슨을 비롯한 인부들이 땅을 깊게 파고 폭약을 심었다.

한편 이든은 골렘에 탑승한 채 때를 기다렸다.

그리고 잠시 후,

쾅!

폭발 소리와 함께 지면이 흔들렸다.

하지만 율란의 결계와 바힐의 실드 마법이 쳐진 곳 바깥으로는 지면이 살짝 흔들릴 뿐이었다.

폭파 작업은 계속해서 진행됐다.

그렇게 세 번의 폭파 작업을 진행했을 때, 비로소 골렘이 제 힘으로 천장을 부수고 나갈 수 있을 정도로 지면이 얇아졌다.

이든은 골렘의 등에 장착되어 있는 검을 뽑아 들었다. 그리고 오러를 불어넣는 순간,

후우우웅!

골렘의 커다란 검에서 오러 블레이드가 휘몰아치며 솟아나왔다. 오러 블레이드는 그대로 천장을 뚫고 하늘로 치솟았다.

콰르르릉! 우루루!

지면이 부서지고, 돌무더기가 지하로 떨어져 내렸다.

타나토스가 처음으로 지상의 빛을 보는 순간이었다.

＊　　　＊　　　＊

최악의 상황.

그레이 후작은 눈에 불똥이 튀었다.

"전멸인가!"

"그, 그렇습니다, 장군."

"제기랄!"

그레이 후작이 나무 탁자를 손으로 쾅 내려쳤다. 그의 두터운 주먹에 탁자가 우지끈 소리를 내며 부러졌다.

그가 접전지에서 부순 탁자만 해도 벌써 네 개째였다.

드래곤이 나타나기 전까지만 해도 해볼 만한 싸움이라고 생각했다. 한데 난데없이 드래곤이 등장하면서 아군은 완전히 전의를 상실하고 말았다.

  고위 클래스의 마법사들이 연신 마법을 시전하고 오러를 사용할 수 있는 기사들이 최선을 다해 싸웠지만 역부족이었다.
  폭약을 쏘아도, 화살을 날려도 소용이 없었다.
  그래서 대신전에 도움을 요청했다.
  한데!
  "도대체 대신관님께서는 뭘 하고 계신단 말인가!"
  "그게……."
  부하가 고개를 조아리며 선뜻 대답을 하지 못했다.
  꼼짝도 하지 않고 막사에 틀어박혀만 있는 대신관의 생각을 그라고 알 리가 없었다.
  대신관이 전장에 도착한 것도 벌써 사흘이 지나고 있었다. 한데도 대신관은 아직까지 아무것도 하지 않았다.
  물론, 처음 그가 나타났을 때는 그의 존재만으로도 군의 사기가 급상승했다.
  하지만 하루가 지나고, 이틀째 패배한 후부터 군의 사기는 다시 하락 추세였다. 그럼에도 대신관은 움직이지 않았다.
  뭔가 생각이 있으리라 판단했다.
  그런데 오늘 아란스 군이 대패하는 동안에도 대신관은 움직이지 않았다.
  "빌어먹을! 내가 직접 대신관님을 찾아뵙겠다!"
  그레이 후작이 걸음을 성큼성큼 옮겼다.

아셀이 막사로 들어서며 제롬에게 물었다.

"레온 신관님은 아직입니까?"

"예."

제롬이 어두운 표정으로 대답했다. 그가 아셀을 돌아보고 물었다.

"군의 반응은 어떻습니까?"

"좋지 않습니다. 대신관이 어떤 행동을 취해주길 바라고 있습니다. 불만이 벌써 가득하군요."

"제길……."

제롬이 어금니를 씹었다.

하지만 오러도 부리지 못하는 자신이 지금 뭘 할 수 있단 말인가. 사태가 악화될수록 무력한 자신에 대해서 더욱 화만 나고 있었다.

아셀이 부드러운 목소리로 달랬다.

"너무 조급해하지 마십시오. 곧 레온 신관님께서 도착할 터이니."

"알겠습니다."

그때, 막사 밖에서 시끄러운 소리가 들려왔다.

"비키시오! 나는 대신관님을 뵈어야겠소!"

"하지만 지금 대신관님께서는 다른 분을 뵐 수 있는 상황이 아닙……."

"기도라도 하고 계시오? 밖에서 내 부하들이, 우리 아란스 군의 장병들이 죽어 나자빠지고 있는데, 대신관님께서는 막사 안에서 언제까지 기도만 하고 계실 거란 말이오!"

"그러니 조금만 기다리시면……."

"됐소! 우선 만나야겠소!"

결국 가만히 내버려 둘 수 없다고 여긴 제롬이 밖을 향해 말했다.

"안으로 모시세요."

그의 목소리가 떨어지자마자 우락부락하게 생긴 그레이 후작이 막사 안으로 들어섰다. 원래 생겨먹은 게 괴팍한 인상인데, 잔뜩 찡그린 표정을 짓고 있으니 그야말로 범죄자를 연상시킬 정도로 험악한 얼굴이었다.

제롬이 애써 부드러운 목소리로 물었다.

"무슨 일이십니까, 총사령관님?"

"무슨 일? 무슨 일인지 몰라서 묻습니까? 감히 대신관님께 이런 말씀을 드려서 죄송합니다만 지금 상황을 대신관님께서는 정녕 인지하지 못하고 계신 겁니까? 우리 군사들이 하루에도 셀 수 없을 정도로 많이 죽고 있습니다! 이곳에 오신 목적이 무엇입니까? 죽은 영혼들을 천국으로 인도하려고 오신 겁니까? 그런 거라면 돌아가셔도 좋습니다! 그 정도는 저희도 기도할 줄 압니다. 제가 대신관님께 바라는 건, 더 이상의 희생자가 나오지 않도록 힘을 보태달라는 겁니다. 도대체 이 막사에서 뭘 하고 계시는 겁니까!"

그레이 후작이 속사포처럼 불만을 쏟아부었다. 함께 따라 들어온 그의 부하는 불안감에 안절부절못했지만, 내심 속이 시원하다고 여기고 있었다.

그의 무례가 도를 넘은 것이 사실이지만, 이해할 수 없는 상황도 아니었기에 제롬은 한숨만 내쉴 뿐이었다.

결국 아셀이 나섰다.

"조금만 기다려 주십시오. 지금 대신관님께서 몸이 좋지 않으셔서……."

"감기 말씀입니까? 이런 말씀 죄송하지만 신성력으로 감기 정도도 치료하지 못하는 겁니까? 정말 몸이 안 좋은 우리 장병들을 보여 드릴까요? 떨어져 나간 다리를 한 손에 쥐고 피를 흘리는 장병이라도 보여 드릴까요? 아니면 쏟아져 나오는 내장을 손으로 틀어막으며 죽어가는 장병을 보여 드릴까요?!"

"장군님께서는 너무 흥분하고 계십니다."

"흥분 안 하게 생겼습니까!"

"하지만 조금 침착하게……."

아셀이 말하는데, 제롬이 손을 들어 그를 제지했다.

사람들의 시선이 제롬에게 향했다.

제롬이 말했다.

"알겠습니다. 제가 그동안 너무 안일하게 생각하고 있었습니다. 직접 나서도록 하겠습니다."

그의 갑작스런 대답에 아셀은 근심 가득한 표정이 됐고, 그레이 후작과 그의 부하는 화색이 돌았다.

"그렇게 해주시겠습니까?"

“마땅히 그래야겠지요.”

“험. 제가 조금 흥분했던 것이 사실입니다. 무례를 용서해 주십시오.”

그레이 후작이 고개를 숙이며 깍듯이 사과했다.

제롬이 손을 내저었다.

“아닙니다. 당연한 반응이었을 겁니다.”

“그럼 이제 어떻게 하실 건지… 저희는 어떻게 하면 될지…….”

제롬이 가만히 생각에 잠겼다.

신성력도 없는 자신이 전쟁의 전면에 나설 수는 없었다. 지금 자신이 할 수 있는 것은 어떻게 해서라도 시간을 끄는 것뿐이었다.

“저는 이 전쟁 자체를 반대합니다. 제가 적진으로 직접 가보겠습니다.”

그의 말에 그레이 후작은 물론, 아셀 신관까지 놀라서 물었다.

“적진으로 간다구요?”

“예, 우선은 평화적인 방법으로 교섭을 시도해 보겠습니다. 물론, 결렬될 가능성이 크겠지만 우선은 시도했다가 결렬된 후에 다른 조치를 취해도 늦지 않을 것입니다.”

아셀이 얼른 나섰다.

“하지만 너무 위험합니다, 대신관님.”

아셀의 반응은 당연했기에 그레이도 고개를 끄덕였다.

"역시 대신관님께서 직접 가시는 건 위험하지 않겠습니까?"

"저는 그들과 얘기해 보고 싶습니다."

제롬은 단호했다.

사실, 무슨 할 말이 있겠는가.

어디까지나 시간을 끌고 레온이 돌아올 때까지 기다리기 위한 임시방편이었다.

제롬이 이렇게까지 나오자 그레이 후작도 더 이상은 나서지 못했다. 어쨌거나 대신관이 적진으로 간다면 당분간은 드래곤의 행포로 인한 사상자가 나오지 않을 테니까.

"흠. 알겠습니다. 우선은 대신관님께 부탁드리겠습니다."

"이해해 주셔서 감사합니다."

그레이 후작이 물러가고 나자, 아셸이 얼른 말을 꺼냈다.

"도대체 어쩌려고 그런 말씀을 하셨습니까?"

"가야지요."

"하지만 위험천만하지 않습니까?"

"그래도 방법이 없잖아요. 지금 나서서 대신관이 가짜였다는 것을 대놓고 떠벌릴 수도 없으니까요."

"하지만……."

"괜찮을 겁니다. 이래 봬도 배짱 하나로 살아온 인생입니다."

"허어."

아셸이 한숨을 내쉬었다.

그가 한참 후에 결심을 굳히고 말했다.

"그렇다면 제가 동행하겠습니다."

"신관님께서요?"

"만에 하나라도 신성력이 필요할 때가 생길지도 모르지 않겠습니까?"

"그러지 않으셔도 되는데……."

"어차피 대신관이 직접 움직인다면 사제 한 명이 보좌를 해야 합니다. 그 사제 대신 제가 동행하지요."

제롬은 아셀의 표정에서 이미 결심이 섰다는 것을 알 수 있었다.

"그럼 부탁드리겠습니다."

"별말씀을요. 혹시 아나요, 정말로 교섭이 성공될지?"

아셀이 빙그레 웃어 보였다.

내뱉은 말과는 달리 아셀의 근심은 이만저만이 아니었다. 그야말로 맨몸으로 드래곤의 레어로 들어가는 것과 다를 바 없지 않은가.

하지만 이제 와서 뱉은 말을 거둘 수도 없는 노릇.

결국 제롬과 아셀은 단둘이 말 위에 올라서 적진으로 향했다. 호위할 기사들이 따라가겠다고 나섰지만 제롬은 그마저도 사양했다. 아셀도 그것만큼은 제롬과 생각이 같았다.

만약 무슨 일이라도 생겨 신변에 위협을 느끼게 된다면 함께 간 호위 기사들도 모두 죽을 가능성이 컸다. 오히려 희생만 늘어나는 꼴일 것이다. 뿐만 아니라, 제롬이 가짜 대신관이라는 것을 들키지 않아야 하는 제약도 있으니 차라리 단둘이 가는 것이 낫겠다고 판단한 것이다.

두 사람은 군사들의 배웅을 받으며 진영을 나섰다. 그들이 언덕 위에 올라서자 상대의 진영이 한눈에 내려다보였다. 주로 정찰병이 올라서는 언덕이 바로 이곳이었다. 이제 조금만 더 가면 완전히 적의 수중으로 들어가게 될 것이다.

"갑시다."

제롬이 짐짓 단호한 목소리로 말했다. 아셀도 고개를 끄덕이고 그의 뒤를 따랐다.

그런데 그들이 얼마가지 않았을 때였다.

"멈추시오!"

뒤에서 갑자기 큰 소리가 나더니 일단의 무리가 나타났다. 그 수가 제법 많았기에 제롬과 아셀은 내심 긴장하지 않을 수 없었다.

한데 가만히 보니 그들이 입고 있는 옷이 루카스 교의 사제복이 아닌가.

아셀이 앞으로 나서서 물었다.

"누구시오?"

사제복을 입은 자들 중 나이가 좀 있는 노인이 나서서 말했다.

"나, 하사신이오."

"하사신!"

제롬이 깜짝 놀라서 소리쳤다.

“그럼 뒤에 있는 자들은…….”

“그렇소. 시아요.”

“시아가 어떻게 여길 왔소?”

“율란 집사가 말하길 역적 몰이가 끝나면 대신관을 따르라고 했소이다. 지금 대신관은 레온님이 아니라고 들었소.”

하사신의 말에 제롬의 안색이 밝아졌다.

시아의 조직이 함께 동행한다면 어느 정도 안심할 수 있었다.

더구나 이들은 레온이 거둔 자들이었다.

자신이 진짜 대신관이 아니라는 것쯤은 이들도 잘 알고 있는 사실이 아닌가.

여러모로 도움이 될 존재들이었다.

게다가 모두 사제복을 입고 있으니, 사신의 일행으로 가기에도 무리가 없을 것이었다.

제롬은 율란의 꼼꼼한 처리에 다시 한 번 감탄했다.

“함께 가주신다면 큰 도움이 되겠소.”

하사신이 빙긋 웃었다.

우락부락하게 생긴 하시시가 아셀에게서 깃발을 건네받아 들었다.

그들은 다시 사신의 깃발을 앞세우고 적진으로 향했다.

*　　*　　*

“아란스에서 대신관이 왔다고?”

레노스트 백작의 물음에 장수가 고개를 끄덕였다.

“그렇습니다. 사제들을 데리고 지금 이곳으로 오고 있습니다.”

“아니, 도대체 왜?”

“그건 저희로서도… 다만 사신기를 들고 있으니, 뭔가 이야기를 해보려는 듯합니다.”

“그렇다고 대신관이 직접 왔단 말인가?”

“예. 이해가 되지 않지만 분명히 대신관이 오고 있었습니다.”

“허어!”

레노스트 백작이 기가 차다는 듯 헛바람을 뱉었다. 아무리 그래도 그렇지 대신관이 직접 오다니. 정신이 나간 게 아닐까?

물론, 대신관은 가짜다.

사일란이 대신관을 확실히 처리했다고 했으니 그 부분에 대해서는 의심의 여지가 없다.

도대체 무슨 꿍꿍이일까?

“사일란은?”

“그게… 마지막 전투 이후로 어디에 있는지 보이지 않습니다.”

“쳇! 제멋대로구만!”

레노스트 백작이 불만에 가득 차서 말을 뱉어냈다. 확실히 드래곤의 개입으로 인해 전쟁의 양상은 눈에 띄게 카자른 제국으로 기울고 있었다.

다만 문제는 드래곤이 너무 사령부의 지시에 따라주지 않는다는 것이었다. 부르면 오고, 가라면 가는 곳이 바로 군이다. 그 어떤 것보다도 명령 체계가 우선시되는 곳이며, 계급이 정확한 곳이다.

한데 드래곤은 제멋대로다.

총사령관인 폴티메르 후작이 드래곤의 출전 신호로 하늘에 폭죽을 쏘아 올리면 출전하게 된다.

사일란이 받는 명령은 그게 전부인 것이다. 나머지는 군의 통솔에 전혀 협조하지 않으니 아무래도 간부들로서는 불만이 생길 수밖에 없었다.

자칫하다가는 여러 군사들에게 힘없는 사령부로 비춰질 수도 있기 때문이기도 했다.

어쨌거나 사일란이 보이지 않는 마당에 레온일지도 모를 대신관이 직접 이곳으로 온다는 것은 비상 상황이었다. 더구나 폴티메르 총사령관도 잠시 레노스트 백작에게 군의 전권을 위임한 뒤 황제의 부름을 받아 떠나 있는 상황이었다.

'하필 내가 전권을 받았을 때 이런 일이 일어날 게 뭐란 말이냐!'

연신 욕지기가 쏟아져 나왔지만, 흥분한다고 해결될 일이 아니었다.

우선은 침착해야 했다.

"노아를 불러오게."

레노스트 백작의 호위 마법사였다.

일전에 아란스 왕국에 사신으로 갔을 때도 함께 동행했던 그 마법사였다.

병사가 대답을 하고는 얼른 막사를 빠져나갔다.

레노스트의 표정이 다부지게 굳어졌다.

막사 안에 팽팽한 긴장감이 감돌았다.

레노스트는 대신관의 일행이 이렇게 많을 것이라고는 생각도 하지 못했다.

'이것들이 정말 사신으로 온 게 맞나?'

그만큼 대신관이 데리고 온 머릿수가 많았던 것이다. 물론 무력 단체가 아닌, 평화를 사랑하는 사제들뿐이니 그럴 수도 있다고 넘어갈 순 있었다.

하지만 전장은 상대의 뒤통수를 얼마나 잘 치는가에 따라서 승패가 갈리고 칭찬을 듣는 곳이 아닌가.

이들이 모두 사제복을 입고 있지만, 사실은 사제가 아닐 수도 있는 문제였다. 사신을 가장하고 총사령관의 목을 따러 온 자객일 수도 있단 말이다.

하지만 레노스트는 그 가능성에는 무게를 두지 않았다. 만약 정말 그랬다면, 아란스 왕국은 그야말로 멍청한 짓을 저지르는 것이니까.

지금 아란스 왕국의 가장 골칫거리는 드래곤이다.

총사령관의 목 따위는 그들에게도 별 의미가 없어진 것이다. 더구나 카자른이라면 금방 총사령관의 자리를 메우고 진 두지휘할 수 있는 맹장들이 많았다.

즉, 이들은 정말로 사신으로서 왔다는 뜻.

여기까지 생각이 미치자 레노스트는 조금 마음이 놓였다.

다만, 이해할 수 없는 건 이 레온이라는 작자의 꿍꿍이다. 정말 말로 뭔가를 해보려고 온 것은 아닐 텐데, 도대체 왜 적진 에 제 발로 걸어왔단 말인가.

설마 드래곤을 잡으려고 온 건 아닐 테고.

'혹시 그놈도 드래곤인 거 아냐?'

도대체 이해할 수 없는 상황에 말도 안 되는 망상만 늘어가 는데, 마침 상대가 망상의 끈을 잘랐다.

"평화 협정을 맺으러 왔소."

"예?"

대신관으로 위장한 제롬의 말에 레노스트는 자신도 모르게 공손히 반문했다. 그러다가 문득 정신을 차리고 이놈이 미친 게 아닌가 하는 생각을 했다.

레노스트의 눈매가 매서워졌다.

"지금 그걸 말이라고 하십니까?"

"왜 말이 안 되오?"

레노스트가 피식 웃었다.

"누가 보더라도 이 전쟁은 우리 측의 승리로 이어지게 돼 있 습니다. 그런데 평화 협정을 맺고 싶으시다?"

"더 이상 사람들이 죽어나가는 걸 원치 않소."

제롬은 대신관으로서 어울릴 만한 말만 골라서 했다.

하지만 레노스트의 반응은 예상했던 것처럼 냉담했다.

"저 역시 더 이상 인간의 소중한 목숨이 죽어나가는 걸 원치 않습니다. 그러게 아란스 왕국은 일전에 저희들의 협상을 들어주었어야 했습니다. 한데, 우리의 평화적인 해결 방식을 거절한 것은 그쪽이었지요."

레노스트가 상대를 보며 비웃음을 띠었다.

그때 자신이 협상했던 사람과 지금의 대신관이 같은 인물일 것이라고 추측하고 있기 때문이었다.

레노스트가 귀를 파며 말을 이었다.

"그때 우리 부탁을 들어주었다면 이런 일까지는 없었을 텐데 말입니다."

레노스트가 새끼손가락을 혹 불고는 제롬을 바라보았다.

"항복하십시오. 그럼 더 이상의 희생자는 나오지 않습니다."

"항복이라……."

제롬이 중얼거리자 레노스트의 눈빛이 반짝 빛났다.

"그렇습니다. 항복입니다. 아주 쉬운 방법입니다. 대신관님이라면 아란스 왕도 설득할 수 있을 거라고 생각합니다. 어떻습니까?"

"하지만 나는 아란스의 국민들이 조국을 잃은 서러움을 당하게 하고 싶진 않소. 게다가 난 루카스 교의 대신관입니다. 우리 루카스 교가 그렇게 사라지는 것 역시 용납할 수 없소이다."

"그건 오해이십니다."

"오해라고요?"

"그렇습니다. 항복하신다면 제가 황제께 직접 말씀을 드리겠습니다. 루카스 교를 유지할 수 있도록 말입니다. 그리고 나라를 잃은 백성이라니요. 그저 나라의 이름이 바뀌고 지도자만 바뀌는 것일 뿐입니다. 커다란 하나의 나라로 통합되는 것일 뿐입니다. 무능한 지도자에서 유능한 지도자로 바뀌는 것일 뿐입니다. 시대의 흐름인 거죠."

그러자 듣고 있던 아셀이 끼어들었다.

"정말로 그걸 약속할 수 있겠습니까?"

레노스트는 아셀을 돌아보고 조금 이상한 기분이 들었다.

'이것 봐라. 도대체 이것들 여기에 온 목적이 진짜 뭐야? 오히려 설득당하고 있잖아? 그나저나 이놈은 정말 레온이 맞나?'

레노스트는 적어도 아셀은 진짜 성직자일 가능성이 크다고 판단했다.

지난번 아란스 왕성을 방문했을 때, 궁정 신관인 아셀을 본 적이 있는데다가 그의 태도가 너무나 자연스러웠기 때문이다.

반면 대신관은 오히려 가짜 같다는 생각이 들었다. 뭔가 부자연스럽고 연기를 하고 있다는 느낌을 지울 수가 없었다.

'혹시 저 아셀 신관이 레온인가? 그럼 대신관은 또 다른

가짜? 그런데 그럴 필요가 없잖아? 도대체 이거 어떻게 된 거야?'

복잡한 생각 끝에 레노스트는 어쩌면 아셀 신관이 진짜일 수도 있다는 결론을 내렸다.

물론 그의 생각은 정확한 것이었다.

다만, 아셀의 입장에서는 정말 레노스트의 말을 믿고, 왕을 설득하려고 반문한 것이 아니었다. 어쩌면 레노스트에게 역으로 설득당하는 척을 한다면 무사히 본대로 귀환할 수 있을 거라는 생각이 들어서 내뱉은 말이었던 것이다.

레노스트가 활짝 웃으며 대답했다.

"물론입니다. 지키지 못할 약속은 하지 마라는 카자른 제국의 격언도 있지요."

제롬은 잠시 고민하는 척하다가 다시 입을 열었다.

"그렇다면 임시 휴전은 어떻습니까?"

"안 됩니다."

레노스트가 딱 잘라 거절했다.

제롬은 더 이상 할 말이 없었다.

마지막으로 저들이 정말 들어줄 만한 요구를 꺼내야만 했다.

레온이 이곳에 올 때까지 시간을 벌기 위한 제의.

"알겠습니다. 정말 우리 루카스 교의 건재와 백성을 핍박하지 않겠다고 약속하신다면 제가 직접 총사령관을 설득해 보겠습니다."

“그게 정말입니까?”

“더 이상의 희생자가 나오지 않을 것이라고 약속한다면요.”

“물론입니다. 항복만 한다면야 피를 볼 일이 뭐가 있겠습니까?”

“그렇다면 제가 진지로 돌아가서 우선 총사령관부터 시작해 여러 각료들을 설득할 때까지 시간을 좀 주시지요.”

“시간이라… 얼마나 말씀입니까?”

“일주일입니다.”

“일주일이면 결론이 나올까요?”

“그렇습니다.”

“아뇨. 제 생각에는 그렇지 않습니다. 아란스 왕국의 각료들이 탁자 위에서 손가락이나 두드리면서 대화하는 내용은 항상 알맹이 없이 장황하기만 하더군요. 어차피 그 안에 결론이 나지 않을 것입니다.”

“그럼 어떻게……”

“하루 드리지요.”

“하루?”

“그렇습니다. 우선 제가 대신관님을 믿을 수 있도록 이곳 총사령관부터 설득해 주십시오. 하루 안에 항복 선언이 나온다면 이곳을 통합하고 또 시간을 더 드리지요. 왕을 설득할 수 있는 시간을.”

“그런……”

“왜 그러십니까? 처음부터 생각이 없었던 겁니까?

“아니오. 하지만 지금의 요구는 확실히 무리한…….”

“쉬운 일은 아무것도 없습니다, 대신관님.”

레노스트의 표정은 단호했다.

제롬이 어쩔 수 없이 수긍했다.

하지만 내심은 쾌재를 부르고 있었다. 하루라도 시간을 번 게 어딘가. 지금 이 순간에도 레온은 열심히 이곳으로 오고 있을 게다.

‘하루를 벌었다. 생각보다 쉬운데?’

제롬이 자리에서 일어났다.

“알겠습니다. 그렇다면 한시라도 바삐 돌아가서 총사령관부터 설득해 보겠습니다.”

“그러시지요.”

레노스트가 빙그레 웃었다.

제롬이 돌아가고 난 후, 노아가 등 뒤에서 슬며시 물었다.

“정말로 저들에게 시간을 줄 생각입니까?”

그러자 레노스트가 껄껄 웃었다.

“나는 바보가 아닐세.”

“쫓도록 할까요?”

“어떻던가?”

대신관 일행을 두고 묻는 질문이었다.

“대신관은 레온이라는 자가 아니었습니다.”

“확실한가?”

"놈의 재주가 워낙 기이한지라 확신할 수는 없습니다만, 대신관의 눈빛에서 백작님과 절 처음 보는 기색이 역력했습니다."

"아셀 신관이라는 그자는?"

"신성력이 느껴졌습니다. 그자는 진짜 신관이었습니다."

"나머지 애들은?"

"그게 조금 애매하더군요. 사제는 아닌 것 같았습니다."

레노스트가 노아를 돌아보았다.

"사제가 아니라… 그럼?"

"기사들이 변장한 것으로 보입니다."

"실력은 어떻던가?"

"해볼 만합니다."

레노스트가 씩 웃었다.

지금 그는 대신전의 사정을 대충이나마 짐작할 수 있을 것 같았다.

그 레온이라는 작자 대신 다른 누군가가 대신관의 역할을 행하고 있는 게다. 그리고 그는 지금 시간을 끌기 위해 온 것이다.

레노스트가 음침한 목소리로 말했다.

"그럼 살려 보낼 이유가 없겠군."

*　　*　　*

제롬과 아셀은 말을 타고 가면서 내심 안도의 숨을 내쉬었다.

아셀이 빙그레 웃으며 말했다.

"교섭 성공이군요."

"하하. 그러게 말입니다."

"어쨌든 하루라는 시간을 벌었으니, 오늘을 포함해 이틀을 더 기다릴 수 있는 여유가 생겼군요."

"그동안이면 마스터도 도착하시겠죠."

"하지만 레온 신관님이 오셨을 때, 과연 이 상황을 타개할 수 있을지 걱정입니다. 어떻게든 뭔가를 보여주셔야 할 텐데……."

아셀이 걱정 섞인 말을 내뱉자, 제롬이 강한 어조로 대꾸했다.

"마스터라면 분명히 해내실 겁니다. 그분은 언제나 상상을 뛰어넘으십니다."

아셀이 빙그레 웃었다.

"그렇군요."

"그나저나 생각보다 쉽게 하루를 벌 수 있었습니다."

"그러게 말입니다. 내일 하루 동안은 조용할 수 있겠군요."

두 사람은 도란도란 이야기를 나누며 말을 몰았다. 그리고 적의 진영이 희미해질 즈음에 말에 박차를 가했다. 적진에 있을 때는 혹시 의심을 받을까 봐 천천히 말을 몰았던 것이다.

그렇게 그들이 언덕에 거의 다다랐을 때쯤이었다.

"적!"

하사신이 얼른 몸을 날려 제롬을 안고 바닥에 나뒹굴었다. 제롬의 등을 노리고 날아들던 화살은 그대로 허공을 지나쳤다.

제롬이 돌아보니 뒤에서 한 무리의 말들이 달려오고 있었다.

"제길! 어쩐지 너무 쉽다 했지!"

그때 다시 화살들이 비처럼 날아들었다.

쒜에엑! 쒜엑!

푹! 푹!

이히히힝—!

말 엉덩이에 화살이 꽂히면서 갑자기 진열이 뒤엉키기 시작했다.

아셀이 얼른 제롬을 태우려고 했지만, 빗발치는 화살 때문에 상황이 여의치 않았다.

"먼저 돌아가십시오!"

"혼자 갈 수는 없습니다! 대신관이 돌아오지 않고, 궁성 신관만 살아오게 된다면 군은 혼란에 빠지고 말 것입니다!"

제롬이 어금니를 콱 씹었다.

자신이 대신관의 신분으로 있다는 사실을 잠시 잊고 있었던 것이다.

그렇다고 몸을 빼내어 달아나기에는 상황이 좋지 않았다.

그래도 귀환이 우선이었다.

시아의 어쌔신들이 화살을 쳐내는 동안, 제롬이 일어나서 달리기 시작했다. 어쌔신들도 계속해서 물러나며 방어를 거듭했다.

하지만 그들을 지나친 화살 하나가 이번에는 아셀이 타고 있던 말 다리를 꿰뚫고 말았다.

이히힝!

말이 요동을 치면서 아셀이 바닥을 나뒹굴었다.

"궁정 신관님!"

제롬이 얼른 달려가 아셀을 안아 일으켰다.

이제 도망가긴 틀렸다.

그나마 다행인 것은 언덕이 코앞이니 저 추격자들만 처리한다면 어떻게든 돌아갈 수 있을 듯했다.

어쌔신들이 계속해서 화살을 쳐내며 물러서는 동안, 어느새 거리는 좁혀져서 적들이 지척에 다다랐다.

어쌔신들이 부채처럼 펼쳐 진열을 이루고, 제롬과 아셀을 등지고 섰다.

하사신이 우렁차게 소리쳤다.

"더 이상은 가지 못한다!"

"킬킬킬."

노아가 허스키한 웃음을 흘리며 앞으로 나섰다.

"네놈들이 우리를 상대할 수 있다고 생각하는가?"

하사신의 표정이 굳었다.

"사일란을 불렀나?"

"킬킬. 너희들을 상대하려고 사일란님을 불러? 웃기는군. 닭 잡는 데 소 잡는 칼을 쓸 필요는 없지 않나. 너희들은 우리로 충분하다."

노아의 말에 하사신이 그제야 픽 웃음을 터뜨렸다.

"그렇게 생각했다니 고맙군."

"뭣이?"

하사신은 더 이상 말을 섞지 않았다.

대신 하르페에 오러를 주입하자 휘황한 오러 블레이드가 일어났다.

오러 블레이드를 본 노아와 적병들이 눈을 휘둥그렇게 떴다.

'놈들의 전력이 생각 이상이다!'

실수한 것이다.

자신이 가늠해 볼 수 있는 어쌔신들의 수준이 중급 정도였기에 해볼 만하다고 여긴 게다. 한데 하사신을 비롯한 특급 어쌔신들과 상급 어쌔신들의 실력은 제대로 알지 못했던 것이다.

하시시가 한 발자국 나섰다.

"살아서 돌아갈 생각은 버려라!"

쉬잉!

그가 해머를 휘두르며 몸을 날렸고, 하사신은 오러 블레이

드를 일으킨 하르페를 날려 보냈다.

서경! 서경!

하르페가 지나간 자리마다 피가 튀고 잘린 목이 날아올랐다. 노아가 곧장 마법을 부렸지만, 적들의 전력에 비해서 터무니없이 부족한 실력이었다.

'방심했다!'

실력 차이가 나도 너무 났다. 이 정도 실력 차라면 일방적인 학살에 가까울 정도다.

이들이 적진으로 겁없이 사신으로 올 때부터 알아봤어야 했다. 뭔가 믿는 구석이 없고서야 무작정 왔을까?

노아가 재빨리 주문을 읊으며 몸을 빼내려고 할 때였다.

섕섕섕!

세차게 회전하며 날아든 하르페가 번쩍 빛을 뿜었다. 동시에 노아의 목이 몸에서 떨어져 나갔다.

그야말로 눈 깜짝할 사이였다.

만약 조금만 더 상황 판단을 빨리하고 몸을 일찍 빼냈더라면 살 수 있었을지도 몰랐다.

순간의 방심이 허무한 죽음을 부른 것이었다.

털썩!

몸이 무너지고 머리가 바닥에 데굴데굴 굴렀다.

쏟아져 나온 피가 땅을 흥건하게 적셨다.

겨우 맞서 싸우던 병사들은 그것을 보자 더욱 냉정을 유지하기가 힘들어졌다. 곧 손발이 어지러워지고 그럴 때마다 뼈와 살을 베는 섬뜩한 소리가 울렸다.

　퍽썩!

　해머에 머리가 깨지는 병사들도 다수였다.

　아란스 왕국에서 가장 무서운 어쌔신 조직답게 그들은 손속
에 일말의 사정도 두지 않았다.

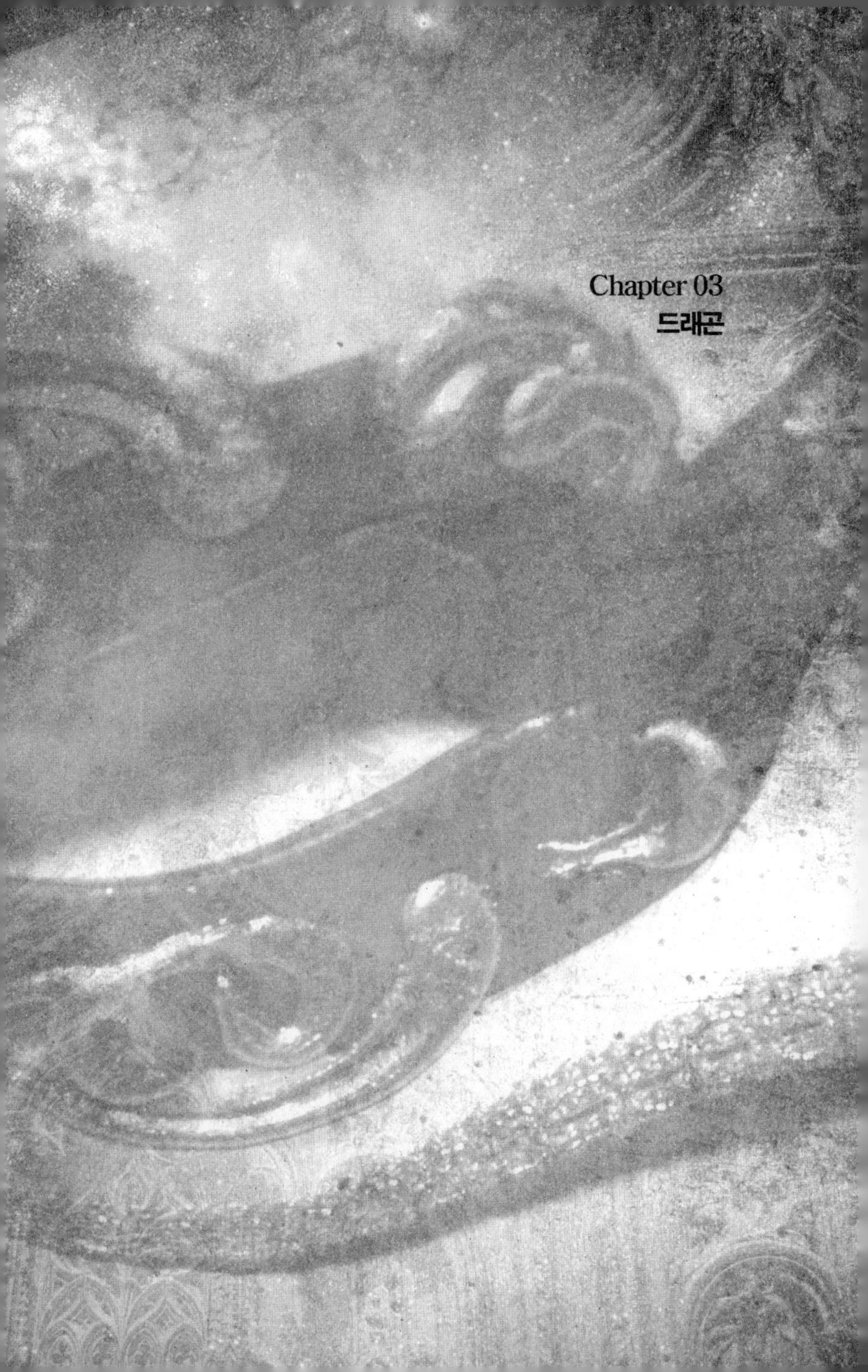
Chapter 03
드래곤

가면의
레온

　노아의 죽음은 오히려 전쟁에 불을 지피는 효과를 가져다주었다. 처음부터 하루라는 시간을 기다려 줄 생각도 없는 레노스트였지만, 자신이 아끼던 호위 마법사가 죽어버려 더욱 매섭게 공격을 퍼붓기로 한 것이다.

　제롬이 귀환한 그날, 야밤에 전투가 벌어졌고, 역시 드래곤의 활약으로 아란스 왕국군은 밤새 후퇴를 거듭해야만 했다. 나중에는 본진 전체가 철수하는 상황까지 벌어졌다.

　한밤중에 일어난 전투는 새벽녘이 되어서야 끝이 났다. 하지만 아란스 왕국군에게 달콤한 휴식 따위는 없었다. 진지를 구축하고 병영을 세우기가 무섭게 다시 카자른 제국의 맹공이 이어진 것이다.

정오부터 시작된 공격은 해가 저물 때까지 이어졌다. 상황이 이리되니 그레이 후작은 다시 대신관을 찾아갈 수밖에 없었다.

이번에는 그레이 후작만이 아니었다. 작전총장부터 각 장군들과 대신전의 신관들까지 동행해서 대신관의 막사를 찾아온 것이다.

"버프를 해주시든지! 적의 사력을 꺾어주시든지! 드래곤과 맞서 싸워주시든지! 무엇이든 해달란 말씀입니다! 대신관님!"

그레이 후작은 얼굴이 벌게져서 소리를 질렀다.

대신관이 나서면 신관들도 나설 것이고, 그 신관들이 대신관을 보좌한다면 드래곤 한 마리 정도는 시간을 끌며 대적할 수 있을지도 몰랐다.

하지만 지금의 대신관은 너무 핑계가 많았다.

파이터 계열의 신관이 부족해서 자신이 나서서 싸우기에는 역부족이라느니, 버프를 하기에는 몸이 좋지 않아서 부작용이 걱정된다느니, 적의 사기를 꺾기에는 거리가 너무 멀다느니.

하지만 더 이상은 못 참겠다고 나선 그레이 후작이었다. 이번만큼은 어떻게든 대신관이 전장에 직접 나서길 바라고 있었다.

게다가 다른 신관들도 대신관이 나서주길 바라는 마음으로 한목소리를 냈다.

"후작님의 말씀이 옳습니다, 대신관님. 저희는 이곳에서 좀 더 적극적으로 개입해야 합니다."

제롬으로서도 난감했다.

시간을 벌기 위해 사신으로 갔다가, 시간을 끌 수 없는 상황까지 오게 된 것이다.

"뭐라고 말씀 좀 해보십시오! 대신관님!"

그레이 후작이 다시 버럭 소리쳤다.

아셀 신관이 나서서 그를 달랬다.

"우선 침착하십시오, 그레이 후자님."

"침착이라고요? 궁정 신관님께서는 지금 제가 적들의 공격에 겁먹은 졸장으로만 보이시나 보군요! 제가 왜 소리를 지르는지 모르시겠습니까? 그저 당황해서 이러는 게 아니란 말입니다! 벌써 며칠째입니까!"

"장군님의 말씀은 이해합니다. 다만 지금 대신관님께서 생각을 하고……."

"생각하는 지금도 내 병사들은 몸에서 피가 빠져나가고 차디찬 송장이 되고 있단 말입니다!"

"흐음……."

아셀로서도 더 이상 그를 달랠 방법이 없었다.

그의 답답한 심정을 십분 헤아릴 수 있었기에 더욱 그러했다.

잠시의 침묵 끝에 제롬이 천천히 입을 열었다.

"알겠습니다. 제가 나서보겠습니다."

그의 말에 그제야 그레이 후작의 표정이 조금 누그러졌다. 다른 신관들도 고개를 끄덕이며 마땅히 그래야 한다는 반응을 보였다.

"대신관님께서 본격적으로 나서주신다니 군의 사기에도 많은 힘이 될 것입니다. 혹시 생각해 둔 게 있으신지요?"

그레이 후작의 질문에 제롬이 가만히 생각에 잠겼다.

그래도 가장 무난하게 써먹을 수 있는 것은 버프가 아니겠는가.

게다가 가짜 버프 효과라는 것이 있지 않나. 즉, 대신관 정도 되는 사람이 버프를 하고 있다고 군사들에게 알리면 그 자체만으로도 엄청 힘이 솟는 것이다. 변한 건 없지만 그들은 버프를 받았다고 믿기 때문에 평소보다 더욱 강한 힘을 발휘하게 될 것이다.

'그래, 이 방법밖엔……'

우선 이것도 하루가 지나면 들통 날 게다.

하루?

아니지. 한 시간도 지나지 않아서 들통이 날 것이다.

대신관의 버프를 받아도 드래곤 앞에서는 떼죽음을 당한다는 사실에 더욱 절망만 깊어질지도 모른다.

하지만 지금 제롬으로서는 다른 방법이 없었다. 드래곤이랑 맞서 싸운다고 하면 그 길로 자신은 죽는다. 자신의 죽음은 대신관의 죽음으로 이어진다. 그렇다고 마냥 이렇게 죽치고 앉아 있을 수도 없었다. 이런다고 희생자가 줄어드는 것도 아니지 않나.

"버프를… 해드리겠습니다."

제롬의 말에 그레이 후작은 조금 아쉬운 표정이 됐다.

이왕이면 전장에 있는 성기사들을 모두 이끌고 직접 드래곤과 싸우겠다는 말을 꺼내주길 바랐던 것이다.

물론 대신관이라고 해서 드래곤을 쓰러뜨릴 수 있을 거라곤 생각하지 않았다. 다만 신성력과 마법이 상극을 이룬다는 그 정설에 따라서 어느 정도 시간을 끄는 것은 가능하리라 여겼다. 게다가 성기사들이 모두 함께 친다면 혹시 이길지도 모를 일이 아닌가.

하지만 그렇다고 대신관의 등을 떠밀 수는 없는 노릇이었다. 지금까지 꼼짝도 하지 않던 대신관이었으니 이나마도 감사하게 생각할 일이었다.

"흠. 알겠습니다."

그런데 그때,

"잠깐 기다리시죠."

사람들의 시선이 일제히 소리 난 방향으로 돌아갔다. 막사 안으로 누군가 들어왔다.

그를 본 제롬이 함박웃음을 지었다. 하마터면 반가움에 눈물이라도 쏟을 지경이었다.

"마스……! 아, 아니, 레온 신관님!"

제롬이 반기자 다른 사람들도 웅성거리며 레온을 바라보았다.

아셀 역시 반가움에 벌어진 입을 다물지 못했다.

레온이 제롬에게 저벅저벅 다가와서 말했다.

“대신관님, 드릴 말씀이 있습니다. 잠시 괜찮으시겠습니까?”

“물, 물론입니다. 여러분, 잠시만 양해를 구하겠습니다. 곧 돌아오지요.”

제롬이 다른 사람들의 대답을 듣기도 전에 몸을 돌리고 막사를 걸어나갔다. 누군가 붙잡을 겨를도 없이 빠르게 나갔기에 장군들과 신관들은 그저 어정쩡한 자세로 두 사람의 뒷모습을 볼 수밖에 없었다.

제롬이 어울리지 않게 눈물까지 글썽이며 울먹였다.

“제기랄. 마스터, 정말 울고 싶었습니다.”

“수고했어.”

레온이 빙긋이 웃었다.

두 사람은 비어 있는 막사로 들어와서 밀담을 나누었다. 레온이 자신의 얼굴을 손으로 한 번 스윽 훑자, 거짓말처럼 용모가 바뀌었다. 바로 대신관의 모습으로 변한 것이다. 이어서 그는 제롬과 옷을 바꿔 입고는 허공에 대고 말했다.

“룬.”

“예; 마스터.”

룬이 나타나며 대답했다.

“이거 써.”

레온이 룬에게 인피면구를 불쑥 내밀었다.

자신의 인피면구였다.

아무래도 자신이 지금부터 대신관 노릇을 하려면 다시 가짜 레온을 만들어야 했다. 그 가짜를 룬에게 맡기려는 것이었다. 이왕이면 오러를 잃은 제롬보다는 룬이 나을 것이라 판단한 것이다.

제롬도 가짜 행세라면 질릴 만큼 질렸기에 아무런 불만이 없었다. 게다가 룬이라면 레온과 체격도 비슷하니 변장해도 무리가 없을 것이라고 판단했다.

"상황은 좀 어때?"

"드래곤의 개입으로 완벽한 열세입니다. 이쪽에서 꼼짝도 하지 못하고 있습니다."

"타라 교가 뒤에서도 치고 올 거야."

"성기사들은요?"

"그들도 타라 교를 쫓고 있으니 곧 이쪽과 합류하게 되겠지."

"그야말로 아수라장이 되겠군요."

"안전한 곳으로 일단 피해 있어."

제롬이 빙그레 웃었다.

"마스터 곁에 있는 게 가장 안전하지 않습니까? 크크."

"남자끼리 징그러워."

"그나저나 이제 어떻게 하실 겁니까?"

"우선 몸을 좀 회복해야 해. 급하게 오다 보니 아직 완전히 회복된 상태가 아니야. 적어도 반나절 정도는 시간을 끌어야 해."

"어떻게요?"

레온이 대답 대신 밖을 향해 소리쳤다.

"하사신!"

곧 막사 안으로 하사신이 모습을 드러냈다.

"부르셨소?"

"어디에 있었나?"

"병영에야 은신할 곳이 많지 않소."

레온이 픽 웃었다.

병영에 은신할 곳이 많다니.

그야말로 사령부에서 들으면 기겁을 할 만한 발언이었다. 만약 세상에 하사신 같은 사람만 있었더라면 전장은 첩자들의 세상이 됐을 것이다.

레온이 밑도 끝도 없이 불쑥 물었다.

"드래곤, 상대할 수 있겠어?"

"이제는 대놓고 목숨을 요구하는 것이오?"

"죽어라 싸우란 말이 아냐. 시간만 좀 끌어주면 돼."

"얼마나 말이오?"

"오늘 자정까지."

"해보지요."

"고마워."

"더 기다리게 하진 마시오."

"그래. 참, 룬도 거기에 참여해 줘. 나 대신 말이야."

"알겠습니다."

　완전히 변장을 마친 레온은 제롬의 어깨를 툭 치고는 걸음을 옮겼다. 그가 장군들이 모인 막사로 돌아가자 그레이 후작이 다시 질문을 던졌다.

"대신관님, 작전을 알려주십시오."

"방금 드린 말씀은 전면 취소하겠습니다."

레온이 대뜸 말하자, 그레이 후작이 이맛살을 구겼다.

"예? 그게 무슨 말씀입니까?"

"방금 레온 신관님과 이야기를 나누어보았습니다. 그래서 작전을 변경했습니다."

"작전 변경이라니요?"

"레온 신관님께서 드래곤을 상대하실 것입니다. 단, 오늘 밤 자정까지만 입니다. 그 뒤에 제가 직접 나설 것입니다."

"대신관님이 직접요?"

그레이 후작이 놀라서 물었다.

하지만 질문을 던지는 그의 표정은 한껏 상기되어 있었다. 그토록 기다리고 기다리던 대답을 듣는 순간이었다.

물론 대신관이 싸우다가 죽길 원하진 않았지만, 분명 대신관이라면 성기사들과 함께 드래곤을 대적할 수 있으리라.

듣고 있던 신관들 중 한 명이 조심스럽게 나섰다.

"하지만 테오도르 단장님과 많은 성기사들이 이곳에 없는 실정입니다. 괜찮으시겠습니까?"

"이곳에 있는 성기사들은 참전하지 않습니다. 아니, 지금까지처럼 카자른 제국군을 상대해 주십시오. 드래곤은 저 혼자면 충분합니다."

"혼자요?"

그레이 후작이 다시 놀라서 소리쳤고, 신관들이 웅성거리며 대화를 나누었다.

듣고 있던 아셀도 근심이 가득한 표정이었다.

아무리 레온이라지만, 드래곤을 상대로 과연 잘 싸울 수 있을지 걱정되지 않을 수 없었다.

레온이 상황을 정리했다.

"그러니 모두들 이제 각자의 일을 하십시오. 저는 자정까지 여신께 기도드리면서 몸을 다스려야겠습니다."

"알겠습니다!"

그레이 후작이 가장 먼저 목소리에 힘을 주고 대답했다. 그는 혹시라도 대신관이 맘이 바뀌어 다른 소리를 할까 봐 얼른 막사를 빠져나갔다.

*　　*　　*

청명한 날씨였다.

새파란 하늘에 조각구름이 두둥실 떠가고 있었다. 산들바람이 언덕을 넘어가면서 풀잎을 쓰다듬었다. 개울에서는 졸졸거리는 물소리가 마치 노랫소리처럼 들려오고 있었다.

참방.

프라이스는 나무 그릇으로 개울물을 떴다.

나무 그릇에 물과 함께 반짝이는 빛 가루가 가득 담겼다. 프라이스가 나무 그릇을 쏟지 않도록 조심하면서 걸음을 옮겼다.

"물 좀 드십시오."

그가 물을 권한 사람은 다름 아닌 메이븐 신관이었다. 메이븐 신관이 자상한 미소를 지으며 대답했다.

"고맙네."

"헤헤."

프라이스가 뒤통수를 긁적이며 쑥스러운 듯 웃었다.

그의 표정에는 어떠한 악의도 보이지 않았다. 과거 치졸한 감정에만 연연하던 그의 모습은 이제 어디에서도 찾아볼 수 없었다. 그저 순박한 시골 노총각 같은 모습이었다.

레온 때문에 마르텐 신전에서 일하게 될 때까지만 해도 그는 복수심으로 불타고 있었다. 물론 자신의 잘못으로 몸이 이상해지고 신전에서 노동해야 하는 신세가 됐다지만, 레온이 밉고 싫은 것은 어쩔 수 없었다.

한데 성자와 한 달을 함께하면 반 성자가 된다는 소리가 있지 않던가. 어느새 프라이스는 자신도 모르는 사이에 마음이 넓어지고 레온을 용서하고 있었다.

실제로 그는 레온이 보고 싶기까지 했다.

그를 만나서 자신을 깨우치게 해준 것에 대해 감사하고 싶은 심정이었다.

'맑고 고운 눈으로 세상을 보면, 세상이 맑고 고와진다.'

프라이스는 맑은 하늘을 올려다보며 빙그레 미소 지었다. 메이븐 신관님이 늘 귀에 못이 박히도록 하신 말씀이었다.

알과 룬이 함께 있을 때만 해도 자신이 이렇게 변할 줄은 생각하지 못했었다.

"물 좀 드시게."

메이븐 신관이 나무 그릇을 내밀었다.

프라이스는 손사래를 쳤다.

"다시 떠오면 되니까 마저 드십시오."

"몸도 불편해서 힘들 텐데……."

"아닙니다. 그럴수록 더 운동해야지요."

메이븐은 빙그레 웃으며 물을 마저 마시고 그릇을 건넸다.

프라이스는 다시 그릇을 받아 들고 개울가로 내려갔다.

'그 두 분은 잘 지내고 계실까?'

문득 알과 룬이 떠올랐다.

그들이 떠나고 나서 프라이스는 메이븐 신관으로부터 많은 것을 배웠다. 그리고 마음을 고쳐먹고 성직자가 되기로 결심한 것이다.

매일 붙어서 생활하는데다가 사제지간이 되자, 메이븐 신관은 이제 프라이스를 편하게 대하고 있었다. 프라이스 역시 그것이 좋았다.

프라이스는 개울물을 시원하게 들이켜고 나서 다시 메이븐에게 돌아왔다.

메이븐이 바위에서 일어났다.

"그럼 가세나."

"예, 신관님."

프라이스가 메이븐의 뒤를 따랐다.

발걸음이 가벼웠다.

얼마만의 나들이인가.

여행을 시작한 지 이틀이 지나고 있었다. 이틀 동안 날씨도 좋았고, 만나는 사람들마다 친절했다. 세상에 이렇게 착한 사람들이 많았나, 하는 생각이 들 정도였다.

한 가지 힘든 점은 보따리 하나를 짊어지고 간다는 것이었는데, 일반 어른에게는 그리 무거운 것도 아니지만 프라이스는 일반인과 다른 몸이지 않던가. 레온이 몸 여기저기를 안마(?)해 준 탓에 어린아이 정도의 힘만 낼 수 있는 그로서는 보따리를 짊어지는 게 여간 힘든 것이 아니었다.

하지만 단조로운 일상에서 벗어나 이렇게 여행하는 것은 분명 즐거운 일이었다.

언덕 위로 올라선 프라이스가 소리쳤다.

"신관님! 저 아래 작은 마을이 있어요."

"저기에서 잠시 쉬었다 가세."

두 사람은 다시 들뜬 걸음으로 마을로 향했다.

마을은 이상할 정도로 조용했다.

집집마다 울타리 안에서 뛰어다니는 닭이나 개를 보더라도 사람이 살고 있음이 분명한데, 좀처럼 인기척을 느낄 수가 없는 곳이었다.

"어쩐지 묘한 분위기인데요."

프라이스가 팔뚝을 쓸며 말했다.

뭔가 으스스한 기분이 들었다.

하늘은 맑고 푸른데 마을은 쥐 죽은 듯 고요하니, 그 묘한 부조화가 더욱 괴기스럽게 느껴지고 있었다.

메이븐은 그저 사람 좋은 미소만 지으며 식당을 가리켰다.

"우선은 식사라도 하고 가도록 하지."

"그, 그럴까요?"

왠지 프라이스는 이 마을에 오래 머물고 싶지 않았지만, 우선 메이븐의 말에 따랐다. 확실한 정보도 없이 그저 기분이 나쁘다는 이유로 무작정 마을을 벗어나자고 고집 부릴 수는 없었다.

프라이스는 걸어가면서 연신 사방을 두리번거렸다.

마을은 정말 작은 규모였는데, 대략 스무 가구 정도가 모여서 사는 듯했다.

두 사람은 식당 안으로 들어갔다.

식당 역시 손님이 단 한 명도 보이지 않아 적막하기만 했다.

"계, 계십니까?"

프라이스가 얼른 소리쳐 불렀지만 아무도 나오지 않았다. 식당임에도 불구하고 이렇게 기분 나쁜 곳은 처음이었다. 알 수 없는 묘한 분위기가 그랬다.

하지만 메이븐은 볕이 잘 드는 창가에 자리를 잡고 앉았다.

"찬찬히 기다려 보세나."

"다른 곳으로 가보시는 건⋯⋯."

"식당이 이곳밖에 없는 듯한데 어딜 가자는 말인가?"

"우선 마을을 벗어나서 사냥감을⋯⋯."

말을 꺼내던 프라이스는 곧 입을 다물었다.

사냥을 할 사람이 없었다. 자신의 몸이 이 지경인데 토끼 한 마리라도 잡을 수 있다면 기적이었다. 그렇다고 신관님께 사냥 좀 하십시오, 하고 말할 수는 없는 노릇이지 않나.

챙겨온 식량도 바닥이 났으니 이곳에서 끼니를 해결하고, 먹을 것을 좀 더 챙겨가야만 했다.

결국 프라이스는 다시 주방을 향해 소리쳤다.

"아무도 안 계십니까? 손님 받아주십시오."

"조급해하지 말게나. 일이 바쁜 모양이지."

메이븐의 말에 프라이스가 자리에 앉았다.

과연 주방에서 누군가 모습을 드러냈다. 어린아이였다. 이 집 주인의 아들인 듯했다.

적막하던 식당에 아이가 모습을 드러내니 프라이스는 그제야 마음이 조금 놓였다.

"귀여운 아이구나."

프라이스가 빙긋 웃으면서 아이의 머리를 쓰다듬어 주려고 손을 내밀었다. 그런데 그 순간, 아이가 입을 쩍 벌리더니 프라이스의 손을 와작 씹었다.

"아아악!"

프라이스가 비명을 지르며 손을 빼내려고 했다. 하지만 아이는 손을 입에 물고 놓아주질 않았다.

그때 메이븐이 재빠르게 손을 뻗어 아이의 양 볼을 꽉 움켜쥐었다. 저절로 아이의 입이 벌어졌다.

프라이스가 얼른 손을 빼내니, 잇자국이 선명하고 피가 철철 흐르고 있었다.

한편 메이븐에게 양 볼을 꽉 잡힌 아이는 눈물을 글썽이더니 이내 울기 시작했다.

"흐아앙~"

아이의 울음소리가 어찌나 큰지 창문이 다르르 떨릴 정도였다. 메이븐이 얼른 프라이스에게 지시했다.

"보따리에서 씨앗을 꺼내게!"

"예? 아, 옛!"

프라이스가 얼른 보따리를 풀었다.

거기에는 그동안 신전 앞마당의 화단에 심어놓았던 꽃의 씨앗이 잔뜩 들어 있었다. 알과 룬이 있을 때부터 화단에서 키우고 가꾸던 꽃의 씨앗이었다.

프라이스가 얼른 피 묻지 않은 손으로 씨앗을 꺼내 메이븐에게 내밀었다. 메이븐이 씨앗을 받아 들고 아이의 입속에 집어넣었다. 그리고 턱을 탁 쳐서 입을 다물게 했다.

강제로 꽃씨를 삼키게 한 것이었다.

"신, 신관님, 도대체 이게 무슨 상황입니까?"

한데 대답을 듣기도 전에 주방에서 두 명이 달려나왔다. 남자와 여자였는데, 아이의 부모인 듯했다.

"이거 참 죄송합니다, 손님. 무슨 일이신지요?"

"아, 별일 아닙니다. 아이가 장난을 좀 쳐서요."

프라이스가 당황해서 얼른 손사래를 쳤다.

그러다가 그는 주인장의 손에 들린 식칼을 보고 경악했다. 아무리 급해도 그렇지 손님이 있는 곳에 식칼을 들고 나오는 경우가 어디 있는가.

한편 주인장은 프라이스의 손에서 피가 흐르는 것을 보고 거듭 사죄했다.

"이거 우리 아이가 큰 실수를 했군요. 대신 사과드립니다."

"하하, 괜찮습니다. 아직 어리니 그럴 수도……."

쉬이익!

세에엑!

프라이스는 말을 마저 잇지 못했다.

부부가 동시에 메이븐을 향해 식칼을 휘두르기 시작한 것이다.

프라이스의 동공이 순식간에 부풀어 올랐고, 메이븐의 눈빛이 일순 날카로워졌다. 평소 온화한 그의 인상과는 전혀 다른 표정이었다. 찰나지간,

펑!

퍼엉!

메이븐이 내뻗은 두 손에서 새하얀 빛이 터져 나왔고, 두 부부가 뒤로 날아가며 탁자를 부수고 쓰러졌다.

“크헉!”

“제기랄! 이 자식……!”

주인장의 표정이 험악해졌다. 동시에 그의 눈동자가 온통 새까맣게 변하면서 송곳니가 길게 튀어나오기 시작했다. 프라이스는 도대체 이게 어떻게 된 일인지 짐작도 할 수 없었다.

갑자기 돌변해서 손님들을 덮칠 줄이야.

게다가 메이븐이 평소와 다르게 매서운 표정을 짓고 있지 않은가.

메이븐이 자리에서 일어났다.

그가 프라이스에게 손을 뻗으며 말했다.

“씨앗 두 개를 주게.”

“예, 옛!”

씨앗을 받아 든 메이븐이 천천히 걸음을 옮겼다.

야수처럼 변한 두 부부가 엉거주춤 몸을 일으키고 뒤로 슬금슬금 물러났다.

“네놈, 정체가 뭐냐?”

주인장이 송곳니를 드러내며 물었다.

메이븐이 엄한 표정으로, 하지만 고요한 목소리로 대답했다.

“루카스 교의 신관이라오.”

“죽어라!”

두 부부, 아니, 야수라고 볼 수밖에 없는 그들이 메이븐을 향해 쇄도해 들어왔다. 순간 메이븐이 양손을 불쑥 내밀자 그들의 속도가 더욱 빨라졌다. 사실, 그들이 빨리 달린 것은 아니었다.

메이븐의 손이 그들을 빨아들인 것이다.

"크윽!"

"컥!"

두 남녀가 메이븐의 양손에 얼굴을 바짝 들이대고 멈췄다. 마치 보이지 않는 실이 그들을 옭아맨 듯 꼼짝을 하지 못했다.

메이븐은 손가락 사이에 끼우고 있던 꽃씨를 그들의 입속에 천천히 집어넣었다. 그리고 아이에게 했던 것과 마찬가지로 턱을 탁 쳐 올렸다.

잠시 후, 두 남녀는 아이와 마찬가지로 스르르 눈을 감더니 털썩 허물어졌다.

"신, 신관님?"

"휴우."

메이븐이 한숨을 내쉬며 몸을 돌렸다. 다행히 메이븐은 평소의 모습 그대로였다.

프라이스가 울상을 지으며 물었다.

"도대체 무슨 일이 일어난 겁니까?"

"아무래도 이 마을에 문제가 있었던 모양이네."

"혹시 처음부터 짐작하셨습니까?"

메이븐이 고개를 끄덕였다.

"그럼 우리 여행은 단순한 여행이 아니군요? 이 꽃씨들은 뭡니까?"

"알다시피 신전 화단에서 키우던 꽃씨라네."

"보통 꽃씨가 아니지요?"

"이 세상의 모든 생명체는 보통이 아니지."

"우리는 지금 어디로 가는 것입니까?"

"마을을 떠날 때 말하지 않았던가? 메마른 땅에 꽃씨를 심으러 간다고."

프라이스가 털썩 주저앉았다.

"평범한 여행이 아니었군요."

"너무 걱정하지 말게나. 여행하면서 어찌 좋은 일만 있겠는가."

프라이스가 창밖을 보고는 중얼거렸다.

"적어도 이 마을에서는 나쁜 일만 있겠군요."

"음?"

메이븐이 고개를 돌려보니 식당 밖으로 마을 주민들이 빽빽하게 몰려들어 있었다. 보아하니 이곳 부부들과 마찬가지로 모두 마계의 기운에 변이된 자들이 분명했다.

"잠시 기다리고 있으시게. 혹시 저들이 깨어나면 맛있는 요리로 주문해 주게나."

"신관님은 어딜……."

메이븐은 대답도 하지 않고 현관문을 열고 밖으로 나갔다.

문 밖에서는 마계의 기운에 좀비로 변해 버린 자들이 몰려 으르렁거리고 있었다.

"크아아!"

좀비 하나가 메이븐을 향해 달려들었다.

그 순간,

쉐쉐쉐쉐……!

마치 공기가 갑자기 무거워지는 듯하더니, 보이지 않는 무언가가 좀비들을 짓누르기 시작했다. 허공에서는 연신 찢어질 듯한 마찰음이 시끄럽게 들려왔다.

허공이 무너지고 있었다.

달리 표현할 방법이 없었다.

마치 하늘이 그들을 짓누르는 것 같았다.

유일하게 우뚝 서 있는 자는 메이븐뿐이었다.

메이븐은 나직이 뭔가를 중얼거리고 있었다. 기도문이었다.

그가 제일 먼저 자신에게 달려들던 좀비에게 꽃씨를 먹였다.

무릎을 꿇고 엎드린 좀비는 거부할 힘도 없었다.

"오늘처럼 청명한 날은 루카스 여신의 은총이 더없이 충만하지요."

메이븐은 다시 기도문을 읊으며 다음 좀비에게 걸어갔다.

*   *   *

"너희들, 시간을 끌려고 하는구나."

착 가라앉은 사일란의 눈매에서 가소로움이 비쳤다. 하사신을 비롯한 어쌔신들이 저마다 마른침을 꿀꺽 삼켰다.

그들이 있는 곳은 비교적 다른 군사들과 멀리 떨어진 곳이었다. 현재 카자른 제국과 아란스 왕국의 병사들은 한창 밀고 당기는 전쟁을 치르는 중이었다.

그나마 드래곤의 발을 이곳에 묶어둘 수 있는 것이 큰 다행이었다.

하사신과 그의 부하들은 치고 빠지는 전술을 이용하고 있었다. 은밀함과 신속함, 그리고 정확도라면 그 누구에 못지않게 우수한 실력을 가진 그들이었다. 드래곤을 이기라면 자신이 없지만 어느 정도 시간을 끌면서 상대하는 건 가능했다. 물론 단신일 경우에는 말도 안 되는 일이겠지만, 지금은 시아의 상급 어쌔신과 특급 어쌔신이 합공을 하니 가능한 것이었다.

사일란은 어쌔신들을 찬찬히 훑었다.

인간으로 폴리모프한 상태였음에도 그의 눈빛은 압도적인 위압감을 풍기고 있었다. 그의 눈길이 스쳐 지나갈 때마다 어쌔신들은 등줄기에 소름이 돋았다.

"넌 왜 레온으로 변장했지?"

사일란이 룬을 가리켰다.

일찍이 그가 가짜라는 사실을 알고 있던 사일란이었다.

룬이 피식 웃으며 대꾸했다.

"이쪽도 나름대로 사정이 있어서 말이야."

"훗."

사일란이 다시 가소롭다는 듯 비웃었다.

그가 하늘을 올려다보며 물었다.

"레온이 나올 때까지인가?"

"……."

"언제인가?"

"뭘 묻는 거요?"

하사신이 눈썹을 구기고는 물었다.

사일란은 여전히 지루한 표정으로 말했다.

"레온 말이다. 그는 언제 나오는가?"

하사신의 눈알이 옆으로 굴렀다.

말을 해도 되는 것인지 고민하는 중이었다.

"드래곤의 명예를 걸고 약속하지. 지금 내 질문에 대한 대답 때문에 너희들의 운명을 바꾸진 않겠다고."

"자정."

하사신이 대꾸했다.

사일란이 고개를 끄덕였다.

"하긴. 발롭을 상대하고 이곳으로 곧장 달려왔을 테니 쉴 시간이 좀 필요하겠지."

레온이 발롭을 이겼다는 것은 이미 레니에로부터 들어서 알고 있는 사실이었다. 레니에가 다른 장군들의 동요를 막기 위해서 사일란에게만 귀띔했던 것이다.

자정이면 이제 두 시간 정도 남은 상태.

사일란이 귀찮다는 듯 손을 휘휘 저었다.

"가라."

"뭣이?"

“그만 가라고.”

“흥! 무슨 개수작이냐!”

“내가 자정까지 기다리겠다고 레온에게 알려라.”

“허튼소리!”

사일란이 픽 웃었다.

“너희들, 이제 칼 들 힘도 없을 텐데?”

“……!”

하사신을 비롯한 어쌔신들이 동요했다.

사일란의 말은 사실이었다.

아직까지 자정이 되려면 두 시간이나 남아 있었다. 지금까지는 용케 버텼지만, 문제는 앞으로 남은 시간이었다. 두 시간은 그야말로 죽음을 각오해야 할 것이라고 마음먹고 있었다.

한데 사일란이 싸울 의지가 없으니 어쌔신들도 순간 맥이 빠지는 것만 같았다.

어쩌면 앞으로 남은 두 시간을 목숨 걸고 싸워서 드래곤의 힘을 조금이라도 빼놓는다면 레온에게 도움이 될지도 몰랐다.

하지만 싸울 의지가 없는 드래곤을 상대로 싸움을 걸기란 노서히 무리였다.

텔레포트라도 써서 어디 멀리 가버린다면 어찌 쫓을까?

방어라면 몰라도 먼저 싸움을 걸기에는 상대가 너무 막강한 존재였다.

상황이 이렇게 되자, 하사신이 별수없이 하르페를 거두었다.

"정말 자정까지 공격하지 않을 생각이오?"

"약속하지."

사일란은 두말없이 걸음을 돌렸다.

결국 하사신을 비롯한 어쌔신들도 아란스의 병영으로 걸음을 돌리고 말았다.

"나를 기다리겠다고?"

"예."

레온의 물음에 룬이 대답했다.

레온은 이제 막 운기를 끝낸 상황이었다. 전신에서 힘이 넘치고 있었다.

자정까지는 운기를 해야 할 것이라고 생각했는데, 생각보다 몸이 빠르게 회복됐다. 각성을 하는 바람에 내력이 쌓이는 속도가 예전에 비해 월등하게 빨라진 것이다.

게다가 이곳까지 오면서 틈틈이 내력을 보강했으니 생각보다 시간이 오래 걸리지 않은 것이다.

레온이 일어나서 신관복을 걸쳐 입었다.

"상대방을 기다리게 하면 안 되지."

"지금 출전하시려는 겁니까?"

"응."

"너무 무리하시는 것 아닙니까?"

"아냐. 몸도 어느 정도 회복했고, 해볼 만해."

"하지만 좀 더 쉬시는 게……."

"안 좋은 일은 일찍 끝내고 쉬는 게 낫지."

레온은 룬에게서 망혼검을 건네받고는 천으로 그것을 둘둘 감았다.

"가서 이제 대신관이 나가서 싸울 것이라고 알려줘. 그레이 후작이 목 빠지게 기다리고 있을 거야."

"알겠습니다. 부디 조심하십시오, 마스터."

"걱정 마."

레온이 망혼검을 어깨에 척 올리고는 걸어갔다.

레온은 대신관으로서 많은 사람들의 배웅을 받으며 병영을 나섰다. 우선은 병사들의 피해를 최소화하기 위해서 전장과 조금 떨어진 곳에서 싸울 생각이었다.

사실대로 말하자면 병사들의 피해를 생각해서라기보다는 대신관이 가짜라는 사실을 들키지 않기 위한 것이기도 했다.

레온이 나선다는 사실을 들은 그레이 후작은 모든 병사들을 병영으로 일단 불러들였다.

카자른 제국에서도 아란스 왕국의 대신관이 직접 나선다는 소식을 듣고 드래곤을 내보낸 후, 모든 병사들을 거두어들였다.

레온이 단신으로 전장 한가운데로 걸어나가자, 적의 진영에서도 사일란이 자박자박 걸어나왔다. 두 사람은 나직이 대화를 나누어도 들릴 만큼 가까운 거리에서 멈춰 섰다.

"오랜만이야."

레온의 천진한 인사에 사일란이 픽 웃었다.

"여전히 건방지군."

"내 성격 잘 알면서 새삼스럽게."

"발롭을 처리했다지?"

"어쩌다 보니 그렇게 됐지."

"후후. 하지만 오늘은 어쩌다 보니 그렇게 되지 않을 것이야."

"글쎄, 내가 워낙 운이 좋은 놈이라서 말이야."

"그럼 시작해 볼까?"

"그전에 장소를 좀 옮기는 게 좋을 것 같은데. 좀 더 마음 놓고 싸울 수 있는 곳으로."

"상관없다."

"그럼 따라와."

말을 마친 레온의 몸이 핏 사라졌다.

그는 순식간에 허공답보를 펼쳐 하늘 멀찍이 사라지고 있었다.

사일란의 눈에 이채가 서렸다.

'그사이에 또 발전했군.'

이번에는 사일란의 신형이 핏 하고 사라졌다.

두 사람이 도착한 곳은 양쪽 병영이 잘 보이지도 않을 만큼 먼 곳이었다. 북동쪽으로는 숲이 있고, 남동쪽으로는 너른 호수가 펼쳐져 있었다. 호수 위에는 넓고 커다란 잎이 군데군데

떠 있었다. 서쪽으로는 대치하고 있는 두 나라의 병영이 아스라이 보였다.

사일란이 싸늘한 눈초리로 레온을 응시했다.

"이제 됐나?"

"응."

"그럼… 시작하지."

말이 끝나는 것과 동시에 사일란의 신형이 팟 사라졌다.

까앙!

날카로운 금속성이 울렸다.

사일란이 휘두른 검이 레온의 망혼검과 부딪치며 불꽃이 일어났다.

레온이 뒤로 주룩 미끄러지며 중심을 잡았다.

망혼검을 감싸고 있던 하얀 천이 잘려 나가면서 새파란 검날이 달빛에 비쳤다.

평소 우둘투둘하던 검이었지만, 어쩐지 오늘은 새파란 빛을 뿜으며 피를 부르는 것처럼 보였다.

레온이 씩 웃었다.

"숨 돌릴 틈도 주지 않는 거야?"

"내가 본 네놈은 그럴 틈이 없어도 될 만하다."

다시 사일란이 몸을 날렸다.

까강! 깡깡!

연신 금속성이 고막을 찢을 듯 울렸다.

쉑쉑쉑쉑!

온통 파공음과 금속성만이 가득했다.

금속성이 한 번 울릴 때마다 두 사람 사이에서는 불꽃이 폭죽처럼 터졌다.

보통 사람, 아니, 하사신 정도의 고수라고 할지라도 눈으로 판별하기 어려운 싸움이 둘 사이에서 일어나고 있었다.

사실 레온과 사일란으로서도 서로의 공격이 눈에 보이지 않는 것은 마찬가지였다. 눈으로 보고 방어하면 베이고 만다. 그저 그들은 본능의 명령에 따라서 움직이고 있었다.

한참 동안 치열한 접전이 벌어진 끝에 사일란이 뒤로 휙 물러났다. 그가 호수 위에 뜬 너른 잎에 두 발로 섰다.

"과연, 보통 녀석이 아니군."

사일란이 기분 좋게 미소를 그렸다.

레온도 미소 지었다.

"칭찬을 들으니 기쁜데?"

"그 칭찬이 계속 나올지는 두고 봐야겠지."

사일란이 검을 사선으로 그어 내렸다.

그러자 순간 허공에서 불덩이들이 춤을 추듯 일렁이며 레온을 향해 달려들었다.

"헛?"

처음 보는 괴상한 방식에 레온이 뒤로 성큼 물러나며 호신강기를 끌어올렸다. 그때, 다시 사일란이 손바닥을 쭉 뻗어냈다. 그러자 레온의 뒤에서부터 화염 기둥이 솟아오르며 쇄도해 들어왔다.

화르르르륵!

"크읏!"

레온이 화염 기둥을 피하기 위해 훌쩍 물러났다.

하지만 그 바람에, 춤을 추듯 날아드는 불덩이와 부딪치고 말았다.

콰앙!

불덩이에 닿자마자 상상을 초월할 정도의 폭발이 일어났다.

레온이 서 있는 곳을 중심으로 사방이 불길에 휩싸이며 타올랐다.

"쿳!"

호신강기를 끌어올렸기에 다행이지, 만약 맨몸으로 부딪쳤다면 아무리 레온이라도 순식간에 전신이 걸레 조각이 됐으리라.

멀찍이 나무 기둥까지 날아가 처박힌 레온이 가까스로 몸을 일으키고는 물었다.

"어떻게 주문도 없이 마법을 부리는 거지?"

"멍청한 질문이군. 마법은 본래 드래곤의 것. 너희 인간이 배우면서 일종의 법칙이 만들어졌을 뿐이다. 우리 드래곤에게는 걸음마를 하듯 자연스러운 게 마법이지."

"쳇, 뭔가 불공평한데."

"세상이 원래 그렇다."

참방.

사일란이 잎을 밟고 튀어 오르면서 물방울이 튕겼다.

그는 입술을 비틀어 웃으며 검을 내찔러 왔다. 이제는 정말 농담이나 하면서 싸우기는 힘들어진 상황이었다.

깡!

레온이 검을 쳐내며 몸을 비틀어 피했다.

한데 이번에는 사일란이 왼손을 앞으로 뻗어 레온의 이마를 콱 짚었다. 다음 순간,

'이런 젠장!'

사일란의 손바닥에서 붉은 열기가 폭사하며 쏟아져 나왔다.

퍼엉!

"크윽!"

레온이 몸을 뒤집으며 날아갔다.

만약 극빙환결을 시전하지 않았다면 그대로 잿더미가 됐을 터였다.

한데 사일란의 맹공은 그걸로 끝이 아니었다.

그가 쓰러지는 레온을 향해 다시 팔을 휘둘렀다.

그러자 놀랍게도 호수에서 물줄기가 솟아올랐다.

피츄욱! 피츄욱! 피츄욱!

튀어오른 물줄기는 마치 창처럼 날카로워지더니, 레온을 향해 거침없이 내리꽂혔다. 모두 단단한 얼음이었다.

콰작! 콰작! 콱!

사정없이 내리꽂힌 얼음 창들 중 하나가 레온의 얼굴을 향해 날아왔다. 레온이 팔을 들어 그것을 쳐냈다.

꽝!

"크웃!"

팔뚝이 얼얼했다.

조금 전 불의 속성을 막아내느라 극빙환결을 끌어올린 상태였는데, 거기에 얼음 속성의 공격이 가해지니 충격이 고스란히 흡수된 탓이었다.

사일란은 거기서 쉴 틈을 주지 않고 검을 휘두르며 파고들었다.

레온도 벌떡 일어나면서 망혼검을 수직으로 내리쩍었다.

"하앗!"

우렁찬 기합 소리와 함께 망혼검이 허공을 가르자, 시퍼런 강기가 빛의 속도로 날아갔다.

쒜에엑!

짜르르릉!

강기가 지나간 자리에 깊은 골이 생겨났다.

사일란이 급히 몸을 틀어 피하지 않았다면 꽤나 심한 부상을 입었을지도 모를 공격이었다.

사일란이 슬쩍 웃었다.

"과연, 아직은 모든 힘을 보여준 게 아니라는 건가?"

"그건 그쪽도 마찬가지잖아."

사일란이 씩 웃으며 검을 내던졌다.

"그럼 지금부터 본격적으로 놀아보지."

"제길, 본격적인 건 싫은데……."

레온이 투덜거렸다.

다음 순간 사일란의 전신에서 붉은 빛이 반짝이며 쏟아져 나왔다. 그리고 그 빛은 점차 부풀어 오르더니 지난번 발롭보다 두 배 정도 큰 모습으로 변했다.

빛이 잦아들자 그는 완벽한 레드 드래곤의 본모습으로 변신해 있었다.

그가 광오한 눈빛으로 레온을 내려다보았다.

레온이 허를 찼다.

"쯧. 큰 놈들은 질색인데."

*   *   *

그레이 후작은 말을 몰고 병영 앞까지 나와서 서성였다. 그의 뒤로 신관들과 고위급 장군들 역시 나와서 초조한 표정으로 먼 산기슭을 바라보았다.

이따금씩 산기슭에서는 요란한 폭음이 터져 나왔다. 그때마다 땅의 흔들림이 이곳까지 전해질 정도였다.

"도대체 어떤 싸움을 벌이기에……."

그레이 후작은 말고삐를 꾹 움켜쥐었다. 이 싸움의 결과가 어쩌면 아란스의 운명을 좌우할지도 몰랐다. 만약 대신관이 패배한다면 아란스 군은 일대의 혼란에 빠져들 것이다.

사기가 꺾이는 것은 두말할 것 없고, 당장 저 드래곤을 상대할 수 있는 자 역시 없을 게다. 유능하다는 검사들을 모두 동원한다고 하더라도, 이미 성룡이 된 레드 드래곤을 상대하기에는 역부족일 것이다.

드래곤 슬레이어?

갖다 붙인 호칭은 그럴싸하지만, 그들도 수면기의 드래곤을 급습해서 드래곤 하트를 훔쳐(?) 온 것에 불과하다. 그것도 갓 해츨링의 단계를 벗어난 어린 드래곤들.

그럼에도 사지육신이 멀쩡한 자들은 드물다.

한데 저런 드래곤을 상대하기에는…….

'도대체 어쩌자고 혼자 나선 것입니까?

다른 신관들을 대동하면 어찌어찌 막을 수는 있지 않을까 생각했다. 한데 혈혈단신으로 나선 대신관이 과연 드래곤을 상대나 할 수 있을까?

걱정이 불안감을 부르고, 불안감은 다시 더 큰 걱정으로 이어졌다.

그렇게 초조한 시간이 흐르는데 갑자기 산기슭에서부터 무언가 튀어나오듯 날아왔다. 그것은 병영 입구에서 조금 떨어진 곳에 추락했다.

콰당!

바닥에 처박힌 것은 온몸이 검붉은 강기에 휩싸인 레온이었다.

"대신관님!"

그레이 후작이 깜짝 놀라서 소리쳤다.

하지만 그는 한 발자국도 움직이지 못했다.

허공이 일그러지는가 싶더니 이내 어마어마하게 큰 드래곤이 레온 앞에 나타난 것이었다. 이곳에서는 제법 거리가 있었지만, 드래곤의 존재만으로도 압도적인 위압감이 느껴졌다.

"대, 대신관님!"

그레이 후작의 안타까운 외침을 들은 것일까?

레온이 바닥에서 엉거주춤 일어났다.

레온을 내려다보며 사일란이 비웃음을 지었다.

"확실히 너란 녀석은 보통 인간과 뭔가 다르군."

레온은 묵묵히 사일란을 쏘아보며 검을 가슴 앞에 세웠다. 그리고 그의 눈이 번뜩이는 순간,

퀴에에엑―!

마치 밤하늘을 찢어버리는 듯한 굉음이 울리며 레온의 몸에서 강기가 쏘아졌다. 강기는 한 마리 용의 형상을 나타내며 무섭게 날아갔다.

사일란 역시 갑자기 날아든 거대한 강기에 움찔 놀라 뒤로 물러났다.

"허튼수작!"

사일란이 입을 쩍 벌리고는 브레스를 뿜었다.

콰콰콰콰!

퀴에에엑!

브레스와 강기의 용이 허공에서 부딪치며 서로 뒤엉켜 싸웠다.

한편 지켜보는 사람들은 이 무시무시한 광경에 모두 넋을 잃고 말았다.

“이, 이게 인간과 드래곤의 싸움이란 말인가?”

대신관이 어째서 저런 기술을 쓸 수 있는지 의문을 가지는 것은 그다음이었다. 눈앞에 벌어진 광경이 워낙 대단하니 우선은 거기에 놀라지 않을 수가 없었다.

“저, 저게 뭐지!”

병사 하나가 바라보다가 소리를 질렀다.

사람들의 시선이 모두 그곳으로 돌아갔다. 레온의 등 뒤에 팔이 여덟 개가 달린 수라혈마상이 나타난 것이었다.

넘실거리며 나타난 수라혈마상에 사람들이 저마다 입을 다물지 못했다. 게다가 레온의 전신에서 쏟아져 나오는 기운은 마계의 기운과 묘하게 닮은 구석이 있었다.

이렇게 되니 지켜보던 신관들조차 이 상황을 어떻게 해석해야 할지 난감했다.

어쨌거나 레온의 수라혈마상을 본 사일란은 눈을 가늘게 뜨더니 커다란 날개를 한 번 휘저었다.

파아앙!

엄청난 돌풍이 몰아치면서 무섭게 파고들던 용의 형상이 스르르 사라졌다.

그와 동시에 레온의 몸이 팟 사라졌다.

이내 레온은 드래곤의 이마 부위에서 나타났다. 마치 텔레포트 마법을 이용해서 공간을 이동한 듯했다.

“하앗!”

레온이 이마 위로 망혼검을 들어 올렸다가 세차게 내려쳤다. 어마어마한 검강이 그대로 사일란을 반으로 가르는가 싶었다.

한데, 그 짧은 순간, 사일란의 커다란 몸뚱이는 신기루처럼 사라지고 말았다.

'빠르다!'

콰자자자작!

그대로 사일란이 있던 자리를 지나간 검강이 비닥을 일자로 깊게 파고들었다. 마치 지진이 일어나면서 땅이 갈라지듯 바닥에 깊은 골이 생겨났다.

'위?'

레온이 섬뜩한 느낌에 고개를 치켜들었다.

아니나 다를까, 어느새 머리 위에 나타난 사일란이 커다란 발을 들어 그대로 레온을 내리찍었다.

"크웃!"

사일란의 움직임이 빨랐던 것은 아니었다. 레온이 검강을 내려치는 순간, 사일란은 텔레포트 마법을 이용해서 레온보다 높은 허공으로 이동한 것이었다.

육중한 발에 밟힌 레온이 그대로 지면으로 하강했다.

콰가각!

"크악!"

드래곤의 발아래에 깔린 레온이 울컥 피를 토해냈다. 갑작스러운 급습에 호신강기를 제대로 끌어올리지 못한 것이다.

레온이 드래곤의 발에 밟히자 지켜보던 아란스 군은 저마다 탄식을 흘렸다.

한편 사일란은 천천히 인간의 모습으로 폴리모프했다. 그가 완전히 인간의 형상을 되찾았을 때, 그는 레온의 목을 발로 지그시 밟고 있었다. 조금만 힘을 준다면 레온의 목을 부러뜨릴 수도 있을 듯했다.

"제법 재미있는 싸움이었다."

사일란의 말에 레온은 아무런 대꾸도 하지 않았다.

과연 드래곤은 발롭보다 강했다.

무엇보다 마법이라는 것을 상대하기가 너무 까다로웠다. 반면에 사일란은 자신에 대해서 잘 알고 있었다. 물론 수라혈마공까지는 의식하지 못한 듯했지만, 사일란은 그조차도 가뿐하게 막아냈다.

만약 이초식과 삼초식을 연환식으로 펼쳤다면 어땠을까?

확률은 반반이었을 게다.

성공 여부는 사일란이 얼마나 자신의 수라혈마공에 맞서 적재적소에 마법을 쓰느냐에 달렸을 것이다.

모험을 피하기 위해서 내력을 안배했는데, 오히려 더 빨리 위기가 와버린 게다.

그래도 포기하기엔 이르다.

아직 싸울 힘은 남아 있었다.

레온은 재빨리 망혼검을 날렸다. 사일란이 슬쩍 몸을 뒤틀어 피했다.

한데 빗나간 망혼검이 다시 방향을 틀어 사일란을 노리고 달려들었다.

이기어검이었다.

"잔재주가 남았나 보군!"

사일란이 어쩔 수 없이 몸을 물렸다.

다시 빛 가루가 흩날리면서 사일란은 본래의 커다란 드래곤으로 돌아왔다.

그 틈을 타서 레온도 뒤로 훌쩍 물러났다.

문제는 이제부터다.

어떻게 싸울 것인가.

이길 확률보다는 질 확률이 높았다.

뭔가 방법이 없을까?

레온은 그답지 않게 많은 생각을 했다. 원래 싸우는 도중 생각이 많으면 안 된다. 본능에 내맡긴 싸움이 돼야 한다.

본능이 자꾸 막히면 생각이 많아지는 법이다.

'좋지 않은데.'

레온이 옆으로 걸음을 옮기며 입가에서 흐르는 피를 닦았다.

그때였다.

쉬이이잉—!

갑자기 레온이 서 있는 땅에서 미풍이 회오리치며 불었다.

'이건 또 무슨 마법?'

레온이 당황해서 물러서는데, 그 광경을 지켜보던 병사 하나가 소리쳤다. 보통 사람이라면 그 목소리를 들을 수 없었겠지만, 레온은 그 병사의 목소리를 똑똑히 들었다.

"하, 하늘에 결계가!"

레온은 물론, 사일란도 깜짝 놀라서 고개를 들었다.

과연 레온의 머리 위에 둥근 결계진이 나타나고 있었다.

"이건 또 뭐야?"

레온이 뒤로 성큼 물러나며 이맛살을 구겼다. 동시에 그는 재빨리 사일란의 눈치를 살폈다.

한데 사일란도 예상치 못한 듯 뒤로 물러나서 이 광경을 지켜보기만 했다.

둥그런 결계진이 완성되자, 밤하늘에 구멍이 난 것처럼 하얗게 빛이 났다. 그리고 그곳으로 커다란 형상이 실루엣처럼 나타나더니 점차 색이 짙어졌다.

지켜보던 병사들도 놀라서 말을 더듬었다.

"저, 저게 도대체 뭐지?"

"드래곤이 부린 건가?"

"아닌 것 같은데?"

"그럼 대신관님이 하신 건가?"

"글쎄……."

드래곤에 비해서 몸집이 작은 레온은 이곳에서 제대로 보이지 않았던 것이다. 모두들 호기심을 가지고, 그러면서도 한편으로는 두려운 마음으로 하늘에 나타난 그것을 보았다.

이내 그것이 완전한 모습을 드러냈을 때, 사람들은 입을 척 벌리고 말았다.

"맙소사. 저, 저게 뭐야?"

"사람도 있다!"

결계진 안에 나타난 것은 커다란 골렘과 여러 명의 사람들이었다.

허공에 나타난 사람들은 결계진이 사라지자 속수무책으로 추락하기 시작했다.

"으아아악!"

"꺄아악!"

콰당! 쿵! 쿵!

"으갸갸!"

"아야야……!"

뿌연 흙먼지 속에서 여기저기 신음 소리가 흘러나왔다. 결계진을 통해서 나타난 사람 중 여자 한 명이 흙먼지 안에서 버럭 소리쳤다.

"율란! 결계를 이딴 식으로 만들면 어떻게 해!"

그러자 다시 흙먼지 속에서 목소리가 들려왔다.

"내, 내 잘못이 아닌데… 나는 그저 텔레포트 효과가 적용되는 범위 지정만 했을 뿐이야. 마법은 바힐 마법사님이……."

"허허허, 이거 미안합니다. 이렇게 넓은 범위를 한꺼번에 텔레포트 시켜본 것은 처음이라서……."

바힐의 대답에 율란이 주위를 둘러보다가 물었다.

"그나저나 여긴 어딥니까? 제대로 온 게 맞나요?"

"아마 그럴 것 같습니다만… 이거야 원, 먼지가 너무 많으니……."

"단장님! 타나토스는 괜찮은가요?"

기이이잉—!

율란의 목소리에 대답이라도 하듯 기계음이 들렸다. 이어서
확성기를 통한 이든의 목소리가 울려 나왔다.

[이상은 없어 보인다.]

"휴~ 다행이군요."

율란이 옷에 묻은 흙먼지를 털어내며 주위를 휘이 둘러보았
다.

그때 누군가 흙먼지 안으로 들어섰다.

"율란?"

익숙한 목소리.

율란의 표정이 밝아졌다.

"마스터!"

"율란 맞군."

"정말 제대로 왔군요! 혹시 전쟁터 한복판에 떨어질까 봐 조
금 멀리 떨어진 곳으로 텔레포트했는데, 마스터가 여기 계실
줄이야."

"여기 전쟁터 한복판 맞다."

레온이 흙먼지 속에서 모습을 드러냈다.

주위를 둘러보니 이스키오스 사도단을 비롯해서 바힐 마법
사와 루나까지 함께 있었다.

율란이 고개를 갸웃거렸다.

"전쟁터 한복판이라구요?"

바힐 마법사도 턱을 괴고는 고개를 갸웃거렸다.

"이상하군요. 분명 좌표는 제대로 찍었을 터인데. 좌표가 잘못되면 텔레포트 도중 몸이 공중분해되고 말았을 겁니다."

레온이 대수롭지 않다는 듯 말했다.

"좌표는 제대로 됐을 겁니다. 다만 전쟁 도중 후퇴를 거듭하다가 여기까지 밀려와서 그렇지요."

"그렇군요. 예? 그럼 여기가 접전지라는 말씀입니까?"

"예."

"그럼, 적군은……."

"저기 있습니다."

레온이 망혼검으로 한쪽 허공을 가리켰다.

흙먼지가 서서히 희미해지면서 시야가 트이기 시작했다. 순간, 바힐 마법사와 이스키오스 사도단이 경악성을 터뜨렸다.

"드, 드래곤!"

커다란 덩치의 사일란이 날카로운 눈으로 이쪽을 노려보고 있었다. 그는 갑작스런 불청객들을 영 못마땅하게 바라보고 있었다.

"드래곤이라니! 마스터, 설마……!"

"싸우는 중이었다."

레온의 말에 이든이 타나토스를 움직여 곁으로 다가왔다.

[신속 정확 배달이군요.]

이든이 타나토스의 머리를 젖히고 밖으로 몸을 내밀었다.

"마스터를 위해서 특별히 배송해 드리는 겁니다."

"나를 위해서?"

"마스터에게 최적화된 타나토스입니다."

이든이 타나토스에서 내려왔다.

한편, 레온은 처음으로 본 골렘을 가만히 올려다보았다.

'이게 바로 그… 골렘? 정말 루나가 만든 건가?

루나가 골렘을 만들겠다고 나설 때만 해도 어린아이 장난 정도로 여겼다.

한데 바로 눈앞에 두고 보자니 어마어마한 박력이 느껴졌다.

'이거 어쩌면……'

레온의 눈동자에 이채가 서렸다.

지금까지 밀리고 있던 싸움이 어쩌면 역전될지도 모르겠다는 희망.

한편 그들이 한가롭게 대화를 나누는 동안 먼발치에서 구경하던 아란스 군은 먼지구름이 걷히고 서서히 모습을 드러낸 골렘을 보고 입을 척 벌렸다.

"저, 저건 뭔가? 도대체."

"여, 여신의 기사인가!"

병사 하나가 얼토당토 않는 소리를 외쳤다.

하지만 그 상황에서는 묘한 설득력을 가지고 있었다. 위기에 몰린 대신관의 머리 위에서 갑자기 떨어진 골렘이었다.

여신이 이 땅에 기사를 내려보냈다고 해도 제법 그럴싸한 말이었다.

병사들이 흥분해서 소리쳤다.

"여신이 기사를 보내셨다!"

"여신의 수호기사다!"

반면, 골렘을 마주한 사일란은 잠시 주춤거리며 어떻게 해야 할지 생각에 잠겼다.

그로서도 골렘은 처음 본 것이다.

분명 지금까지 인간들이 만들어낸 조잡한 골렘은 본 적이 있었다. 마법사의 명령에 이리저리 단순하게 움직이는 골렘.

하지만 저렇게 크고 위압감을 풍기는 골렘은 처음이었다.

그렇다고 이스키오스 사도단과 레온이 한가롭게 수다를 떠는 것을 언제까지 봐줄 그가 아니었다.

"나를 우습게 보지 마라!"

사일란이 길게 포효하더니 브레스를 뿜었다.

콰콰콰콰콰!

"모두 엎드렷!"

레온이 호신강기와 극빙환결을 동시에 시전하며 앞으로 나섰다.

파앙!

뜨거운 불길이 레온의 호신강기와 부딪치며 사방으로 퍼져나갔다.

사일란이 브레스를 거두고 하늘로 훌쩍 날아올랐다.

"뭐가 됐든 날려 버리면 그만이지."

그가 나직이 중얼거리고는 다시 입을 쩍 벌렸다. 아까보다 더욱 강도가 높은 브레스가 나오려는 순간이었다.

그걸 본 율란이 재빨리 소리쳤다.

"마스터! 타나토스에 탑승하세요!"

레온이 반사적으로 타나토스로 날아올랐다. 그가 타나토스에 탑승하는 것과 동시에 기체 안으로 루나의 목소리가 빠르게 이어졌다. 아마도 마법 통신 장치를 이용한 모양이었다.

[건틀릿에 손을 넣고 오러를 주입해!]

과연 기체 내부에는 건틀릿이 한 가닥 줄에 이어져 허공에 떠 있었다. 레온이 곧바로 건틀릿에 양손을 집어넣고 오러를 주입하자 타나토스의 머리가 덮이면서 기계음을 시원하게 내질렀다.

기이이잉!

그 순간, 마력을 한껏 끌어올린 사일란이 브레스를 뿜었다.

콰콰콰콰콰!

레온이 무심코 건틀릿을 낀 왼손을 앞으로 끌어당겼다. 그러자 타나토스가 방패를 앞세우며 어정쩡하게 섰다.

파파파파파!

무섭게 쏟아져 내리던 화염이 타나토스의 방패에 부딪치면서 다시 사방으로 퍼져 나갔다. 만약 레온의 행동이 조금만 늦었어도 이스키오스 사도단은 통구이가 됐을 것이다.

하지만 문제는 그것으로 끝이 아니었다. 방패를 앞에 세우고 브레스를 막아냈더니, 이번에는 타나토스의 중심이 뒤로 넘어간 것이다.

서서히 기우는 타나토스를 보고 빈센트가 소리쳤다.

"피햇!"

이스키오스 사도단이 혼비백산 흩어졌다.

저 육중한 타나토스에 깔렸다가는 순식간에 육포가 되고 말 것이었다.

한데 쓰러지기 직전 타나토스가 오른쪽 발을 뒤로 짚었다.

쿠웅!

바닥이 움푹 파이면서 타나토스의 오른발이 땅에 박혔다. 겨우 중심을 잡은 레온이 확성기를 통해 투덜거렸다.

[부츠도 신어야 한다고 말을 해줬어야지.]

타나토스의 다리를 움직이려면 기체 안에 설치되어 있는 부츠를 신고 움직여야 했던 것이다.

이스키오스 사도단은 겨우 안도의 한숨을 내쉬며 얼른 몸을 빼냈다.

그들이 병영으로 거의 돌아갔을 때쯤, 레온이 사일란을 보고 말했다.

[이제 좀 더 즐거워지겠군.]

"흥, 기적 따위는 일어나지 않는다!"

사일란이 빠르게 하강했다.

레온이 재빨리 오른손을 가슴 앞으로 끌어당겼다. 그러자 타나토스가 커다란 검을 세웠다. 레온이 순식간에 강기를 불어넣자, 타나토스의 검에서 휘황한 오러가 튀어나왔다.

파아앙!

"크윽!"

뒤로 훌쩍 물러나면서 방어한 사일란의 날개를 폭발하듯 터져 나간 오러 블레이드가 그대로 찢어버렸다.

"노옴!"

사일란이 다시 타나토스를 향해 쇄도해 들어갔다.

레온 역시 오러 블레이드를 일으키며 맞서 나갔다. 타나토스로부터 시뻘건 강기가 마구 날아들었다.

하지만 사일란은 매 순간마다 텔레포트를 이용해서 번쩍번쩍 몸을 옮겨가며 모든 공격을 피해냈다. 그렇게 타나토스까지 다다른 사일란이 입을 쩍 벌리고 타나토스의 머리를 집어삼켰다.

콰작!

순간, 타나토스의 몸이 번쩍 빛을 뿜었다.

샤샤샥!

타나토스가 마치 미끄러지듯 사일란을 돌아 나왔다.

하지만 사일란이 휘두른 꼬리에 맞은 타나토스가 바닥을 뒹굴며 쓰러졌다.

콰당탕!

[크으…….]

[레온! 괜찮아?]

루나의 목소리가 흘러나왔다.

[괜찮아.]

레온은 다시 몸을 일으켰다.

사일란이 피식 웃었다.

“고작 덩치 좀 커졌다고 같은 레벨이 아니다.”

[그거야 두고 봐야 알지.]

“죽고 나서야 정신을 차릴 놈이구나.”

[그것도 두고 봐야지. 죽고 나서도 정신 못 차릴걸?]

“허세도 거기까지다.”

번쩍!

사일란이 다시 타나토스의 품으로 파고들었다. 정말이지 덩치에 어울리지 않는 속도였다.

짧은 순간, 레온은 망설였다.

과연 타나토스를 타고도 수라혈마공을 사용할 수 있을까?

속으로 망설인다고 해서 해결될 리가 없었다.

‘사나이라면 기백이지!’

레온이 수라혈마공의 구결을 떠올렸다. 시전할 것은 제이초식, 지열참!

순간 타나토스가 부르르 떨더니 기계음을 심하게 내질렀다.

퀴이이잉!

레온에게서 흘러나오는 마기가 증폭되면서 기체에 약간의 무리가 생긴 것이었다. 처음부터 율란과 루나가 함께 설계할

때만 해도 레온의 능력이 이 정도까지는 아니었기에 당연한
현상이었다.
  '버텨라! 버텨!'
퀴이잉! 퀴이이잉!
요란한 금속성과 함께 기체가 드득 드득 마찰을 일으켰다.
이윽고 사일란이 지척에 다다랐을 때,
쒜에에엥!
타나토스가 번개처럼 움직였다.
번쩍!
빛이 터져 나오면서 사일란을 그대로 뚫고 지나가는 듯했
다.
어느 순간 사일란과 타나토스는 서로 자리를 바꿔 서 있었
다.
짜르르릉! 꽝!
지표가 갈라지면서 깊게 파였다.
지열참을 성공시킨 것이었다. 드래곤으로 변한 사일란의
등에 대각선으로 상처가 생기며 피가 튀어 올랐다. 타나토스
의 검이 갑옷으로도 만든다는 드래곤의 비늘마저 뚫은 것이
다.
"건방진!"
사일란이 돌아서며 다시 브레스를 뿜었다. 뜨거운 화염이
그대로 타나토스를 덮쳐 갔다.
지열참을 겨우 성공시킨 직후였기에 방어하기가 여의치 않

았다. 레온은 결국 브레스를 그대로 다 받으면서 하늘로 날아올랐다. 아무래도 기체와 함께 움직이는 만큼 허공답보 따위는 불가능했다. 대신 마기를 방출해서 좀 더 높이 솟아오르는 것은 가능했다.

레온이 떨어지기 직전 재빠르게 수라혈마공의 삼초식인 개화혈검을 시전했다.

순간 드래곤의 몸이 번쩍 빛을 뿜어냈다.

이어서 드래곤의 눈이 크게 부풀었다.

"크욱!"

드래곤이 몸을 뒤틀었다.

몸속의 마력이 마구 뒤엉키는 기분이었다.

"크아아악!"

비명과 함께 브레스에 피가 섞이며 터져 나왔다.

동시에 하늘로 솟아올랐던 타나토스가 바닥에 떨어졌다.

콰당!

기체가 중력을 제대로 버티지 못하고 그대로 엉덩방아를 찧었다. 무리해서 수라혈마공을 시전했기 때문에 제대로 말을 듣지 않았던 것이다.

레온이 타나토스의 머리를 젖혀 나왔다.

그가 쓰러진 사일란에게 천천히 걸어갔다.

피를 흠뻑 토해낸 사일란이 쓰러진 채 레온을 쏘아보았다.

"놈……."

"괜찮은 싸움이었어."

사일란은 커다란 머리를 바닥에 척 눕힌 채 숨을 몰아쉬었
다.

레온이 그의 머리 쪽으로 가서 망혼검을 들어 올렸다.

사일란이 숨을 헐떡이며 말했다.

"널 기억해 두지, 레온."

레온이 망혼검을 내려치려는 순간, 사일란의 전신에서 빛
가루가 눈부시게 쏟아져 나왔다. 다음 순간,

팟—!

길게 드러누워 있던 사일란이 온데간데없이 사라지고 말았
다.

"놓쳤나?"

레온이 뒤통수를 긁적였다.

한편 먼발치에서 이 모든 과정을 지켜보던 아란스 군은 승
리의 함성을 내질렀다.

"와아아아! 대신관님께서 드래곤을 무찌르셨다!"

"여신의 기사를 타고 드래곤을 물리쳤다!"

"대신관님 만세!"

환호성은 레온이 있는 곳까지 시끄럽게 들려왔다.

＊　　　＊　　　＊

접전지에서 조금 떨어진 카자른 제국의 필터레인 성.

한적한 정원을 한 남자가 거닐고 있었다. 그의 곁을 여러 대

신들이 따르고 있었다.

중년의 이 남자는 바로 카자른 제국의 황제, 칼루스 로시네츠 드 카자른이었다.

그의 뒤를 따르는 대신 한 명이 고개를 조아리며 말했다.

"폐하, 밤바람이 찹니다. 그만 들어가십시오."

"괜찮네. 몸이 많이 나아져서 바람을 좀 쐬고 싶네."

칼루스의 대꾸에 대신은 다시 말없이 그의 뒤를 따랐다.

칼루스는 한참 동안 정원을 거닐다가 걸음을 돌렸다.

"이제 그만 돌아가지."

그의 말 한마디에 여러 대신들이 몸을 돌렸다. 몸이 좋지 않은 그가 접전지에 가보겠다는 말을 꺼냈을 때, 대신들은 일제히 나서서 말렸다.

하지만 칼루스의 고집을 꺾을 수 있는 자는 아무도 없었다. 결국 칼루스는 여행길에 올랐고, 그를 보좌하는 여러 대신들이 함께 동행해서 지금 이곳, 필터레인 성까지 도착하게 된 것이었다.

칼루스가 본성으로 들어가려던 순간이었다.

갑자기 그들 뒤에서 붉은 빛무리가 생겨나더니 이내 어떤 형상으로 잡혔다. 그리고 빛이 사라지자 그곳에 커다란 드래곤이 드러누운 채 거친 숨을 토해내고 있었다.

"드, 드래곤이!"

대신들이 놀라서 소리쳤다.

드래곤을 본 칼루스의 눈매가 짐짓 날카로워졌다가 이내 차분하게 돌아왔다.

그가 대신들을 돌아보고 나직이 일렀다.

"모두들 그만 돌아가시오."

"하지만 폐하……."

"돌아가라 하였소."

칼루스가 다시 묵직한 어조로 말을 반복했다.

그러자 대신들이 사색이 되어서 뒤로 물러섰다.

"그럼 오늘은 이만 물러가겠사옵니다."

칼루스의 말에 반기를 들어서 좋은 끝을 본 사람은 없었다. 병약한 황제였지만 최근 들어서 자신의 말에 거역하는 자들을 매섭게 내쳤기 때문이다.

칼루스는 주위를 둘러보고 아무도 남아 있지 않은 것을 확인하고는 쓰러져 있는 드래곤에게 다가갔다.

"가엾기도 하지."

"크크크. 나를 가엾다고 보는 건가?"

사일란이 숨을 그르렁그르렁 몰아쉬며 비웃었다.

칼루스는 잠시 한숨을 내쉬고는 그 앞에 쪼그리고 앉았다.

"모습을 조금 줄여줄 텐가? 그 모습은 너무 눈에 띄지 않나? 우리 군의 사기를 위해서도 그게 좋을 것 같네."

"크크크. 당신이 군의 사기를 걱정할 필요는 없을 텐데?"

"그래도 어디까지나 이 나라의 황제이지 않나."

"황제라……."

사일란이 말을 곱씹으면서 천천히 인간의 모습으로 변했다.

창백한 표정의 사일란은 금방이라도 잠들어 버릴 것처럼 지쳐 있었다. 그는 여전히 정원에 힘없이 엎드려 있었다.

"이번에도 그 레온이라는 자인가?"

"그 녀석… 뭔가 이상한 놈이다."

"다들 당한 자들은 그렇게 생각하지. 언제나 문제가 나 자신에게 있다고 생각하진 않는 법이지. 모두 다른 사람 때문이라고 착각하지."

"그럼 나 때문이라는 건가?"

"물론."

"어째서?"

"간단하다. 자네가 약하니까 진 거야."

"흥!"

사일란이 콧방귀를 꼈다.

하지만 그러면서도 사일란은 아무런 말을 잇지 못했다. 누가 본다면 놀라 자빠질 만한 대화였다. 한낱 인간이 드래곤을 약하다고 깔보고 있고, 드래곤은 고분고분 듣고만 있으니 분명 이상한 일이었다.

물론 사일란이 중상을 입고 있다곤 하지만, 그가 마지막 힘을 짜낸다면 이 병약한 황제쯤은 손쉽게 쓰러뜨릴 수 있을 것이었다.

한데 사일란은 그러지 않았다.

아예, 그런 생각 자체를 하지 않고 있었다.

사일란이 황제를 올려다보며 물었다.

“만약 계획이 틀어지게 된다면 그 원인은 레온 때문일 것이다.”

“레온, 레온, 레온. 그자가 도대체 뭐지? 뭔데 감히 나의 계획을 망치는 거지? 처음 아란스의 정보를 입수할 때만 해도 들어본 적이 없었지. 한데 이제는 그놈이 아란스의 중심인 것처럼 움직여. 도대체 그놈이 뭔가?”

“크크크. 나도 모른다. 알수록 알 수 없는 놈이지.”

칼루스가 가볍게 한숨을 내쉬고는 일어났다.

“결국 써먹을 수 있는 정보도 없군.”

“앞으로 어떻게 할 생각인가?”

칼루스가 사일란을 물끄러미 내려다보았다.

“너 따위에게 알려줄 필요가 있을까?”

“뭣?”

“이용가치가 떨어진 것에는 더 이상 볼일이 없다.”

“설마……!”

사일란이 경악성을 터뜨리며 두 눈을 부릅떴다. 그는 천천히 마나를 끌어 모으고 있었다. 여차하면 황제의 목을 칠 생각이었다.

한데,

턱!

“큭!”

칼루스가 발을 들어 사일란의 얼굴을 짓밟았다.

인간이 드래곤의 얼굴을 짓밟는다니.

상상도 할 수 없는 경우였다.

사일란이 붉게 충혈된 두 눈을 부릅뜨고 소리쳤다.

"너!"

"시끄럽군."

"죽인다!"

"그러기엔 내 몸이 꽤 회복돼서 힘들 걸세."

"흐아아아!"

사일란이 기합을 넣으며 벌떡 일어서려고 했다.

하지만 의지뿐이었다.

칼루스가 사일란의 얼굴을 무참히 짓밟았다. 그의 발바닥에서 거뭇한 기운이 퍼져 나오더니 이내 사일란의 머리통마저 부숴 버렸다.

펙!

머리통이 깨지면서 뇌수가 흘러나왔다. 사일란의 몸이 붉게 빛나더니 다시 본래 드래곤의 모습으로 되돌아왔다.

하지만 머리 부분은 형체를 알아볼 수 없을 정도로 망가진 상태였다.

"수고했다."

칼루스가 나직이 내뱉고는 몸을 돌렸다.

그때 정원 한쪽에서 한 여인이 모습을 드러냈다.

"힘이 많이 회복되신 모양이군요."

허스키한 목소리와 함께 모습을 드러낸 자는 다름 아닌 레니에였다.

그녀는 죽어 나자빠진 드래곤 따위는 신경도 쓰지 않은 채
물었다.

"몸은 마음에 드시나요?"

"괜찮아. 아주 마음에 들어."

대답을 하는 황제의 목소리가 묘하게 갈라지더니 남자의 것
도 여자의 것도 아닌 것으로 변했다. 듣기만 해도 소름 끼칠
정도로 괴기스러운 목소리였다.

"역시 그를 화신으로 선택하길 잘했군요."

'그'란 칼루스 황제를 말하는 것이었다. 레니에는 카자른의
황제가 병석에 있다는 소문을 듣고 그를 찾아가서 마왕의 화
신으로 만든 것이었다. 타라 교의 모든 음모는 거기서 시작된
것이다.

"적당한 야망과 욕심, 그리고 삶에 대한 애착과 모든 자를
다스릴 수 있는 위치라는 것. 이보다 더 좋은 조건은 내게 없
을 테지."

"그나저나 청소할 게 하나 더 늘었군요."

드래곤을 가리킨 말이었다. 커다란 몸을 축 늘어뜨린 드래
곤의 시체를 치우는 건 레니에의 몫이었다.

칼루스가 차갑게 미소 지었다.

"미안하게 됐군."

"별말씀을요."

"레니에 교주."

"네."

“일을 시작하라.”
“역시… 시작점은…….”
“죽음과 원망과 광기가 흐르는 땅. 접전지부터다.”
레니에의 입꼬리가 살며시 올라갔다.
“알겠습니다.”

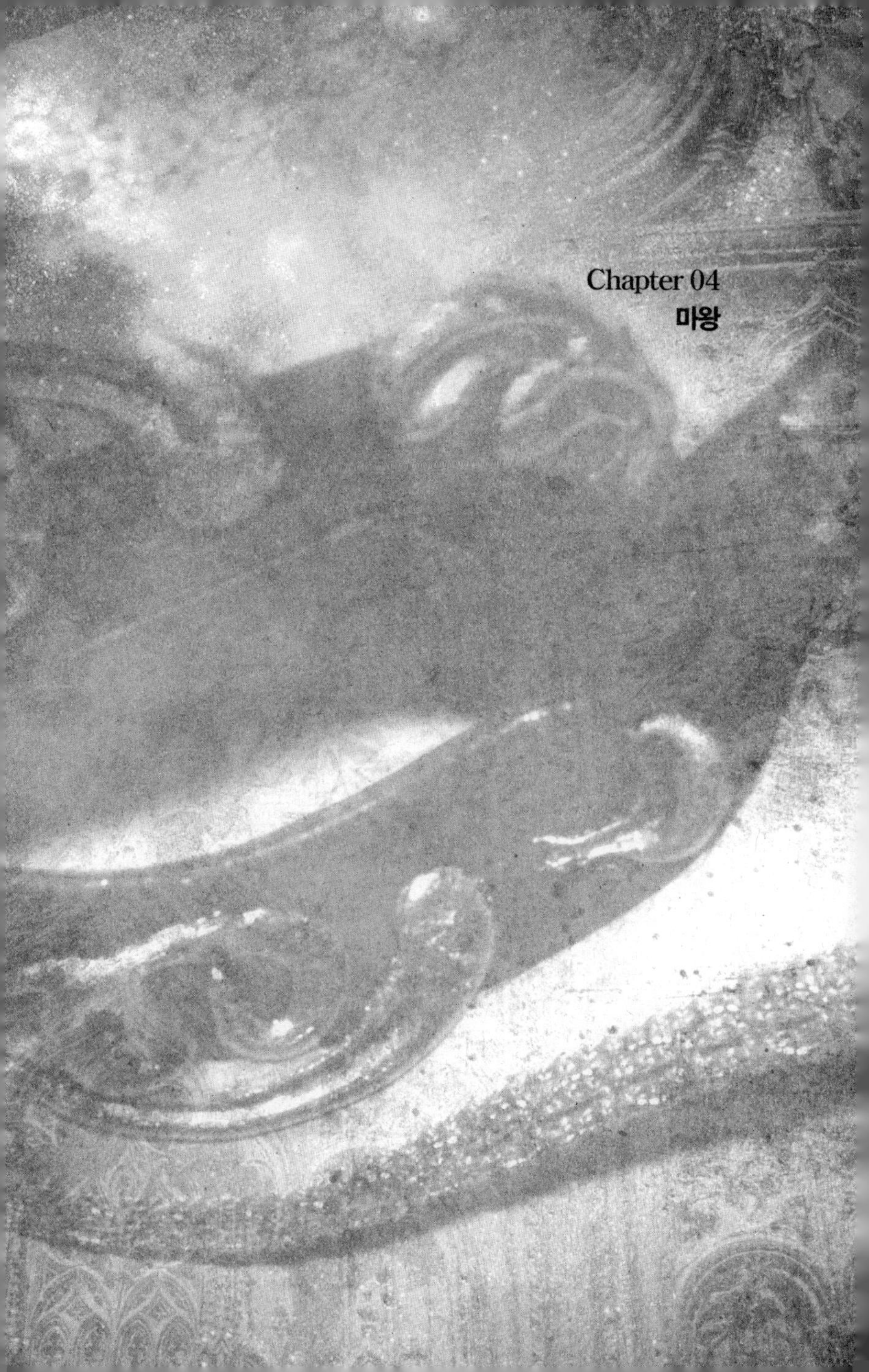
Chapter 04
마왕

가면의
레온

"그거였어!"

책상에 앉아 있던 율란이 갑자기 벌떡 일어났다. 그 바람에 옆에서 꾸벅꾸벅 졸고 있던 아린이 화들짝 놀라서 검까지 뽑아 들었다.

"뭐, 뭐야? 놀랐잖아!"

아린이 율란을 잡아먹을 듯이 노려보며 으르렁거렸다.

하지만 율란은 전혀 개의치 않고 아린의 어깨를 잡고 소리쳤다.

"확실하진 않지만 가능성이 높아!"

"글, 글쎄, 무슨 소리냐니까?"

"레니에가 한 말! 그때 그 여자가 그랬지? 나는 뭔가 부족하다고. 그래서 내가 좋다고."

"그, 그랬지. 너 꽤 순순히 인정하는 모양이군?"

"그게 문제가 아냐."

"하아암~ 그럼 뭐가 문제야?"

아린이 늘어지게 하품을 하며 털썩 자리에 앉았다. 율란은 손짓 발짓을 해가며 설명하기 시작했다.

"들어봐. 타라 교가 지금 카자른 제국을 도와서 함께 싸울 이유는 없어. 어떤 국가도 마왕을 숭배하는 타라 교가 위험천만하다는 것은 당연히 인지하고 있으니까."

"그런데?"

"그럼에도 레니에는 상관없다고 했어. 그러면서 나에게 생각하지 못한 게 있다는 것처럼 말했지."

"그래서?"

"그런데 지금 그걸 알아낸 것 같아."

"그게 뭔데?"

나른하게 묻는 아린의 말투와 달리, 율란의 입에서 믿을 수 없는 소리가 튀어나왔다.

"마왕은 이미 현신했다."

"뭐?"

"뭐라고?"

빈센트, 아린, 제롬, 마리.

네 명이 동시에 벌떡 일어나며 소리쳐 물었다.

율란이 정색을 하곤 되물었다.

“만약 마왕이 이미 현신했다면 어떨까?”

그러자 마리가 강하게 부정했다.

“있을 수 없는 일이야. 지금 마왕이 부활하려면 인간의 몸을 빌려야 해. 즉, 화신이 필요하단 거지.”

“그래서?”

율란이 눈빛을 반짝이며 물었다.

마리가 말을 이었다.

“화신을 정하고 마왕이 현신했다고 하더라도 당분간은 힘을 회복할 시간이 필요하고. 그런데 카자른 제국이 아란스 왕국을 통합하는 게 무슨 소용이 있겠어? 오히려 장차 상대할 적의 힘을 크게 키우는 것일 뿐인데.”

하지만 율란은 천천히 고개를 가로저었다.

“그 난점을 한 번에 해결할 방법이 있어.”

“그게… 뭐지?”

“카자른 제국의 황제가 그 화신이라면? 마왕이 황제의 몸에 깃들었다면?”

“설마!”

“계속 의아했었지. 왜 레니에가 카자른의 침공을 돕고 있는 것인지. 카자른이 마녀 사냥을 하지 않는다곤 하지만, 결국 자신들이 목적한 바를 이루면 마녀 사냥은 시작될 텐데. 하지만 단 하나, 카자른의 황제가 바로 마왕이라면 이 모든 문제가 해결돼. 황제가 마왕이 되면 카자른 제국은 절대로 타라 교를 박해하지 않겠지. 그리고 카자른 제국은 곧 마왕의 제국이 되는 셈이고.”
“그런······.”
사람들이 멍한 표정으로 율란을 응시했다.
아니길 바라고, 아닐 것이라고 말하고 싶었지만 달리 반박
할 말이 없었다.
과연 율란의 말대로 그 이유가 아니라면 타라 교의 교주가
카자른 제국을 도울 리가 없지 않나.
율란이 자리에서 일어났다.
“마스터께 이 사실을 알려야겠어.”

“카자른 황제가 마왕이라고?”
“확실하진 않지만 가능성이 농후합니다.”
율란의 말을 들은 레온은 가만히 생각에 잠겼다. 과연 율란
의 추측대로라면 타라 교의 행위에 어느 정도 타당성이 있었
다. 그렇다면 타라 교는 오히려 카자른 제국을 이용하고 있는
것이 아닌가.
“그럼 어떻게 해야 하지?”
“마왕이 이미 현신했다면 보통 일이 아닙니다. 그 기간이 얼
마나 된 것인지 알 수 없지만, 아직 마왕이 본격적으로 나서지
않는 것은 힘을 비축하기 위해서일 겁니다.”
“그럼 먼저 쳐야 한다?”
율란이 대답 대신 고개를 끄덕였다.
어쩐지 모든 일을 레온에게 떠넘기는 것 같아 미안한 마음

도 들었다.

레온이 가만히 생각에 잠겼다가 물었다.

"마왕, 강해?"

"이대로 방치한다면 분명 드래곤보다도 강해질 것입니다."

"지금은?"

"글쎄요. 화신으로 부활한 시점이 언제인가가 중요하겠지요."

"쳇, 귀찮게 됐군."

레온이 혀를 차며 투덜거렸다.

율란은 그 모습을 보며 내심 안도의 숨을 내쉴 수 있었다. 혹시라도 레온이 낙담할까 봐 은근히 걱정하던 중이었다. 발롭을 물리치고, 드래곤까지 이겼다.

한데 이번에는 마왕이라니.

자신이 생각해도 지칠 만했다.

그런데도 레온은 그저 가볍게 투덜거릴 뿐이었다.

레온이 간이침대에 드러누웠다.

"일단 나도 좀 쉬어야 해. 그다음에 그 마왕을 한번 만나보러 가지."

"사도단을 붙일까요?"

"아니. 여기서 참전하도록 해."

율란은 순순히 수긍했다.

어차피 레온과 발롭, 그리고 드래곤과의 싸움에서 그의 실력을 충분히 보았다. 그건 보통 사람들이 개입할 수 있는 수준이 아니었다. 이든 정도 되는 고수라고 하더라도 레온과 마왕이 싸우는 자리에 함께 있게 된다면 오히려 걸림돌이 될지도 모를 일이었다.

율란이 고개를 숙였다.

"알겠습니다. 그럼 편히 쉬십시오."

*   *   *

레노스트 백작은 빽빽하게 도열해 있는 제국군을 바라보았다.

그들의 전신에서 투기가 흘러넘치고 있었다.

그도 그럴 것이, 조만간 황제가 이곳에 도착한다는 소식이 들어온 것이다.

드래곤이 아란스의 대신관에게 패배하고 텔레포트했다는 소식을 들었을 때만 해도, 제국군들은 기가 한풀 꺾여 있었다.

한데 이번에는 황제가 직접 온다고 하니 다시 그들의 투지가 불타오른 것이다.

거기에 레노스트 백작이 그들의 마음에 불을 지폈다.

전장에서 우수한 활약을 보인 전사에게는 황제께서 직접 포상을 내리시고, 지위를 격상시켜 줄 것이라고 전한 것이다.

모든 영웅은 난세에 나오는 법이고, 기회란 위기에서 발생하는 법이다.

지금 제국군은 그 어느 때보다도 호승심에 불타오르고 있었다. 이미 마음만큼은 저마다 훈장을 하나씩 달고 있었다.

후우우웅—!

아란스 왕국군이 포진하고 있는 맞은편에서부터 바람이 한 차례 불어왔다. 바람은 피 냄새를 머금고 있었다. 그리고 왕국군의 투기도 바람을 타고 전해져 왔다.

아란스 왕국군 역시 대신관의 승리로 사기가 오를 대로 올라 있는 상황이었다.

둥. 둥. 둥.

마주한 아란스의 진영에서 북소리가 울리기 시작했다.

북소리에 맞춰서 카자른 군사들의 심장도 함께 뛰기 시작했다. 나팔이 울리면 전군이 진격해 올 것이다. 그에 맞춰 레노스트 백작이 돌격 명령을 내릴 게다.

이제 드래곤도 없으니 오로지 백병전만 치르게 될 것이다.

아란스의 대신관이 대량 학살을 하기 위해서 나설 리도 없을 것이다.

물론 폭약이 날아들지도 모른다.

하지만 지금 아란스 군의 포진으로 보아서는 폭약이 날아들진 않을 것이다. 두 군사들이 뒤엉키는 순간 적아를 구별하기는 어려워질 테니까.

죽느냐, 사느냐.

둘 중 하나의 결과만이 남게 될 것이다.

뿌우우우—!

나팔 소리가 길게 울렸다.

두두두두—!

지표가 흔들리기 시작했다.

아란스 군은 그동안 드래곤에게 당한 앙갚음을 톡톡히 하겠다는 듯 거침없이 달려오기 시작했다.

카자른 제국군의 표정도 사나워졌다.

투구 아래의 눈빛이 날카롭게 빛났다.

레노스트 백작이 목청을 높여 소리쳤다.

"돌격하라!"

"와아아아아!"

카자른 제국군이 아란스 군을 향해 마주쳐 나갔다.

곧 창검이 부딪치는 소리와 기합과 비명 소리가 이어졌다. 전장에 부는 바람은 더욱 짙은 피 냄새를 머금고 소용돌이쳤다.

*　　*　　*

레니에가 막사 안으로 들어섰을 때는 이미 마녀와 마자들이 모두 모여 있는 상황이었다. 일반인이었다면 숨을 제대로 쉬기 힘들 만큼 진득한 마계의 기운이 막사 내에 가득 차 있었다.

"오셨습니까, 교주님."

먼저 나서서 인사를 건넨 사람은 부교주 린이었다. 레니에는 그녀의 인사를 가볍게 받고는 상석으로 가서 섰다.

"각자 위치는 잘 기억하고 있겠지?"

"교주님이 오시기 전에 다시 한 번 위치를 알려주었습니다."

"수고했어. 카를레스는?"

"좀비들을 이끌고 전장으로 오는 중이라고 합니다. 이제 거의 다 왔을 겁니다."

레니에가 고개를 끄덕이고는 시선을 돌렸다.

"다들 오늘이 얼마나 중요한 날인지 잘 알고 있을 거야. 차질이 없도록."

"예, 교주님."

마녀와 마자들이 한목소리로 대답했다.

레니에가 망설임없이 명령을 내렸다.

"그럼 각자 위치에서 시작하도록."

마녀와 마자들의 눈빛이 더없이 날카롭게 빛났다.

*   *   *

율란은 아란스 군 선봉대의 작전대장을 맡았다. 그의 지휘 아래에 아란스 군의 선봉대는 거침없이 카자른 제국군을 몰아쳐 갔다.

선봉대는 모두 이스키오스 사도단과 시아로 이루어져 있었다.

그들은 단순히 힘으로만 밀어붙이지 않았다. 물론 힘으로만

밀어붙여도 큰 무리가 없을 만큼 개개인의 실력이 뛰어난 그
들이었다.

하지만 그들은 철저하게 율란이 지시한 대로 움직였다. 열
을 맞춰 방진을 구축하고, 한 사람의 낙오자도 없도록 움직인
것이다.

그렇게 얼마나 많은 적을 베어 넘겼을까?

율란은 조금 이상한 느낌이 들었다.

적들이 너무 대책이 없다고 해야 할까?

특별한 작전도 없이 그저 힘으로만 밀어붙이고 있는 것이
납득되지 않았다. 물론 카자른 제국군이 아란스 왕국군보다
훨씬 머릿수가 많았으므로 아주 말도 안 되는 싸움은 아니었
다.

그렇다고 해도 이건 마치…….

'일부러 희생자가 나오게끔 싸우는 것 같잖아?

그랬다.

작전도 없고, 변화도 없었다.

카자른 제국군들은 마치 집념 하나로 불속에 뛰어드는 나방
과 같았다. 아무리 전쟁이라지만 이건 너무 터무니없는 싸움
이었다.

아무리 머릿수가 중요한 전쟁이라지만, 전략과 전술이 없는
싸움이라면 백 명의 전사도 한 명의 범인에게 당할 수 있는 것
이다.

'뭔가 이상해. 그토록 교활하게 움직여 오던 카자른 제국이

이렇게 맥없이 나올 리가 없다. 뭐지? 혹시 정말로 일부러 희생자를 낼 생각인가? 그렇다면 왜?

여기까지 생각이 미치자 율란의 머릿속에 한 가지 결론이 번개처럼 스쳐 갔다.

'후퇴해야 한다!'

율란은 재빠르게 높은 고지를 찾아서 호위대를 이끌고 올랐다. 언덕에 오르니 제법 전쟁의 양상이 대략이나마 보였다.

율란은 전쟁터에서 조금 떨어진 지역을 예의 주시했다.

"있다!"

율란이 주시한 방향에는 마녀와 마자의 무리가 있었다. 율란은 다시 고개를 돌리고 다른 방향을 보았다. 그가 쳐다보는 방향마다 마치 봐주길 기다렸다는 듯이 마녀나 마자의 모습이 보였다.

"이건 결계다!"

율란은 재빨리 말을 몰아 달렸다.

갑자기 그가 바쁘게 움직인 탓에 고역스러운 건 호위대들이었다.

여기저기서 날아오는 창칼을 막느라 호위대들이 고군분투했다. 그 와중에 적의 창칼에 찔려 죽는 자도 있었다.

하지만 율란은 그들을 돌볼 틈조차도 없었다.

'늦으면 모두가 희생당하고 만다!'

율란이 말을 타고 달리면서 호위대장 알에게 지시를 내렸다.

“알 사범님은 당장 이든 단장님께 가서 철수하라고 이르십
시오.”
“철수라니요?”
“후퇴해야 합니다. 지금 당장!”
“하지만 지금 아란스 군이…….”
“한시가 급합니다, 알 사범!”
“알, 알겠소이다. 이럇!”
알이 말을 몰아 다른 방향으로 갈라섰다.
율란은 그의 뒷모습을 한 번 바라보고는 곧장 그레이 후작
을 찾았다.
과연 그레이 후작은 총사령관답게 또 다른 선봉대에서 용맹
한 싸움을 벌이고 있었다. 그가 휘두르는 창에 수명의 적이 쓰
러져 나갔다.
“사령관님!”
“오오, 율란 대장, 무사하셨구려. 한데 선봉대는 어쩌시고?”
난투 중에서도 그레이 후작이 힘차게 대답했다. 빌어먹을
드래곤 때문에 그동안 고전을 펼쳤던 걸 생각하면 없던 힘도
저절로 솟아오르는 그였다.
율란이 다급하게 소리쳤다.
“당장 철수해야 합니다.”
“철수라니?”
“후퇴해야 한단 말입니다. 적의 기운이 심상치 않습니다.”
그레이는 마지막 한 명의 적까지 깔끔하게 목을 베어내고는

율란에게 다가와 물었다.

"그게 무슨 소리요? 지금 전장은 우리 아란스 군의 것이오. 보시오, 완전한 우세이지 않소. 이 기회에 적을 휩쓸지 않으면……."

"결계입니다! 타라 교가 본격적으로 카자른 제국의 본대까지 개입하기 시작한 것입니다."

"결계라면… 어딜 말하는 겁니까?"

그레이가 시큰둥하게 물었다.

그러면서도 그는 중간 중간 자신들에게 달려드는 적을 냉정하게 베어버렸다.

"이곳 전체입니다. 전장 전체에 대결계진을 형성할 계획인 겁니다."

"전장 전체에? 그게 가능하단 말이오?"

그제야 그레이 후작도 놀라서 물었지만, 그 목소리에는 불신이 짙었다.

그도 그럴 것이 결계진이라는 것은 크면 클수록 실패할 확률이 높은 것이었다. 더구나 그 범위가 전장 전체에 다다를 만큼 넓다면 무모하다고 표현해도 좋을 만큼 확률이 낮은 것이었다.

아무리 결계에 대해서 무지하다곤 하지만 그 정도는 알 수 있었다.

때문에 지금까지 어떤 전쟁에서도 그런 결계진을 의식해서 싸우지는 않았던 것이다.

하지만 율란은 단호하게 소리쳤다.

"가능합니다! 저들은 타라 교입니다. 마계의 힘이 강하다면 가능합니다!"

"하지만 마계의 힘이라고 해봐야……."

그레이 후작은 여전히 불만스러운 표정을 지우지 못했다.

그럴 수밖에 없었다.

그동안 드래곤 때문에 고전을 면치 못했는데, 이제 제대로 보복전을 치르고 있지 않은가.

한데 좀 해볼 만하다 싶으니까 다시 후퇴하라니.

어떤 사령관이라도 달갑지 않을 것이다.

율란은 잠시 망설였다.

마왕이 현신했을 가능성에 대해서 말을 해야 할지.

하지만 그는 곧 생각을 바꿨다.

아직은 확실하지도 않을뿐더러, 오히려 그 말을 했다가 군의 사기를 떨어뜨리는 결과를 초래할지도 모르기 때문이었다.

"사령관님!"

율란이 다시 소리치자 그레이도 어쩔 수 없다는 듯 고개를 끄덕였다.

"알겠소. 철수하도록 하지."

아쉬운 마음이 있었지만, 그래도 율란은 레온 신관과 대신관이 동시에 추천한 인물이었다.

마냥 그의 말을 무시할 수는 없었다. 게다가 혹시라도 율란의 말이 사실이기라도 하면 그보다 난감할 일은 없을 테니.

한데 율란의 말은 생각보다도 빨리 증명되고 말았다.

갑자기 하늘에서 번개가 치더니 서서히 먹구름이 몰려들기 시작한 것이다. 대결계진을 형성할 때 초기에 나타나는 증상이었다.

"제길! 벌써 시작됐어!"

율란이 고개를 돌리고 그레이를 향해 소리쳤다.

"어서 후퇴 명령을 내리십시오! 결계진이 형성되려고 합니다!"

"알, 알겠소."

그레이는 공격을 멈추고 병사들에게 후퇴 명령을 내렸다. 당연히 더욱 거세게 몰아치라고 할 줄 알았던 병사들은 조금 어리둥절한 기분으로 칼을 거두기 시작했다.

그렇게 싸우면서 몸을 조금씩 빼낼 때였다.

하늘에 붉은빛의 타원형 결계진이 그려지기 시작했다.

그제야 그레이도 율란의 말이 맞아떨어졌음을 알고 더욱 크게 소리쳤다.

"전군 철수한다! 후퇴하라!"

아란스 군이 우왕좌왕하며 서둘러 퇴각하기 시작했다. 문제는 갑작스런 철수 때문에 오히려 사상자가 더 많이 나온다는 점이었다.

기세를 올린 카자른 제국군이 무차별하게 아란스 군을 베어 나가기 시작한 것이다.

하지만 그들 하나하나를 신경 쓸 수는 없는 노릇이다.

이곳은 전장이다.

사상자가 나오는 것은 지극히 당연한 일.

율란도 재빨리 이든의 부대로 돌아가서 함께 철수를 서둘렀다.

꽈르르릉! 꽝!

"어헉! 저, 저게 뭐야!"

철수하던 병사들은 하늘을 올려다보고 벌어진 입을 다물지 못했다.

복잡하게 새겨진 문양이 하늘 복판에 그려졌다.

카자른 제국군들도 멍하게 서 있는 그들을 공격하지 못했다. 저마다 고개를 꺾어 들고 자신들의 머리 위에 나타난 결계진을 바라보기만 했다.

한 번 쳐다보면 쉽게 눈을 떼지 못할 정도로 강렬한 위압감이 느껴졌다.

그것은 분명 마계의 기였다.

쒜에쒜에쒜에에!

무형의 기운이 전장을 짓누르기 시작했다.

"크으으윽!"

"으아악!"

결계진의 범위에 있던 병사들이 저마다 무릎을 꿇고 털썩 넘어지면서 비명을 지르기 시작했다. 마계의 기운이 전신을 덮으며 온몸에 스며들기 시작한 것이다.

아모크.

마계의 기운을 일시에 덮어쓴 이들이 아모크 현상을 넘어서 절규하기 시작했다.

"으아아아악!"

"크아아아악!"

그야말로 생지옥이었다.

한편 대결계진 밖으로 벗어난 아란스 군들은 그 모습을 멍하니 보고 있었다.

"도, 도대체 저게 무슨 일이지?"

"저건 뭐지? 마계의 결계 같은데?"

병사들이 잔뜩 겁먹은 표정으로 중얼거렸다.

그레이는 그저 착잡한 표정으로 침음을 흘렸다. 한 가지 이상한 것은 저 결계가 어째서 접전지 한가운데에서 펼쳐졌느냐는 것이다.

아란스 왕국군만 아니라 카자른 제국군도 포함된 지역이 아닌가.

아니, 분명 저 안에서 마계의 기운을 뒤집어쓴 자들은 아란스 왕국군보다는 카자른 제국군이 훨씬 많았다.

거기에 대한 답은 곧바로 이어졌다.

"크으으으!"

"으아아아."

마계의 기운을 덮어쓴 병사들이 비척비척 몸을 일으키기 시작했다. 그들의 전신에서 거뭇한 마계의 기가 넘실대며 흘러나왔다.

한데 더욱 놀라운 것은, 이미 죽은 자들까지 몸을 일으키고 있다는 것이었다.

"좀, 좀비다. 진짜 좀비다!"

누군가 소리쳤다.

그와 동시에 결계진이 희미해지기 시작했다.

폭사하듯이 쏟아져 나오던 마계의 기운도 이제는 잠잠해지고 있었다.

대신 어디선가 허스키한 목소리가 카랑카랑 울렸다.

"아란스 왕국군을 남김없이 섬멸하라!"

산 채로 좀비가 된 병사들과 이미 죽어서 좀비가 된 병사들이 한데 뒤엉키며 달려들기 시작했다.

그레이 후작은 기다릴 것도 없이 곧바로 명령을 내렸다.

"퇴각하라!"

아란스 군이 서둘러 병영으로 퇴각하기 시작했다.

*　　　*　　　*

좌중이 침묵에 휩싸였다.

그레이 후작은 아까부터 굳은 표정으로 한마디도 입을 열지 않고 있었다.

말을 하고 싶어도 어디서부터 이야기를 해야 할지 몰랐다. 이해되지 않는 것이 많고, 논의해야 할 대책도 많았다.

너무 많은 이야기를 해야만 하기에 더욱 입이 떨어지지 않는 것인지도 몰랐다.

막사 내에는 대신관과 레온 신관, 그리고 이든과 율란도 있었다. 나머지는 군단장 이상의 장군들이 참여하고 있었다.

"이해할 수가 없소."

한참 만에 그레이가 입을 열었다. 그는 율란을 돌아보고 말했다.

"타라 교가 개입한 것은 있을 수 있는 일이라고 생각했소. 하지만 저런 결계를 쳐서 아군까지 좀비로 만들어 버리다니… 도대체 카자른 제국은 지금 무슨 생각을 하는 거요?"

율란이 가만히 한숨을 내쉬었다.

언제까지 숨기고 있을 수만은 없었다.

이제는 자신이 짐작하는 것을 모두에게 이야기해야만 했다.

"어쩌면 카자른 제국의 황제가 마왕의 화신일지도 모르겠습니다."

"뭣이?"

그레이가 벌떡 일어났고, 다른 장군들도 일제히 율란에게 시선을 고정시켰다.

율란이 부채를 살랑이며 말을 이었다.

"어디까지나 추측에 지나지 않습니다만, 그 가능성이 매우 큽니다."

그레이가 자리에 털썩 주저앉았다.

그러고 보니 율란의 말대로라면 지금까지의 모든 상황이 이해가 됐다. 어째서 카자른 제국이 끈질기게 전쟁을 일으키고 있는 것인지, 그리고 타라 교가 왜 카자른의 수족 노릇을 하고 있는 것인지. 마지막으로 이번 전쟁에서 왜 그런 결계를 친 것인지.

"마왕이 현신했다면 보통 일이 아닙니다!"

장군 중 한 명이 소리쳤다.

그의 말에 모든 사람들의 시선이 대신관에게 향했다.

마왕을 대적할 수 있는 자는 역시 대신전에서 나올 수밖에 없었다.

레온은 그들의 시선을 담담히 받아내다가 입을 열었다.

"제가 직접 카자른의 황제를 만나보지요."

좌중이 웅성거렸다.

"직, 직접 만나보시겠다니……."

"그러다가 만약 정말 카자른 황제가 마왕의 화신이면 어떻게 하려고 그러십니까?"

그레이가 확실히 말리지도 못하고 어정쩡하게 질문했다. 레온이 싱긋 웃고는 대답했다.

"그럼 말해야지요."

"뭐라고……."

"돌아가라고."

"돌아가라니… 어딜……?"

"어디긴 어디겠습니까? 마계로 다시 돌려보내야지요."

사람들이 저마다 입을 쩍 벌리고 말았다.

대신관은 어째서 이리도 쉽게 말하는 것인가.

게다가 돌아가라고 말하겠다니.

마왕이 무슨 집 나온 개새끼도 아니고. 돌아가란다고 그냥 멍 짓고 돌아갈 리가 없지 않나.

"너무 무모하십니다!"

장군 중 한 명이 다시 나서서 소리쳤다.

하지만 레온은 뜻을 굽히지 않았다. 대신 그를 바라보며 물었다.

"그럼 다른 좋은 의견이 있으신지요?"

그러자 상대는 슬그머니 눈치를 살피며 자리에 앉았다.

마땅히 좋은 의견이라는 게 있을 리가 없었다. 어쨌거나 마왕이 현신했다면, 그 사실을 확인해야 하는 것이 당연했다. 확인하지 못한다면 전술도 전략도 제대로 세울 수가 없었다.

그레이는 정말 멍청한 질문이라고 생각하면서도 일단은 레온에게 맞춰서 물었다.

"그럼 만약 마왕이 돌아가지 않겠다고 하면 어떻게 하실 생각입니까?"

모두들 다시 대신관을 바라보았다.

한데, 들려온 대답은 어이없을 정도로 황당하기만 했다.

"거기까진 미처 생각해 보지 못했군요."

그레이는 땅이 꺼질 듯 한숨을 푹 내쉬었다. 그가 심호흡을 하며 마음을 다스린 후 다시 차근차근 물었다.

"마왕이 대신관님을 죽이려고 하면 어떻게 합니까?"

그러자 레온이 차갑게 웃었다.

"전 그렇게 쉽게 죽지 않습니다."

보통이라면 어째서라는 질문이 이어졌겠지만, 이 순간만큼은 그레이도 다른 장군들도 아무 말도 하지 못했다. 레온의 목소리를 듣는 순간 정말 그의 말이 진실처럼 느껴졌던 것이다.

"자, 너무 걱정들 마시고 저 좀비들을 상대할 것을 생각해 보십시오. 전 황제를 만나러 갈 준비를 해두겠습니다."

"하지만 대신관님!"

그레이가 벌떡 일어나서 소리쳤다.

레온이 걸음을 멈추고 돌아보았다.

"더 하실 말씀이 있으십니까?"

그레이는 레온의 얼굴을 보고 더 이상 아무 말도 하지 못했다. 분명 표정은 온화하게 웃고 있었지만, 그의 강렬한 눈빛을 본 순간 어떤 말도 소용없다는 것을 절실히 느낀 탓이다.

그리고 지금은 누구보다도 그를 믿을 수밖에 없다는 것을 인정할 수밖에 없었다.

그레이가 고개를 숙였다.

"부디 조심하십시오."

레온이 부드럽게 웃었다.

"걱정 마십시오."

Chapter 05
메마른 땅에 꽃씨를 심으러

가면의
레온

언덕 위에 오른 메이븐은 멀찍이 진을 치고 있는 아란스 군의 병영을 내려다보았다.

"거의 다 왔구나."

"신관님이 오신다는 곳이 이곳이었습니까?"

숨을 헐떡이며 뒤따라 오른 프라이스가 멀찍이 병영을 보며 물었다.

메이븐이 고개를 끄덕이고는 바위에 걸터앉았다.

"우선 잠시 쉬었다가 가세."

"물 좀 드십시오, 신관님."

프라이스는 얼른 짐을 풀어 수통을 건네주었다.

메이븐이 웃으며 손을 내저었다.

"자네 먼저 드시게."

"하지만 신관님, 물이 별로 남지 않았습니다. 전 괜찮으니……."

"자네가 마시지 않겠다면, 그 물을 쏟아버리게나."

메이븐의 말에 프라이스는 어쩔 수 없이 남은 물을 마셨다. 그냥 바닥에 버리기에는 갈증이 너무 심했던 것이다.

그런 프라이스를 물끄러미 보며 메이븐이 자상한 목소리로 물었다.

"자네는 남을 돕고 싶은가?"

"예, 신관님. 그러한 삶이 얼마나 값진 것인지 신관님을 보고 많이 배웠으니까요."

프라이스는 대답을 하면서도 왠지 쑥스러워서 뒤통수를 긁적였다.

메이븐이 웃으며 말을 이었다.

"그렇다면 자신을 먼저 사랑하시게. 남을 도울 능력을 가지려면 우선 자신이 우뚝 서야 하네. 이런 논리는 그리 좋아하지 않지만… 때론 약한 것도 악이 될 수 있다는 것은 거짓이 아니네."

"명심하겠습니다."

"악함도 모두 약함에서 출발한 것이네."

"그런가요?"

"그렇고말고. 자네, 배신하는 사람들을 본 적이 있겠지?"

"많이 봐왔습죠. 부끄럽지만 저도 과거엔 그런 행동을 했으니까요."

"그럼 하나 물어보지. 배신하는 자들은 강한 자들인가? 약한 자들인가?"

"그건……."

메이른은 대답을 기다리지 않고 곧바로 말을 이었다.

"언제나 배신은 약자들이 하는 것일세. 강한 자는 배신할 필요가 없지. 항상 남보다 우월한 지는 배신을 당힐지인징, 배신할 필요가 없으니 말일세."

"과연 그렇군요."

프라이스가 고개를 크게 끄덕였다.

과거 자신이 데이먼을 배신하고 도둑질을 했을 때도, 결코 자신이 강하기 때문에 저지른 행동이 아니었다. 만약 정말 자신이 강하고 여유가 있는 자라면 그런 행동은 일절 하지 않았을 것이다.

언제나 배신은 약자의 몫인 것이다.

메이른은 프라이스의 표정을 가만히 바라보다가 미소를 지으며 일어났다.

"자, 그럼 가세나."

"신관님, 전쟁터에 가서 뭘 할 생각이신지요?"

"두려운 겐가?"

"솔직히 두렵습니다."

"위험한 건 전쟁이 아니라 바로 그 공포심이네."

"하지만……."

"남을 돕겠다고 하지 않았던가? 마음을 강하게 가지게나."

"예⋯⋯."

"전에도 이야기했듯이 메마른 땅에 꽃씨를 뿌리러 갈 생각이네."

메이븐이 발걸음을 옮겼다.

프라이스는 그의 등을 보면서 다부진 표정으로 걸음을 옮기기 시작했다.

여기까지 여행을 하면서 메이븐의 능력을 많이 보아왔다. 처음으로 좀비가 나타났던 마을부터 시작해서 최근 지나온 마을까지.

그때마다 프라이스는 이렇게 온화하고 자비로운 신관에게 어디서 그런 힘이 나오는가 싶을 정도로 놀라운 광경을 볼 수 있었다.

어쩐지 메이븐이 함께 간다면 어디라도 안전할 것이라는 생각이 다시금 들었다.

메이븐과 프라이스가 병영 가까이에 다다랐을 때, 병영 입구를 지키고 있던 병사가 날카롭게 소리쳤다.

"멈추시오!"

보초병 중 한 명이 두 사람에게 걸어와 용모를 한 번 훑어보고는 물었다.

"어딜 가는 길입니까?"

"이곳 총사령관을 만나러 왔습니다."

메이븐이 정중한 태도로 말했다.

상대가 일행 한 명만을 데리고 나타나서 난데없이 총사령관을 찾으니 병사는 어이가 없었다.

만약 귀족이라면 이런 식으로 찾아오진 않았을 것이다.

"무슨 일이오?"

"총사령관을 직접 만나서 이야기를 전할까 합니다만."

병사는 다시 한 번 상대의 용모를 훑었다.

아무리 봐도 귀족같이 보이진 않았다.

게다가 자신에게 존댓말을 하는 것을 보니 왠지 상대가 가소롭게 느껴졌다.

'노망난 늙은이인가?

병사가 눈살을 찌푸렸다.

총사령관이 늙은이랑 노닥거릴 정도로 한가한 사람인 줄 아나?

그렇지 않아도 좀비들의 출현으로 한껏 신경이 예민해진 병사들이었다.

그래도 혹시나 하는 마음에 병사가 마지막으로 퉁명스레 물었다.

"어디서 온 누구요?"

"마르텐에서 온 메이븐 신관이라고 합니다."

그제야 병사의 표정이 다소 누그러졌다.

아마도 전쟁이 아란스 군에게 불리하게 흘러간다는 소식을 듣고 조금이나마 힘을 보태고 싶어 찾아온 신관일 거라고 짐작했다.

'파이터 계열의 신관은 아닌 것 같고… 힐러 계열이려나?'

하지만 이곳은 전장이다.

전쟁 경험이 전무한 신관이 갑자기 나타나서 도와주겠다고 한들 오히려 방해가 될 수도 있었다.

만약 참전을 하겠다면, 정식으로 절차를 밟아서 어느 정도 교육을 마쳐야만 했다.

"죄송합니다만 총사령관님은 지금 바쁘십니다. 신관님의 뜻은 잘 알겠습니다만, 이곳은 전장입니다. 우선 정식 절차를 통해서……."

말을 꺼내던 병사가 잠깐 움찔 떨었다.

그가 다시 메이븐을 바라보며 물었다.

"방금… 누구라고 하셨습니까?"

"메이븐 신관입니다."

"메이븐 신관이라니… 그럼 그, 대신관직을 사양하고 시골로 내려가셨다는……."

메이븐은 그저 사람 좋은 미소만 짓고 있었다.

병사가 서둘러 말을 정정했다.

"몰, 몰라 봬서 죄송합니다! 지금 당장 총사령관님께 안내해 드리겠습니다!"

"감사합니다."

병사는 메이븐 신관과 프라이스를 데리고 앞장서기 시작했다.

*　　　*　　　*

“도대체 이게 무슨 짓이오!”

레노스트 백작이 책상을 쾅 내려치며 소리쳤다. 그의 두 눈에서 불똥이 튀었다. 그는 당장에라도 레니에의 멱살을 쥐고 소리치고 싶은 심정이었다.

레니에가 피식 웃자, 레노스트 백작은 주먹을 쥔 채 바들바들 떨었다.

레니에가 여자이기 때문에 참는 것이 아니었다.

다만, 이 와중에도 막사 안에 포진해 있는, 꼴 보기 싫은 마녀들 때문에 애써 분을 억누르는 중인 것이다. 괜히 섣불리 움직여 저들을 자극시켜서 득이 될 게 없었다.

“도대체 당신이 지금 무슨 짓을 저지른 것인지 알고 있소?!”

“알고 있으니 그렇게 소리지르지 말았으면 좋겠군요.”

“알고 있다고? 알고 있는 여자가 이렇게 태연하단 말이야!”

그러자 레니에의 눈초리가 짐짓 사나워졌다.

그녀가 차갑게 쏘아보자, 레노스트는 움찔 떨고는 목소리를 조금 누그러뜨렸다.

“거의 모든 아군이 좀비가 되어버렸소.”

“위에서 내려온 지시예요.”

“위에서 내린 지시라니! 도대체 누가……”

“내가 내렸네.”

갑자기 들려온 목소리에 레노스트가 놀라서 몸을 돌렸다.

막사 안으로 카자른 제국의 황제가 여러 대신들을 동행한 채 들어오고 있었다.

"황, 황제 폐하!"

레노스트가 즉각 무릎을 꿇고 엎드렸다.

한편 황제의 뒤를 따라 들어오는 대신들도 막상 전장에서 벌어진 상황에 대해서 어리둥절한 태도였다.

그럴 수밖에 없는 것이, 이제 막 전장에 도착했는데, 멀쩡한 병사들은 손에 꼽힐 정도인 데다가 좀비만 바글거리고 있으니 아연실색한 것이다.

"도, 도대체 이게 어떻게 된 일이옵니까?"

체이스 후작이 황제를 향해 더듬거리며 물었다.

대신들의 눈길이 일제히 황제를 향해 고정됐다.

칼루스가 가볍게 웃으며 대답했다.

"나의 제국을 만들려는 것이다."

갑자기 오만해진 그의 말투에 대신들이 잠시 서로를 보며 수군거렸다.

체이스 후작이 다시 차분한 어조로 물었다.

"폐하, 영문을 알 수는 없사오나, 어째서 병사들을 좀비로 만들라 하명하신 것입니까?"

"그대는 지금 짐에게 따지려고 하는 것인가?"

"그게 아니오라……."

"훗, 상관없지."

칼루스는 다시 피식 웃음을 흘리고는 말을 이었다.

"앞으로 짐이 만들 제국은 타라 교를 국교로 지정할 것이다."

"……!"

그야말로 마른하늘에 날벼락 같은 말이었다.

대신들이 웅성거리며 떠들기 시작했다. 그들 모두 갑작스러운 상황에 적응하지 못한 모습이었다.

그때 본래 전장의 총사령관이었던 폴티메르 후작이 나서서 소리쳤다.

"폐하! 그것은 아니 될 말씀이옵니다!"

"어째서?"

"타라 교를 국교로 만든다는 것은 너무 위험한 발상이옵니다. 우선은……."

폴티메르가 잠시 주위 마녀들을 의식한 듯 곁눈질을 했다.

하지만 그는 곧 마음을 굳힌 듯 단호하게 말을 이었다.

"우선은 그들을 제국 통합에 이용하시되 국교로 지정하는 것은 차후에 고려해 보심이 옳다고 봅니다. 자칫 카자른 대제국의 균형이 무너질까 봐 두렵사옵니다."

"타라 교가 반란이라도 일으킬까 봐 그러는가?"

폴티메르는 다시 마녀들의 눈치를 살피고는 대답했다.

"현재는 그들이 본국에 충성을 맹세하였으나, 차후에 그 권한이 커지면 어떻게 변할지 아무도 모를 일이옵니다. 선대 황제께서도 말씀하셨다시피, 권력이라는 것은 처음과 끝의 모습이 다른 것 아니겠습니까?"

마녀들을 의식해서 최대한 돌려서 말했지만, 결과적으로 타라 교는 제국의 등을 칠 확률이 농후하다는 말이었다.

하지만 이미 마왕의 화신인 칼루스가 그 말을 받아들일 리가 없었다.

"타라 교는 제국 통합에 가장 큰 힘을 실어주었다. 그에 대한 합당한 권한을 부여하는 것은 당연한 수순이 아니겠는가?"

"폐하!"

"폴티메르 후작."

황제가 정색을 하고 부르자, 폴티메르는 이를 꾹 깨물며 대답했다.

"예, 폐하."

"그럼 그대의 말은 우선 타라 교를 이용하되 차후에는 그들을 내쳐야 한다는 것인가?"

폴티메르 후작은 난감했다.

마녀들이 눈에 불을 켜고 그를 쏘아보고 있었다.

어째서 황제는 이런 자리에서 자신에게 곤란한 질문을 하고 있는 것인가?

이 상황에서 대놓고 타라 교를 박해하자고 말한다면, 카자른 제국은 대륙 통합에 있어서 큰 위기를 맞게 될 것이다. 그렇다고 타라 교를 국교로 인정하는 행위는 더더욱 용납할 수 없었다.

어디까지나 타라 교는 제국 통합을 위한 도구에 지나지 않왔다.

한데 황제는 지나치게 타라 교를 의지하고 있었다.

폴티메르가 차분히 생각한 끝에 대답했다.

"반드시 그러한 뜻은 아니옵니다. 다만 타라 교를 국교로 선정하는 것은 아직 이르다는 뜻이옵니다. 그 문제는 차후에 제국을 통합하고 나서 결정해도 늦지 않을 것이라 사료됩니다."

"흐음."

칼루스가 폴티메르를 물끄러미 바라보았다.

두 사람의 시선이 허공에서 복잡하게 얽혀들었다.

한참 후, 칼루스가 빙긋 웃었다.

"과연 자네 생각도 일리는 있군."

"폐, 폐하, 그럼……."

"타라 교를 국교로 정하는 것은 차후에 논의하도록 하지."

그제야 대신들의 표정이 한결 가벼워졌다.

하지만 중요한 문제가 여전히 남아 있었다.

그 문제를 먼저 제기한 것은 레노스트 백작이었다.

"폐하, 이번 사고는 어떻게 처리하는 게 좋을지요?"

"사고라면?"

레노스트가 레니에를 흘긋 쏘아보고는 말을 이었다.

"제국군의 상당수가 좀비로 변했습니다. 물론, 아란스 군에게도 어느 정도 피해가 있었습니다만, 이번 타라 교의 결계진으로 인해 더 큰 피해를 본 것은 우리 군입니다."

"어째서 그대는 그것을 피해라고 생각하는가?"

“예?”

“짐은 더 강한 군대가 필요했을 뿐이다. 그래서 더욱 강한 군대를 만들라 지시를 했고. 그것이 어째서 피해란 말인가?”

칼루스의 말에 다시금 대신들이 술렁이기 시작했다.

체이스 후작이 나섰다.

“하오나 폐하! 그것은 올바른 방법이 아니옵니다. 이번 경우는 어쩔 수 없다고는 하나 앞으로는 이런 방식이 사용되어서는 안 될 것이옵니다.”

폴티메르 후작도 체이스 후작을 거들고 나섰다.

“체이스 후작님의 말씀이 옳습니다, 폐하. 멀쩡한 제국군을 좀비로 만들어 버리신 것은 실로 많은 백성들에게 반감을 살 수 있는 상황이옵니다. 게다가 타라 교의 세력을 쓸데없이 더욱 부풀리는 것일 뿐입니다.”

“타라 교를 국교로 만드는 것을 차후에 고려하자고 하더니, 이제는 그들의 힘을 쓰지도 말자고 하면, 도대체 어떻게 이 전쟁에서 이길 생각인가?”

“그것은…….”

폴티메르는 마땅히 대꾸할 말이 없었다.

그때 칼루스의 등 뒤에서 조소를 짓는 레니에가 그의 눈에 들어왔다.

그렇지 않아도 눈엣가시 같은 그녀였는데, 그 모습을 보자니 그의 두 눈에 불똥이 튀었다.

‘도대체 저년이 폐하께 무슨 짓을 했기에……!’

폴티메르는 분명 황제가 예전과 달라졌다고 생각했다.

그렇지 않고서야 이렇게 무모한 결단을 내릴 리가 없었다. 필시 저 여우 같은 계집에게 속은 것이리라.

지금 이 기 싸움에서 밀린다면 카자른 제국은 대륙을 통합하더라도 큰 위기를 맞게 될 것이었다.

무슨 일이 있어도 그것만은 막아야 했다. 그렇지 않으면 대륙을 통합한들 그게 무슨 소용이랴

결심을 굳힌 폴티메르가 레니에를 가리키며 버럭 소리를 질렀다.

"도대체 그대는 폐하께 무슨 말씀을 올린 거요!"

그러자 레니에가 눈을 가늘게 뜨고 대꾸했다.

"어머, 갑자기 왜 제게 화를 내시나요? 할 말이 궁해졌다고 해서 절 모함하다니. 이해할 수가 없군요. 후작께서야말로 저희 타라 교를 박해하려고 하시지 않나요? 아니면 저희를 견제하면서 차후에 황권이라도 노리시는 건가요?"

"뭣이? 네 이년! 감히 여기가 어디라고 생각하느냐! 타라 교가 세상을 장악했다고 생각이라도 하는 게냐! 네년이 정녕 폐하를 감언이설로……."

"시끄럽다!"

칼루스가 버럭 역정을 냈다.

순간 막사 안이 쥐 죽은 듯 조용해졌다.

칼루스가 싸늘한 시선으로 폴티메르를 쏘아보았다.

"그대는 짐이 보이지 않는가! 그게 아니면 짐을 능멸하려는

것이더냐!"

폴티메르 후작이 더욱 애타는 심정으로 간청했다.

"폐하, 제발 눈을 뜨십시오. 지금 이 전쟁은 잘못된 방향으로 흘러가고 있사옵니다! 아군의 병사들을 좀비로 만드는 것은 몇 번을 고쳐 생각해도 잘못된 일이옵니다!"

"짐에게는 강한 군사가 필요하다고 하지 않았던가! 자네가 이 자리에 있을 때, 조금 더 빨리 적을 몰아냈더라면 이런 일도 오지 않았을 터! 그 죄도 덮어주려 했건만 이제는 짐의 처사가 잘못된 것이라고 꾸짖는 것인가!"

칼루스가 서슬 퍼렇게 소리치자 대신들의 안색이 급격히 어두워졌다.

저마다 눈치를 보며 갑자기 돌변한 황제의 모습에 목을 움츠렸다.

하지만 폴티메르는 물러서지 않았다.

지금 당장 목을 내걸고라도 이 잘못된 방식을 고쳐 잡아야 했다.

그렇지 않으면 모든 것이 허사였다.

"폐하! 자고로 현명한 군주는 아랫것의 이야기에 귀를 기울인다 하였습니다! 폐하! 예전의 늠름한 모습은 어디로 가신 겁니까? 저 간악한 년이 폐하께 무슨 소리를 했는지 모르겠사오나, 어서 눈과 귀를 여십시오. 그리고 지금 이 전쟁의 양상을 보십시오!"

"정녕 네가 오늘 피를 보아야겠구나!"

“폐하! 부디 깊이 헤아려 주십시오!”

폴티메르가 맞서 소리친 후 다시 레니에를 보고 욕설을 퍼부었다.

“네년은 당장 폐하께서 떨어져라!”

“네 이놈! 폴티메르!”

칼루스가 다시 소리쳤다.

위엄이 서린 그의 목소리에 모두들 식은땀을 삘삘 흘렸다.

“폐하, 부디 소신의 충정을 헤아려 주십시오!”

폴티메르가 이윽고 눈물까지 흘리며 사정했다.

그 순간, 잠시나마 칼루스의 본래 인성이 돌아왔던 것일까? 아주 잠깐 칼루스가 주저하는 눈빛을 띠었지만, 누구도 눈치채지 못할 만큼 짧은 변화였다.

곧 그의 두 눈은 마왕의 것이 되어 차갑게 식어 있었다.

“이곳은 전장이다! 상관의 명에는 무조건 복종해야 하거늘, 그대는 짐에게 불복하며 대항하고 있다. 그 죄는 죽어 마땅하다!”

“폐하, 정녕 카자른 제국의 멸망을 보실 생각입니까!”

“여봐라! 뭣들 하느냐! 당장 저놈을 끌어내 목을 쳐라!”

그러자 보다못한 체이스 후작이 나서서 말렸다.

“폐하, 폴티메르 후작은 충정이 지나쳐서 실수한 것이옵니다. 부디 명령을 거두어주십시오.”

하지만 칼루스는 가차없었다.

“체이스 후작! 그럼 자네가 폴티메르 대신 죽을 것인가! 그렇지 않으면 물러나 있어라!"

상황이 이리되자 그 누구도 나서지 못했다.

말 한마디 잘못 꺼냈다간 그야말로 저세상으로 갈 판국이니, 막사 안의 대신들은 살얼음판을 걷는 기분이었다.

곧 병사들이 들어와 폴티메르를 끌고 나갔다.

폴티메르는 끌려나가면서도 고래고래 소리쳤다.

"여우 같은 계집이 우군을 꼬드겨서 나라를 망치는구나! 가엾은 군사들이 혼도 잃고 껍데기만 남아버렸구나! 대륙 통일을 하면 무엇하나! 나라가 계집의 손에 넘어가게 생겼도다!"

하지만 충정을 다해 소리친 그의 외침도 허무하게 사라졌다.

잠시 후, 막사 밖에서는 단말마의 비명 소리만 들릴 뿐이었다.

병사가 잘려 나간 폴티메르의 머리를 들고 들어왔다.

그것을 보고 있자니, 여러 대신들은 온몸이 후들후들 떨릴 지경이었다.

칼루스가 병사를 향해 매섭게 명령을 내렸다.

"놈의 모가지를 장대에 높이 걸고, 모든 병사들의 본보기로 삼아라."

병사가 나가고 나자 칼루스는 대신들을 물렸다.

막사 안에 서 있는 것만으로도 충분히 공포에 질려 있었기에 대신들은 아무 말 없이 물러갔다.

이윽고 막사에는 칼루스와 레니에, 마녀들만이 남았다.

레니에가 매혹적인 미소를 지으며 물었다.

"너무 무리하신 게 아닌지요?"

"크크크. 인간이란 과연 재미있군."

칼루스의 목소리가 다시금 마왕의 그것으로 돌아와 있었다.

"반발자가 생길 수도 있지 않을까요?"

"반발자? 곧 그들도 마자가 될 것이다."

"호호호. 과연 그렇군요."

"내 세상이 되는 날, 가장 높은 권좌는 그대에게 주어지리라."

"영광입니다."

레니에가 살며시 입꼬리를 올렸다.

*　　　*　　　*

"메이븐 신관님께서 여기에 오셨다고?"

레온이 벌떡 일어났다.

율란이 빙긋 웃으면서 대답했다.

"예, 지금 그레이 후작과 대화 중입니다."

"혼자 오셨나?"

"프라이스라는 분도 동행하셨더군요."

"프라이스?"

레온이 대수롭지 않게 묻고는 옷을 챙겨 입었다. 그의 표정
은 어쩐지 들떠 있었다. 레온에게 있어서 메이븐 신관은 자신

에게 사명감을 부여하고, 가야 할 길을 알려준 첫 스승이자 은인이었다.

레온이 막 나서려는데, 마침 막사 안으로 메이븐 신관이 총사령관과 함께 들어섰다. 그 곁에는 프라이스도 함께였다.

"메이븐 신관님!"

"그동안 잘 계셨습니까? 가브리엘 대신관님."

레온은 그제야 자신이 지금 대신관으로 위장하고 있다는 사실을 상기해 냈다. 너무 반가운 마음에 변장 중이라는 사실조차도 잊고 있었던 것이다.

"허허, 그럼요. 덕분에 무탈합니다. 어인 일로 이 먼길을 오셨습니까?"

"사실 궁정 신관님으로부터 전서를 받았습니다."

레온이 고개를 끄덕였다.

'아셀 신관님께서 메이븐 신관님께 도움을 청하신 거였구나.'

메이븐 신관이 웃으며 물었다.

"역시 대신관이라는 직책은 참으로 무거운 것이지요?"

마치 가브리엘 대신관에게 묻는 듯한 자연스러운 질문이었지만, 레온은 그것이 자신에게 묻는 것임을 직감적으로 알 수 있었다.

"그렇군요. 하루하루가 정말이지 힘듭니다."

"허허허. 가브리엘 대신관님도 참, 엄살도 심하십니다."

"허허, 그런가요?"

두 사람이 마주 보며 환하게 웃자 막사 내의 분위기가 한결 푸근하게 느껴졌다.

하지만 마냥 좋은 이야기만 오갈 수 있는 자리가 아니었다.

메이븐 신관이 곧 안색을 굳히고는 말문을 열었다.

"이야기 들었습니다. 카자른의 황제가 화신일 가능성이 크다지요."

"예."

"어떻게 할 생각이십니까?"

"직접 만나보려고 합니다."

"과연……."

메이븐이 고개를 끄덕였다.

그는 레온을 처음 보았을 때부터 범상한 인물이 아니라는 것을 단번에 알아볼 수 있었다. 본래 비범한 자는 비범한 자가 알아보는 법이다.

물론 메이븐 신관은 스스로를 대단치 않게 생각하고 있겠지만, 적어도 그의 안목만큼은 틀림이 없었다.

"게다가 지난번 대전에서 산 자들마저 좀비로 변했다고……."

"그렇습니다. 지금 그들의 공격이 주춤하고 있지만, 아마 정비가 끝난다면 곧 이곳으로 몰아치겠지요."

메이븐이 고개를 끄덕이며 침음을 흘렸다.

레온은 그레이 후작을 돌아보았다.

“그레이 사령관님, 죄송하지만 오랜만에 벗과 함께 천천히 이야기를 나누어도 괜찮을는지요?”

“물론입니다. 오히려 제가 눈치가 없었군요. 그럼 천천히 대화 나누십시오.”

그레이 사령관이 물러가자 레온은 얼굴을 한 번 스윽 훑었다. 그러자 그의 본래 얼굴이 드러났다.

레온의 변검술을 처음 본 메이븐이었지만, 크게 놀라지 않았다. 대신 곁에 있던 프라이스가 놀라서 소리를 빽 질렀다.

“레, 레온!”

레온이 시선을 돌려 프라이스를 물끄러미 보았다.

한참 동안 서로 시선을 주고받다가 레온이 멀뚱한 표정으로 메이븐에게 고개를 돌렸다.

“한데 이분은 누구신지…….”

순간 프라이스는 그대로 돌처럼 굳어버렸다.

‘아무리 그래도 나를 기억 못해주다니.’

울적한 심정이었지만, 프라이스는 애써 웃으며 말했다.

“날세, 나. 프라이스네.”

“프라이스…….”

레온은 한참을 곰곰이 생각에 잠겼다. 그러다가 갑자기 떠오른 기억에 손뼉을 마주쳤다.

“아! 그 양아치!”

“양아치는 좀…….”

“하하. 이거 미안합니다. 오랜만이군요, 프라이스. 잘 지내고 있었어요?"

"나야 자네 덕분에 잘 지내고 있었네. 그보다 놀랍구만. 자네가 어떻게 대신관님으로……."

"뭐, 일이 좀 복잡하게 돌아갔습니다. 그나저나 많이 착해졌군요?"

착해졌다는 말에 프라이스가 얼굴을 발그레 붉혔다.

"부끄럽네. 험험."

"그동안 몸이 많이 불편하셨지요? 혈을 풀어드리겠습니다."

"혈을 풀겠다니. 그게 무슨 말인가? 나, 난 정말 이제 마음을 고쳐먹고 바른 생활을 하고 있다네. 정말일세."

프라이스가 기겁을 하며 말했다.

혹시라도 레온이 다시 자신을 아프게 할까 봐 겁이 났던 것이다.

레온은 싱긋 웃고는 재빠르게 프라이스의 혈을 점했다.

그러자 프라이스의 전신에 힘이 넘쳐 났다. 다시 건장한 청년의 기운을 되찾은 것이다.

지금까지는 메이븐 신관이 맡긴 짐보따리만 짊어져도 엄청 힘이 들었는데, 이제는 막사의 나무 기둥도 통째 뽑아 들 수 있을 것만 같았다.

"이럴 수가! 레, 레온! 정말 고맙네!"

"그동안 고생 많으셨습니다."

프라이스는 감격으로 눈물까지 글썽였다.

하지만 언제까지 재회의 감격만 만끽할 수는 없었다. 당장 코앞에 큰일이 닥쳐 있었다.

레온은 다시 고개를 돌려 메이븐 신관을 보았다.

"대신관님께서 일을 당하셔서 제가 대신 역을 맡고 있습니다."

"앞서 들어 사정은 잘 알고 있습니다."

레온의 표정이 살짝 어두워졌다.

"사실 마왕을 직접 대면하겠다고는 했지만 어떻게 해야 할지 잘 모르겠습니다, 신관님."

메이븐 신관의 표정도 전에 없이 굳어졌다.

그는 프라이스로부터 보따리를 건네받았다. 그리고 꽃씨를 다시 레온에게 건네주었다.

"받으십시오."

"이게 뭡니까?"

"루카스 여신의 봄 햇살을 받고, 제 보잘것없는 신성력을 입으며 자란 꽃의 씨앗입니다."

"이것으로… 마왕을 물리칠 수 있는 건가요?"

메이븐 신관이 고개를 저었다.

"알 수 없습니다. 다만 지금까지 여행을 하면서 마계의 기운을 입은 자들은 치료가 가능했습니다."

레온은 '어떻게'라는 표정을 지었고, 메이븐이 차분히 설명을 이어갔다.

"이 꽃씨는 육체에서 일시적으로 마계의 기운을 분리시키는 역할을 할 수 있습니다. 엄밀히 말해서 루카스 여신의 기운이 마계의 기운을 몰아내는 것이지요. 하지만 마계의 기운이 강할 경우, 혼과 그 기운이 함께 빠져나와 버리지요."

"그럴 경우는 어떻게 합니까?"

"신성력으로 영혼을 붙드는 것이 가능했습니다. 그리고 빠져나온 마계의 기운 역시 신성력으로 해체시킬 수 있었지요."

"그렇다면 마왕도 같은 방법이라면……."

메이븐이 고개를 다시 가로저었다.

"마왕은 이미 화신의 몸에 깃들어 있는 상태입니다. 그 힘이 상당할 겁니다. 혹 화신으로부터 마왕이 분리된다고 하더라도 제 힘으로는 그를 봉인할 능력이 없습니다."

"만약 그 상태로 방치하게 된다면 어떻게 되는지요?"

"주위에 있는 자들마저 위험에 빠질 것입니다. 근처에 있는 자들 중에서 가장 건강한 육신에 마왕이 깃들 것이고, 그가 바로 두 번째 화신이 될 가능성이 크지요."

"그럼 본래의 화신인 카자른 황제는……."

"죽거나 마자가 될 가능성이 크다고 봅니다."

"단지 마왕을 화신의 몸에서 떼어내는 것만으로는 해결되지 않는단 말씀이군요."

메이븐이 착잡한 표정으로 고개를 끄덕였다.

"실제로 어떤 일이 일어날지는 저 역시 정확히 알 수 없습니다. 다만 그동안 여행하면서 겪은 것을 바탕으로 유추할 뿐이지요."

상대는 마왕이었다.

아무리 메이븐 신관이 희대의 성자라고 할지라도 신에 가장 근접한 존재인 마왕을 제대로 알 수는 없었다. 오히려 화신에서 마왕의 존재를 빼냈을 때 더 큰 재앙이 올지도 몰랐다. 아니면 의외로 아무런 변화도 없을 수도 있었다.

그건 아무도 모를 일.

하지만 루카스 여신의 보살핌이 있다면, 지금보다 더 악한 상황까지는 오지 않으리라 짐작했다.

레온이 고개를 끄덕이고 다부진 표정으로 말했다.

"알겠습니다. 신관님 덕분에 길이 보이는 듯합니다."

"별말씀을요. 제대로 도움을 주지 못해 부끄럽군요."

"아닙니다. 먼 길 오셨을 텐데 이제 편히 쉬십시오. 제가 너무 신관님을 괴롭힌 것 같습니다."

레온이 부드럽게 웃으며 말하자, 메이븐 신관이 고개를 숙이며 인사했다.

"루카스 여신의 봄 햇살 같은 미소가 그대와 함께하길."

밤이 깊은 시각.

레온의 막사에 하사신과 이스키오스 사도단의 대장들이 모였다.

레온은 제롬으로부터 적지에 갔을 때의 상황을 전해 듣고 있었다.

"총사령관이 레노스트 백작이었단 말이지?"

"그랬습니다."

"그렇다면 일이 좀 더 수월해지겠군."

"그를 아십니까?"

"일전에 그 영감과 거래를 한 적이 있어서……."

"거래라뇨?"

이든이 나서서 카자른 제국과 협상했던 일을 간략하게 설명했다.

이야기를 들은 제롬이 고개를 끄덕였다.

"과연 그런 일이 있었군요."

이든이 다시 말을 이었다.

"조만간 저쪽 진영에 카를레스가 좀비들을 이끌고 합류할 것입니다. 물론, 테오도르 단장도 이곳으로 곧 합류할 예정입니다."

레온이 고개를 끄덕였다.

"그럼 또 한차례 피 바람이 불겠군."

"그때가 가장 위기라면 위기겠지요."

"그나마 다행인 건 메이븐 신관님이 이곳에 계시니……."

메이븐은 힐러 계열의 신관이었다.

게다가 그는 마계의 기를 무마시킬 수 있는 방법을 알고 있어 상당한 도움이 될 터였다.

물론, 상대도 마녀와 마자가 함께 공격해 올 테니 생각처럼 쉽지만은 않을 것이다. 그렇더라도 메이븐의 존재는 아군에게 큰 힘이 될 것이다.

"타나토스 수리는 거의 다 끝나가나?"

"루나 양이 계속 밤샘 작업 중입니다. 아마 하루 이틀 더 걸릴 것 같다고 하더군요."

"수리가 끝나면 이든이 탑승하도록 해."

레온은 이 자리가 끝나면 바로 적진으로 갈 생각이었다.

이든이 조금 걱정스러운 표정으로 물었다.

"조금 더 기다렸다가 타고 가시는 것이 좋지 않을까요?"

레온이 고개를 저었다.

"상대는 마왕이야. 무조건 힘으로 밀어붙이면 이길 수 없을 거야. 그건 확실해."

"괜찮으시겠습니까?"

"글쎄."

레온이 희미하게 웃었다.

처음 발룹을 상대할 때와 마찬가지로 몸이 가늘게 떨려왔다. 그것은 두려움이라기보다는 묘한 흥분에 가까웠다.

하지만 발룹을 상대할 때와는 또 다른 느낌이었다. 단순한 호승심이 아니라 결과를 알 수 없는, 목숨을 건 도박을 하는 심리랄까.

레온이 자리에서 일어났다.

이제 떠나야 할 때였다.

율란이 넌지시 물었다.

"루나 양을 보고 가지 않으시겠습니까?"

"됐어. 죽으러 가는 것도 아니고."

그 말에 대장들의 얼굴에 미소가 그려졌다.

아린이 혀를 빼죽 내밀며 놀렸다.

"에~ 마스터, 부끄러워하시는구나."

"아린, 그거 질투지?"

"어머, 질투면 저한테도 기회 주려고요?"

레온이 못 말린다는 표정을 지었고, 대장들이 재미있다는 듯 웃었다.

하사신은 그저 말없이 그 분위기를 지켜보았다.

어쩌면 정말 큰 위기를 앞두고 허세를 부리고 있는 것인지도 모르겠다고 생각했다.

하지만 지금은 이들의 허세가 어쩐지 기분 좋게 느껴졌다.

'나도 늙었군.'

어쌔신의 첫 번째 철칙은 감정을 없애는 것이다.

한데 레온과 함께 싸우게 되면서 언제부터인가, 말끔히 없애 버렸다고 생각했던 그 감정이 새록새록 되살아나는 느낌이었다.

'인간은 결국 인간이 될 수밖에 없는 것인가.'

하사신이 픽 웃었다.

그가 일어나서 레온을 물끄러미 보았다.

"살아서 돌아오시오."

"호오? 내가 죽는 게 더 편하지 않겠어?"

“그것도 나쁘진 않지만… 몇 개월 후에 다시 제안하겠다는
그 남은 조건이 뭔지 궁금해서 못 견딜 것 같으니까.”
  레온이 씩 웃었다.
  “걱정 마. 반드시 살아와서 그 궁금증을 해결해 줄 테니.”

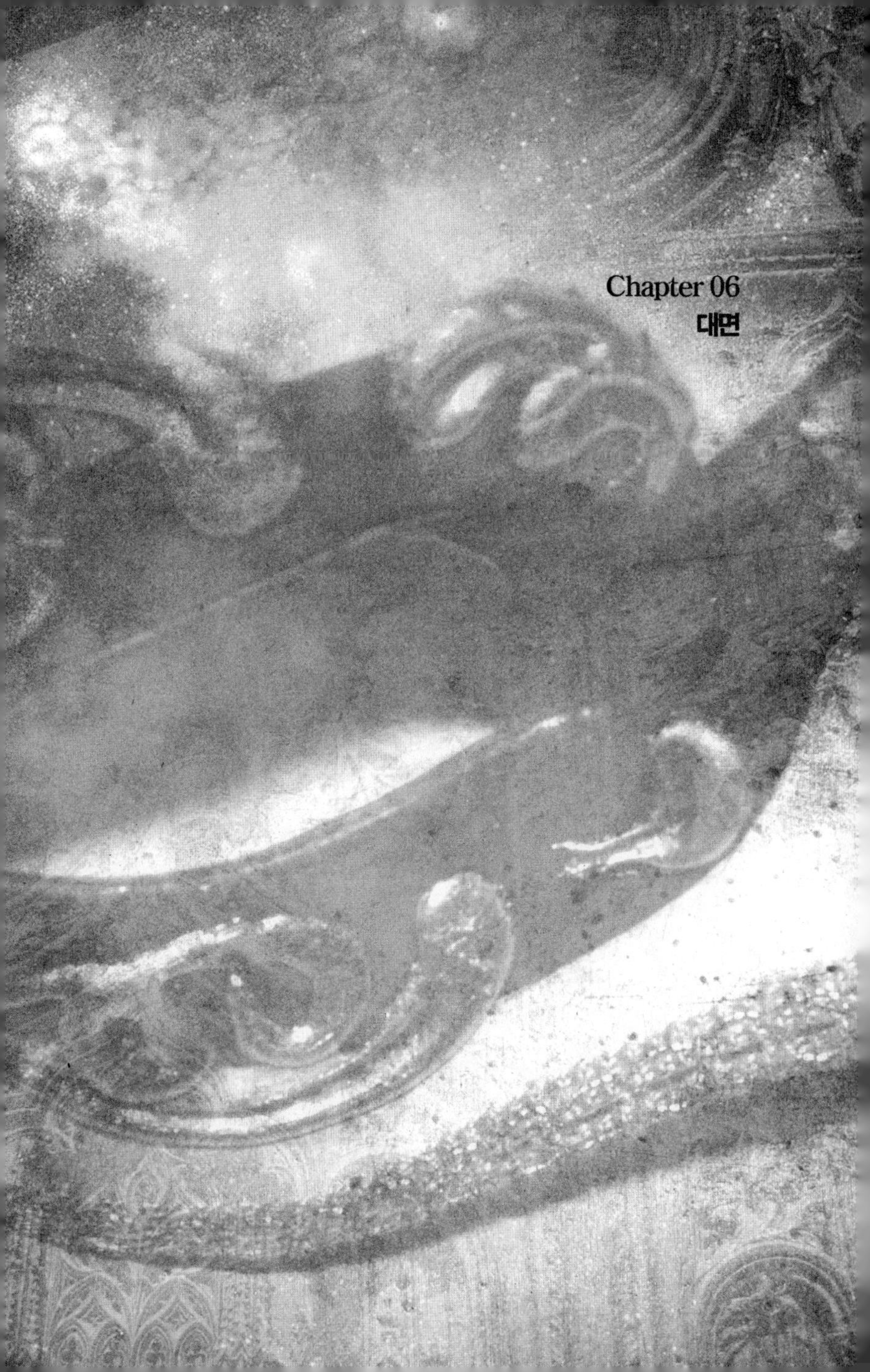

Chapter 06
대면

가면의
레온

체이스 후작은 말 위에 올랐다.

그가 하늘을 올려다보았다.

낮고 칙칙한 하늘이었다.

바람에서는 비 냄새가 맡아졌다.

곧 비가 내릴 게다.

그는 전방에 포진해 있는 좀비 군단을 바라보았다. 자신이 지휘해야 할 병사들이었다.

어쩌다가 이런 좀비를 지휘하게 된 걸까?

좀비 군단에게서는 두려움이라는 것을 찾아볼 수 없었다. 그들에게서 읽어낼 수 있는 것은 오로지 욕망뿐이었다.

힘에 대한 갈망.

파괴의 욕망.

긴장감도 느껴지지 않았다.

'기분 나쁜 하늘이군.'

하루 종일 기분이 나쁘다.

이곳에 들어섰을 때부터 기분이 나빴다.

저 좀비 군단이 내뿜고 있는 사악한 기운이 자신의 마음까지 옭아매는 것 같았다.

괜히 신경이 날카로워지고 짜증이 났다.

좀비들을 바라보는 것도 싫었다.

이곳에 있어야 할 것은 살아 있는 병사들이었다. 물론 산 병사들도 있었다.

하지만 극소수였다.

그나마도 좀비가 되어버린 동료들을 보면서 극심한 공포에 사로잡혀 있었다. 물론 사령부에서는 그저, 실수였다고 공표한 뒤, 아군 병사들은 전쟁이 끝나는 것과 동시에 원래의 몸으로 돌아갈 수 있도록 해주겠다고 약속했다.

하지만 그 말을 믿는 사람은 몇 되지 않았다.

체이스 후작 역시 좀비 군단을 보면 비위가 뒤틀렸다.

그래도 한때는 아군의 병사들이었을 것이다. 그럼에도 지금은 그들의 모습을 보고 있자니 혐오감만 들었다, 심지어 모두 죽여 버리고 싶다는 적대 감정마저도.

'너무 예민해졌군.'

체이스 후작이 다시 마음을 진정시키려는 듯 길게 숨을 내쉬었다.

그는 총사령관의 지위를 인수했다.

그동안 폴티메르 후작 대신 레노스트 백작이 총사령관을 대신하고 있었지만, 이제 자신이 있는 이상 그가 계속해서 이런 중책을 지고 있을 수는 없었다.

'어쨌든 첫 전쟁, 확실한 결과를 보여야 한다. 전쟁은 오로지 결과다.'

체이스 후작이 말고삐를 천천히 감아쥐는데, 카를레스가 다가왔다.

"모든 준비가 끝났습니다, 장군."

"진군하라."

카를레스가 고개를 숙여 보이고는 왔던 길을 돌아갔다.

이제 이 거대한 좀비 군단이 꿈틀거리기 시작할 게다. 그리고 적진으로 쳐들어가서 닥치는 대로 죽일 것이다.

체이스 후작도 천천히 말을 몰아 앞으로 나아갔다.

하지만 그는 모르고 있었다.

자신이 왜 이렇게 예민해진 것인지, 왜 짜증이 일어나고 있는지.

그것이 마왕의 존재와 좀비 군단이 뿜어내는 진득한 마계의 기운에 영향을 받은 것이라는 것을 전혀 모르고 있었다.

잠시 후 좀비들의 괴성이 하늘로 치솟았다.

좀비 군단과 아란스 군 간의 전투가 시작됐을 무렵, 카자른 제국의 병영에서 보초를 서던 두 병사는 한적하게 담화를 나누고 있었다.

"지금쯤이면 전투가 시작됐겠군."

"그러게. 우린 운이 좋은 편이야. 여기서 병영이나 지키고 있으면 되니까."

"하긴. 그 좀비 녀석들이랑 같이 싸우려면… 괜히 내가 더 겁날 것 같아."

"그래도 너무 그러지 말게나. 불과 며칠 전까지만 해도 우리 동료들이었지 않나. 운이 좋았기에 망정이지, 까딱했다간 우리도 그들처럼 좀비가 될 뻔했으니까."

그러자 병사 하나가 침을 탁 뱉었다.

"퉤엣! 빌어먹을 타라 교! 그놈들 때문에 괜히 이 꼴이 된 게 아닌가. 뭐? 실수? 실수로 좀비로 만들었다고? 이건 분명히 그놈들이 의도한 것일세."

"그래도 전쟁이 끝나면 원래대로 돌아올 수 있도록 치료를 해주겠다고 하지 않았……."

"흥! 자네는 그 말을 믿나? 정말로 한 번 변해 버린 그들을 되돌릴 방법이 있기나 있는 걸까? 타라 교는 그런 방법을 만들어놓을 필요가 없을 텐데도?"

그러자 듣고 있던 병사가 기겁을 하며 손가락을 입에 가져갔다.

"쉿. 말조심하게나. 혹시라도 누가 들을까 두렵네. 이번에 폴티메르 후작님이 참수당한 사실도 잘 알지 않은가. 지금 황

제께서 타라 교를 우호적으로 대하시니 당분간은 말을 아끼
세.”
“제기랄! 이러다간 대륙 일통을 해봐야 타라 교만 판을 치겠
네.”
병사가 한숨을 길게 내쉬었다.
“어쩔 수 없는 일이잖은가. 우리들이야 봉급이나 제대로 나
오면야⋯⋯.”
그때였다.
연신 식식거리던 병사가 갑자기 창을 내뻗으며 소리쳤다.
“누구냐!”
수레를 끌고 다가오던 병사가 멈춰 섰다.
“식량을 구하러 나갔다가 돌아오는 길이오.”
“보급반인가?”
“그렇소.”
“혼자?”
“폐하의 저녁 시간에 맞추기 위해서 나만 서둘러 돌아왔소
이다.”
병사 둘은 날카롭게 상대를 훑었다.
복색은 분명 카자른 제국군이었다.
“들어가라.”
병사 둘이 길을 열었다.
수레를 끌고 나타난 병사가 묵묵히 그들 사이를 지나갔다. 병
사가 들어가고 나서 두 사람은 다시 잡담을 나누기 시작했다.

한편 병영 안으로 들어선 병사가 한참 후에 얼굴을 한 번 훑자, 레온의 얼굴이 드러났다.

*　　*　　*

칼루스는 화려하게 차려진 상을 앞에 두고 앉았다. 아무리 마왕의 화신이라곤 하지만, 그 역시 아직은 인간의 몸에 붙어 있는 상황인만큼 체력을 유지시켜야 하는 것은 당연한 일이었다.

"인간의 음식이 입맛에 맞을지 모르겠군요."

레니에가 곁에서 웃으며 말을 걸었다.

칼루스가 피식 웃고는 적당하게 구워진 스테이크를 썰어 한 점을 입에 넣고 우물거렸다.

"먹을 만하군."

칼루스가 흡족한 듯 미소를 지으며 이것저것 음식을 맛보았다.

레니에가 웃으며 말했다.

"생각보다 잘 드시는군요?"

"크크크. 인간의 입맛을 즐기려면 지금뿐이지 않은가."

어차피 완전히 현신하면 인간의 음식을 먹을 일은 없을 것이다. 칼루스, 아니, 마왕 타라는 지금 이 순간을 즐기고 있었다.

그가 한참 식사를 즐기고 있을 때였다.

병사 하나가 들어와서 보고했다.

"폐하, 레노스트 장군님께서 오셨습니다."

병사의 말에 칼루스가 고개를 갸웃했다.

"무슨 일로?"

"폐하께 아뢸 말씀이 있다고 하십니다."

"들라 하라."

병사가 달려나갔고, 잠시 후에 레노스트 백작이 들어왔다.

그는 한쪽 곁에 서 있는 레니에를 힐끗 보고는 공손히 예를 갖췄다.

"식사 중에 죄송합니다, 폐하."

"공은 무슨 일인가?"

"폐하께 긴히 드릴 말씀이 있는지라……."

"말해보게."

레노스트는 다시 한 번 레니에를 힐끗 보고는 입을 열었다.

"이 자리에서 괜찮으시겠습니까?"

"그녀는 염려할 것 없으니 말하게."

"우선 제가 폐하께 술 한잔 올리는 것을 허락해 주십시오."

"허허, 무슨 말이기에 그토록 분위기를 잡는 것인가? 뭐, 아무래도 좋겠지. 가까이 오게."

"황공하옵니다, 폐하."

레노스트 백작이 조심스럽게 가까이 다가갔다. 그가 술병을 들어 칼루스의 잔을 채워주었다.

칼루스가 술을 들이켜고는 물었다.

"그래, 할 말이 무엇인가?"

"다름이 아니오라, 병영 내에 침입자가 있는 것 같습니다."

"침입자라?"

갑작스러운 말에 충분히 놀랄 만한데도 칼루스는 태평하게 반문했다.

"예, 폐하."

"그래서?"

"폐하의 막사에 보초병을 늘리고 아무도 접근하지 못하도록 일러두었습니다."

"과연. 그것은 나를 치기 위함인가?"

칼루스의 뜬금없는 질문에 레노스트 백작의 표정이 흔들렸다.

"예?"

"나를 죽이려고 온 건가?"

"무슨 말씀이옵신지……."

갑자기 요상하게 흐르는 분위기에 레노스트 백작은 물론, 레니에까지 당황했다.

칼루스는 태연히 레노스트 백작을 향해 물었다.

"그대가 지금 내게 가까이 온 것은 날 죽이고자 함이 아니었던가, 레온?"

"레온!"

레니에가 비명처럼 외치며 나섰다.

하지만 칼루스가 손을 들어 그녀를 제지했다.

그제야 레노스트가 입꼬리를 슬쩍 치켜올렸다.

"과연 마왕이군."

"유명한 자네를 이렇게 보게 되다니, 반갑군."

칼루스의 목소리가 마왕의 그것으로 돌아왔다.

레온도 얼굴을 훑어 레노스트의 가면을 벗어 던졌다. 그의 골격이 바뀌면서 본래 자신의 외모로 돌아왔다.

그 찰나, 레온의 손이 빠르게 칼루스의 목을 향해 날아갔다.

하지만 칼루스의 반응이 조금 더 빨랐다.

탁!

순식간에 레온의 손을 쳐낸 칼루스가 다시 다른 손을 뻗어 레온의 이마를 잡았다.

땅!

마치 쇠몽둥이를 두드리는 듯한 소리와 함께 레온이 뒤로 날아갔다.

바닥에 주룩 미끄러진 레온이 울컥 피를 토했다.

"역시… 힘으론 도저히 안 되는 건가?"

레온이 비틀거리며 일어났다.

칼루스 역시 자리에서 일어났다. 그가 테이블을 돌아 나오며 레온에게 천천히 다가왔다.

"그걸 잘 아는 녀석이 어째서 이리도 무모하게 온 건가? 내가 아는 그대라면 좀 더 치밀하게 나왔어야 할 터인데."

"훗, 너무 그러지 마. 나름대로 계산한 행동이니까."

"뭐라?"

"식사는 맛있게 하셨는가?"

"무슨……!"

그 순간 칼루스의 얼굴이 시뻘겋게 달아올랐다.

"주인님!"

레니에가 얼른 나서며 소리쳤다.

칼루스의 얼굴이 처참하게 일그러지고 있었다.

"너… 무슨 짓을……!"

레온이 옷을 툭툭 털고는 일어났다.

"말했잖아, 나름대로 계산했다고."

"음식에 무슨……."

"꽃씨를 좀 갈아 넣었을 뿐이야."

"커헉!"

칼루스가 비틀거리며 무릎을 짚었다. 그의 얼굴은 이제 터
져 버릴 것처럼 발갛게 부풀어 오르고 있었다.

이윽고 칼루스의 얼굴이 끔찍하게 뒤틀리면서 눈과 귀, 코,
입을 통해 검은 연기가 빠져나오기 시작했다.

하지만 이어진 것은 마왕의 웃음소리였다.

─호호호! 제법이구나! 하지만 네놈 뜻대로 될 줄 아느냐!

"글쎄, 두고 봐야 알지."

─나를 불러내다니. 네놈을 내 화신으로 삼으리라!

퀴에에엑!

듣기 싫은 소리가 고막을 찢어버릴 듯 울렸다.

갑자기 벌어진 현상에 레니에도 당황한 기색이 역력했다.

이내 칼루스의 전신에서 검은 기운이 폭사하기 시작했다. 그것은 점점 부풀더니 레온과 레니에마저 어둠 속으로 가두어 버렸다.

—너의 잔꾀가 죽음을 부르리라!

마왕의 목소리가 쩌렁쩌렁 울렸다.

레온은 전신을 옥죄는 듯한 사악한 기운에 숨도 제대로 쉬기 힘들었다. 그가 서서히 의식을 잃어갈 때쯤 다시 한 번 마왕의 목소리가 희미하게 들려왔다.

—칼루스의 무의식에서 살아남지 못하면 너의 몸은 내가 차지하리라.

마왕의 웃음이 이어졌다.

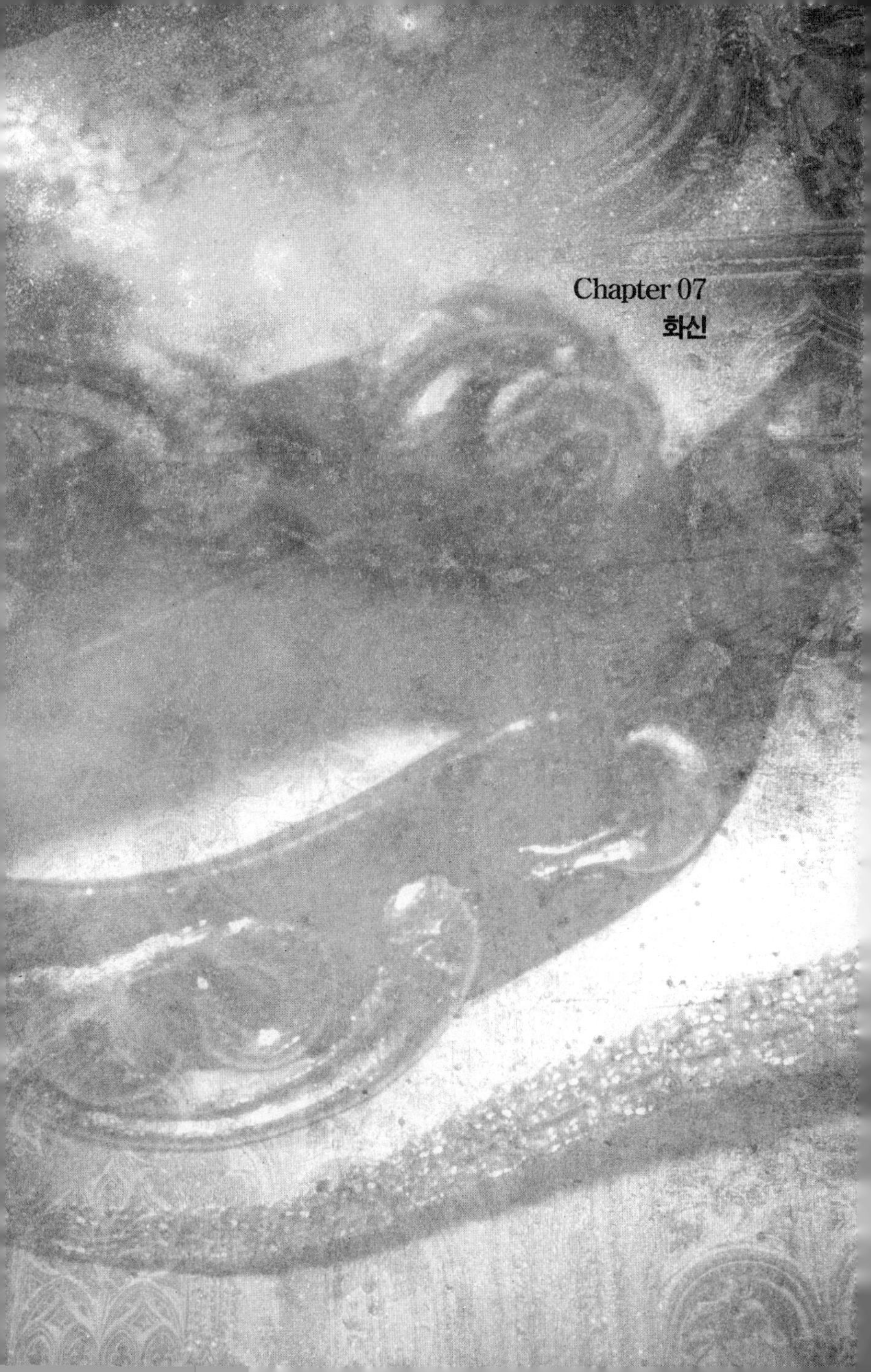
Chapter 07
화신

가면의
레온

"끄음……."

레온은 머리가 지끈거리는 고통과 함께 실눈을 떴다. 하늘을 덮고 있는 나뭇잎 사이로 햇살이 비쳐들고 있었다.

'숲?'

레온이 몸을 일으키고 주위를 둘러보았다.

언뜻 숲처럼 보였지만, 경사가 없고 나무를 비롯한 여러 꽃과 풀잎들이 잘 가꾸어져 있었다. 바닥에는 잔디가 폭신할 정도로 자잘하게 돋아 있었다.

'정원이다.'

어디의 정원일까?

레온은 나무 기둥에 등을 기대고 잠시 생각에 잠겼다.

그는 곧 마지막 기억을 떠올렸다.

칼루스에게 꽃씨를 갈아 먹이고, 마왕을 불러내는 것까지는 해냈다. 그 와중에 칼루스의 의식까지 빠져나왔을 가능성이 컸다.

그러고 보니 마왕의 마지막 소리가 기억났다.

칼루스의 무의식.

'그럼 이곳은 칼루스 황제의 무의식이란 말인가?'

그렇다면 어느 정도 이해가 됐다.

칼루스 황제의 무의식과 마왕의 기운이 함께 빠져나오면서 자신을 이곳에 가둔 것이리라.

일종의 결계나, 환영 진법 정도로 생각하면 되리라.

중요한 것은 이곳에서 어떻게 나가느냐는 것이었다.

우선 두 가지 결과가 있을 게다.

자신이 이곳에서 영영 빠져나가지 못했을 때, 그리고 빠져나갔을 때.

빠져나가지 못한다면 자신은 죽은 목숨이라고 봐야 했다.

만약 빠져나간다면?

다시 세 가지 결과로 나뉠 것이다.

첫째는 아무런 변화 없이 칼루스가 여전히 화신인 것이고, 둘째는 마왕의 말대로 자신이 화신이 되는 것이었다. 마지막은 마왕이 소멸되고 자신이 성공하는 것.

이만하면 나쁘지 않은 확률이다.

레온이 몸을 일으키려는데 어디선가 두런두런 말소리가 들려왔다.

레온은 얼른 몸을 낮추고, 말소리가 들리는 곳으로 살금살금 다가갔다.

수풀 너머로 두 명의 귀족이 대화를 나누고 있었다.

"큰일이네."

백염이 성성한 노인이 근심 서린 표정으로 입을 열었다. 그의 말에 조금 날카로워 보이는 인상을 가진 남자가 대답했디.

"그 여자를 불러야 합니다."

말을 꺼낸 사람은 바로 레노스트 백작이었다.

레온은 숨을 죽이고 가만히 둘의 대화를 엿들었다.

레노스트 백작의 말에 백염의 노인이 고개를 가로저었다.

"그것만은 아니 되네."

"어째서입니까?"

"그 여자는 아란스 왕국에서도 쫓겨난 마녀일세. 그런 자의 도움을 받는다? 있을 수 없는 일이지."

"하지만 리체 공작님! 이러다가 폐하께서 잘못되시기라도 하면 정권은……."

"어허, 이 사람. 말조심하게나."

"지금은 말만 조심해서는 안 될 상황입니다. 당장 폐하의 옥체가 위급합니다."

"허어, 이를 어찌할꼬."

리체 공작이라 불린 노인은 연신 한숨을 내쉬었다.

반면 레노스트 백작은 더욱 강하게 자신의 의견을 주장했다.

"그 여자밖에는 방법이 없습니다. 여러 신을 섬기는 신관들도 고용해 보았고 의사들도 불러보았습니다만, 그들 역시 방법을 찾지 못하지 않았습니까?"

"하지만 마녀를……."

"공작님! 지금은 망설일 때가 아닙니다. 결단을 내려야 합니다."

"자네 말대로 그녀를 불렀다고 하세. 하지만 그녀 역시 치료할 수 없으면 그땐 어찌하나? 우린 온건파 귀족들의 비난을 면치 못할 것이네. 그때야말로 우리 강경파 귀족들은 대위기에 빠질 것이야."

"그렇다고 이대로 손 놓고 있을 수만은 없지 않습니까? 저들은 벌써 폐하의 마지막까지도 준비하고 있습니다."

레노스트의 강한 주장에 리체 공작은 길게 한숨만을 내쉬었다.

한참을 기다리던 레노스트가 날카로운 눈빛으로 다시 말했다.

"만약 그 마녀가 실패한다면……."

"실패한다면?"

"확실히 입을 막아버리면 그만입니다."

"죽여 버리자는 건가?"

"어차피 마녀 아닙니까?"

레노스트의 입꼬리가 비열하게 치켜 올라갔다.

"흐음."

리체가 다시 침음을 흘렸다.

그가 잠시 후 어렵사리 입을 뗐다.

"자네는… 가끔 섬뜩한 면이 있군."

"어차피 정치가 그런 것 아니겠습니까?"

레노스트가 희미하게 미소를 지었다.

"그 여자는 어디에 있나?"

레노스트의 눈빛이 반짝 빛났다.

"만약을 대비해서 이미 수도로 불러들였습니다. 언제든 부르면 달려올 것입니다."

"정말 그 여자가 치료할 수 있을까?"

"우선은 주사위를 던져 봐야지요. 결과는 장담할 수 없습니다."

"참으로 모험이군."

"그 여자를 부를까요?"

리체는 다시 한참 동안 생각에 잠겼다.

하지만 이번만큼은 레노스트도 재촉하지 않았다. 이미 그는 리체의 눈빛에서 결심이 선 것을 읽을 수 있었다. 지금은 아무리 많이 고민해도 한 가지의 결론으로 도달할 수밖에 없었다.

아니나 다를까, 한참 만에 떨어진 리체의 입은 레노스트가 기다리던 대답을 해주었다.

"부르게, 레니에 마녀를."

"알겠습니다."

두 사람은 밀담을 끝내고는 다시 어디론가 걸음을 옮겼다.

레온은 두 사람이 사라진 방향을 잠시 바라보다가 털썩 앉았다.

우선 이곳이 어디인지는 짐작할 수 있었다.

카자른 제국의 황성.

칼루스의 무의식으로 들어와서 시간을 거슬러 오른 것이다.

이 시간대를 선택한 것은 칼루스의 욕망과 마왕의 의도가 중첩된 것이기 때문이리라.

자신이 해야 할 일이 확실해졌다.

레노스트 백작이 레니에를 부르게 되면 분명, 칼루스는 그대로 마왕의 화신이 될 것이다. 그렇게 되면 자신이 이곳에서 빠져나간다고 하더라도 현실에서 달라지는 것은 아무것도 없으리라.

그렇게 두어서는 안 된다.

칼루스가 마왕의 화신이 되지 않도록 하는 것이 자신이 해야 할 일이었다.

레온은 우선 가부좌를 틀고 앉았다.

내력을 끌어올리기 위해서였다.

한데…….

'음?

단전이 텅 비었다.

어떠한 내력도 느낄 수가 없다.

'아, 그런가!'

　이곳은 칼루스의 무의식. 자신은 그곳에 들어온 방관자에 불과했다.

　일종의 꿈과 같은 것.

　그렇다면 내력을 끌어올리지 못하는 것이 당연했다.

　싸움이 조금 더 힘들어지게 됐다.

　그래도 해야만 했다.

　싸움에는 이골이 난 레온이었다.

　일반 보초병들 정도라면 두세 명 정도는 가뿐히 상대할 수 있으리라.

　칼루스가 마왕의 화신이 되는 것만은 막아야 했다.

　레온은 자리에서 벌떡 일어났다.

　황궁의 내실.

　칼루스 황제의 방문을 지키고 선 보초병들은 마치 동상처럼 꼼짝도 하지 않았다. 그런 그들이 잠깐 반응을 보인 것은 복도 끝으로 검은 그림자 하나가 빠르게 지나갔을 때였다.

　"방금 뭔가……."

　"분명히 지나갔지?"

　보초병들이 서로 시선을 교환했다.

　보초병 하나가 걸음을 뗐다.

　"내가 가보고 오겠네."

　"조심하게."

　"황실에서 무슨 일이야 있으려고."

“그래도 요즘 분위기가 뒤숭숭하잖나.”

“알겠네.”

병사가 건성으로 대답하며 복도를 걸어갔다.

그는 모퉁이를 돌아서 이리저리 살폈다.

하지만 아무도 보이지 않았다.

‘이상한걸, 분명히 그림자를 보았는데…….’

병사가 고개를 갸웃거리고는 몸을 돌렸다. 그때 등 뒤에서 뭔가 서늘한 감각이 느껴졌다.

그가 다시 고개를 홱 돌렸을 때, 벽에 걸린 촛대에 한 인영이 매달려 있는 것이 보였다.

찰나,

쉬이익!

그림자가 그의 얼굴을 덮었고, 비명도 지를 새 없이 그림자는 병사의 목을 꺾었다.

우두둑!

목뼈가 부러지면서 병사가 그대로 푹 고꾸라졌다.

그림자는 바로 레온이었다. 레온은 방문을 열고 그를 끌고 들어갔다.

황궁 대부분의 방이 그렇겠지만, 레온이 들어간 곳도 텅 비어 있는 접견실이었다. 주로 외국의 대사가 찾아올 때 접견하는 곳이었다.

레온은 병사의 갑옷을 전부 벗기고, 허리춤에 차고 있던 칼까지 꺼내 쥐었다.

‘조금 미안한데.’

레온이 뒤통수를 잠시 긁적였다.

하지만 망설이고 있을 시간이 없었다.

어차피 이곳은 칼루스가 만들어낸 무의식의 공간.

꿈과 같은 곳.

괜한 죄책감에 시간을 낭비할 수는 없었다.

레온이 쥔 칼이 상대의 목 부위에 닿았다.

스윽.

레온은 천천히 상대의 얼굴 가죽을 벗겨가기 시작했다.

레온이 황제의 알현실 앞으로 돌아왔다. 그는 죽은 병사의 외모로 변장한 모습이었다. 방문을 지키고 있던 병사가 퉁명스레 물었다.

“무슨 일이던가?”

“별일 아니었네.”

레온의 대답에 병사가 볼멘소리로 말했다.

“자네 또 정찰을 핑계로 적당히 시간이나 보내다가 온 거 아닌가?”

실제로 하루 종일 석상처럼 서 있는 것은 꽤나 고단한 일이었기에, 보초병들은 종종 정찰을 핑계로 복도를 산책(?)하는 경우가 있었던 것이다.

레온이 그의 곁에 서며 태연히 말을 받았다.

“자네도 보지 않았나? 수상한 그림자가 지나가는 것을.”

“그거야 봤지. 하지만 자네가 너무 늦지 않았나. 결국 아무 것도 아닌 것을.”

“이 사람아, 좀 봐주게. 다음에 자네도 내가 눈감아줄 테 니.”

그러자 병사도 더 이상 불만을 내뱉지 않았다.

그때 복도 끝에서 두 사람이 모습을 드러냈다.

레온은 눈을 가늘게 뜨고 그들을 살폈다.

한 명은 레노스트였고, 다른 한 명은 후드를 깊게 눌러쓴 여 인이었다.

레온은 두 사람이 가까이 왔을 때, 후드를 눌러쓴 여인이 바 로 레니에라는 것을 알 수 있었다. 분명 지금보다는 조금 더 젊어 보였지만, 틀림없는 그녀였다.

“황제 폐하를 알현하러 왔다.”

옆의 병사가 나서기 전에, 레온이 얼른 나섰다.

“잠시 기다리십시오.”

레온이 방문을 열고 안으로 들어갔다.

알현실 안으로 들어가니 방은 다시 황제의 침실과 접견실 등으로 나누어져 있었다. 레온이 황제의 침실로 다가가자, 비 쩍 마른 칼루스와 그의 시중을 들고 있는 시종장이 보였다.

과연 칼루스는 현실에서 본 것보다 훨씬 야위고 기력이 쇄 진해 보였다.

시종장이 레온을 눈치채고 물었다.

“무슨 일인가?”

"레노스트 백작님께서 폐하를 뵙기를 청하고 있습니다."

"백작님이? 흠… 모시거라."

"예."

시종장의 말에 레온이 다시 문을 열고 나가서 레노스트 백작과 레니에를 데리고 들어왔다.

레노스트 백작이 먼저 한쪽 무릎을 꿇고 말했다.

"신, 폐하를 뵙습니다."

비쩍 마른 칼루스는 겨우 고개를 들어 레노스트를 보고는 손을 한 번 들어 보였다.

자세를 바로 해도 좋다는 뜻이었다.

레노스트가 몸을 일으키고는 시종장을 향해 말했다.

"폐하께 긴히 드릴 말씀이 있네. 잠시 자리를 비켜주게."

"알겠습니다."

시종장이 레온을 데리고 침실에서 빠져나왔다.

시종장은 곧 다른 방문을 열고 들어갔고, 레온은 밖으로 나가기 전, 침실 안을 흘깃 엿보았다.

레니에가 천천히 후드를 벗더니 황제의 얼굴을 빤히 살폈다.

황제가 '이 여자는 누구인가' 하는 표정으로 레노스트를 바라보았다.

레노스트가 공손히 예를 차리며 말했다.

"폐하를 치료하기 위해 온 분입니다."

황제의 시선이 다시 레니에에게 향했다.

레니에가 살며시 미소를 짓자, 황제도 그녀의 미소가 싫지 않은지 희미하게 미소로 답했다.

레니에는 황제에게 다가가 가녀린 손으로 뺨을 쓰다듬었다.

그 모습에 레노스트가 발끈했지만, 황제가 잠자코 있으니 이만 바드득 갈았다.

레니에가 레노스트를 흘깃 바라보고는 다시 황제를 향해 측은한 표정으로 말했다.

"가엾어라."

황제는 자신의 뺨을 쓰다듬는 레니에의 손을 슬쩍 잡았다. 그 모습이 마치 뭔가에 홀린 것도 같고, 엄마의 손을 잡은 어린아이 같기도 했다.

레노스트가 눈을 지그시 감으며 말했다.

"치료할 수 있겠소?"

레니에가 천천히 일어나며 다시 후드를 덮어썼다.

"물론이에요."

그녀의 당당한 대답에 레노스트의 표정이 꿈틀 흔들렸다.

"정말이오? 아직까지 치료한 자는 아무도 없소."

"내가 뭐라고 했죠?"

레니에는 같은 말을 두 번 하게 하지 말라는 듯 레노스트를 쏘아보았다.

레노스트는 내심 그녀가 못마땅했지만 우선은 참을 수밖에 없었다. 지금 그로서는 이 여자만이 유일한 희망 줄이었다.

"필요한 것이 있으면 무엇이든 말하시오. 최대한 지원해

주지."

"우선 순결한 처녀의 피."

"그리고?"

"빨리 구할 수 있나 보군요?"

"구하고자 한다면 얼마든지."

"그 양이 만만치가 않을 텐데요?"

"얼마나 필요하오?"

"백 인분이에요."

"뭣이?"

레노스트의 표정이 흔들렸다.

아무리 그라고 할지라도 백 명이나 되는 처녀를 학살하기는 힘든 일이었다.

레니에가 비웃듯 말했다.

"사람 목숨 구하는 것이 그리 간단한 일이라고 생각하셨나요?"

"하지만 백 명이라니……."

"얼마든지 구할 수 있다면서요?"

"하지만 그건……."

"할 수 없다면 전 이만 돌아가 보죠."

"잠깐."

레니에의 눈꼬리가 휘었다.

"생각이 빨리 바뀌는 사람이군요?"

"언제까지 준비하면 되겠소?"

"나흘 안으로."

"나흘이라니······."

"할 수 있나요?"

레니에의 질문에 레노스트가 잠시 갈등했다.

나흘 안에 백 명의 처녀를 희생시켜야 한다. 이것은 결코 간단한 일이 아니었다.

하지만 해야만 했다.

황제를 살릴 수 있다면 그깟 계집년들쯤이야 몇이라도 상관없었다.

"구해주지. 단, 실패할 경우엔······."

"그럴 일은 없어요."

레니에가 딱 잡아떼듯 말했다.

"그 자신감은 보기 좋군."

레온은 가만히 이야기를 엿들으며 가늘게 한숨을 내쉬었다.

칼루스 황제를 화신으로 만드는 데 그토록 많은 자가 희생됐단 말인가.

그때, 레온의 등 뒤에서 목소리가 불쑥 들렸다.

"자네, 거기서 뭐 하는 겐가?"

레온이 얼른 고개를 돌려보니, 마침 방에서 나오던 시종장이 물끄러미 바라보고 있었다.

"죄, 죄송합니다. 방문객이 있으니 만약을 대비해서······."

"레노스트 백작님이 함께 계시니 염려 말고 나가보게."

다행히 시종장은 한낱 병사의 행동에는 별 신경을 쓰지 않는 듯했다.

"알겠습니다."

레온은 방문을 열고 나갔다.

레온은 정원의 잔디를 내려다보며 생각에 잠겼다.

그가 생각하는 것은 두 가지였다.

하나는 자신이 죽인 병사가 온데간데없이 사라졌다는 것이다. 다른 보초병과 교대하면서 레온은 자신이 죽인 보초병의 사체를 처리하기 위해 접견실로 들어갔다.

한데 시체가 감쪽같이 사라진 것이 아닌가.

'혹시 황제의 무의식 속에 들어왔기 때문에 그런 것일까?

그렇다면 상황은 좋아진 셈이다.

한 번 죽은 자가 저절로 소멸하는 것이라면 레온으로서는 활동 폭이 넓어지는 셈이었다.

남은 것은 이제 황제가 화신이 되는 것을 막는 일이었다. 그래야만 현실에서도 황제와 마왕을 완전히 분리시킬 수 있을 것이다.

어떻게 하면 황제를 구할 수 있을까?

그건 의외로 오래 생각할 필요가 없었다.

'레노스트 백작을 죽이면 되는 일이잖아?

황제의 무의식 속에서 레노스트 백작을 죽인다면, 황제를 화신으로 만들 수 있는 사람이 사라지는 것이 아닌가.

물론, 가장 좋은 방법은 레니에를 죽이는 것이었다.

하지만 내력도 사용할 수 없는 자신이 레니에를 상대하기란 무리였다.

레노스트를 죽여 버린다면 레니에는 황제에게 접근하는 것 자체가 어렵게 된다. 실제로 그녀는 레노스트를 이용해서 황제에게 접근한 것이니, 황제와 마왕을 완전히 분리시킬 수 있을 것이었다.

결심을 굳힌 레온은 자리에서 일어났다.

어떻게 해서든 레노스트 백작을 죽여야 했다.

레온은 어둠을 타고 빠르게 달렸다.

레노스트 백작의 집무실이 있는 블랙로즈 궁에 다다른 그는 복도를 따라 당당히 걸어갔다.

이미 카자른 제국의 병사로 위장하고 있었기에 일부러 몸을 숨길 필요도 없었다.

그는 두 보초병이 지키고 있는 레노스트의 집무실을 찾았다.

"무슨 일인가?"

보초병 하나가 레온을 훑어보며 날카롭게 물어왔다.

"백작님께 드릴 말씀이 있네."

"백작님께? 누구의 전언인가?"

"내실의 시종장님께서 시킨 일이시네."

"잠시 기다리게."

보초병이 안으로 들어갔다가 잠시 후에 나왔다.

"들어가도 좋네."

레온이 집무실 안으로 들어섰다.

레노스트 백작은 집무 책상에 앉아서 무언가를 작성하고 있었다. 어쩌면 앞으로 처녀들을 학살할 마을을 선정하고 있는지도 몰랐다.

그가 레온을 보더니 책상에서 걸어나왔다.

"자네는……."

"내실의 보초병을 맡고 있습니다."

레온이 공손히 고개를 숙이며 대답했다.

"그렇군. 자네가 내게 무슨 볼일인가?"

레노스트가 파이프를 입에 물며 질문을 던졌다.

레온은 적당히 둘러댔다.

"폐하께서 레노스트 백작님을 모셔오라 하셨습니다."

"나를?"

"예, 백작님."

"무슨 일로?"

"자세한 사정은 모르겠으나, 낮에 방문하신 것과 관련해서 말씀을 나누고 싶다 하셨습니다."

"그래? 그럼 잠시 기다리게."

레노스트가 침실로 들어갔다.

레온은 내심 기회를 엿보고 있었다.

여차하면 레노스트의 목을 칠 생각이었다.

그러기 위해서는 좀 더 레노스트에게 접근하기가 용이해야 했다.

레노스트가 외투를 걸치고 나왔다.

"앞장서게."

"예, 각하."

레온이 레노스트를 데리고 밖으로 나왔다.

그는 복도를 따라나와 정원을 가로지르면서 끊임없이 기회를 엿보았다.

'이 정도면 됐겠지.'

우선 인적이 드문 정원을 가로지르면서 레온은 천천히 허리춤으로 손을 가져갔다.

기회는 단 한 번.

만약 레노스트 백작을 지금 죽이지 못해서 놓치기라도 한다면 자신이 당할 가능성이 있었다.

레온은 걸어가면서 조금씩 보폭을 조절했다.

그리고 레노스트와 가까워졌을 때,

'지금이라면!'

쉬잉—!

레온이 검을 뽑으며 그대로 레노스트의 목을 베어 들어갔다.

하지만 이어서 울린 소리는 날카로운 쇳소리.

까앙—!

"크읏!"

손끝부터 저릿하게 울린 진동은 이내 온몸을 훑고 지나갔다. 동시에 뭔가 잘못됐다는 생각이 머릿속을 채웠다.

시퍼런 검날이 레온의 검을 막아내고 있었다.

그 사이에 나타난 사람은 다름 아닌, 레노스트의 호위병인 스티븐이었다.

스티븐이 검날을 튕겨내자 레온이 휘청거리며 뒤로 넘어졌다.

그는 결코 대단한 고수가 아니었지만, 내력을 사용하지 못하는 레온 정도는 가뿐히 이길 수 있는 실력을 가지고 있었다.

레노스트가 쓰러진 레온을 보며 중얼거렸다.

"과연 왔구나."

'내가 올 것이라는 걸 알고 있었어? 어떻게!'

레온의 눈동자가 흔들렸다.

그러는 동안 레온은 레노스트의 호위대에게 완전히 포위되어서 꼼짝없이 죽을 위기를 맞았다.

그때 그의 귀에 익숙한 목소리가 들렸다.

"호호호. 제가 뭐라고 했던가요?"

고개를 돌려보니 레니에가 레노스트에게 다가가고 있었다.

'레니에!'

어떻게 레니에는 자신이 온 것을 알았을까?

이때의 레니에라면 자신의 존재도 모르고 있어야 정상이 아닌가.

한데, 그녀를 가만히 살펴본 레온은 곧 원인을 알 수 있었다.

레니에의 모습이 낮에 내실에서 본 모습과 조금 달랐던 것이다.

'저건… 진짜 레니에다.'

그녀는 현실에서 본 레니에와 똑같았다.

물론 레노스트 백작은 그 미묘한 차이를 눈치채지 못한 것 같았지만, 레온은 확실히 알 수 있었다.

'그랬군. 레니에도 마왕의 기운이 폭사될 때 그 속에 함께 있었지. 그녀도 함께 칼루스의 무의식 속으로 빨려들어 온 거였군!'

한편 레노스트는 레온을 처음 본 기색이 역력했다.

그가 레온을 향해 질문했다.

"누가 보내서 왔나?"

"리체 공작이 보내서 왔소."

레온이 일부러 거짓말을 했다.

최대한 혼란이라도 줄 요량이었다.

하지만 레노스트는 콧방귀를 꼈다.

"흥! 그런 빤한 거짓말에 속을 줄 아느냐!"

"믿지 못할 거면서 물어보는 이유는 뭐요?"

"닥쳐라! 뭣들 하느냐! 이 입만 산 녀석을 당장 죽여라!"

호위대들이 칼을 내세우고 레온에게 다가왔다.

그때 레니에가 나섰다.

"잠시만요."

"왜 그러시오?"

"이자를 의식에 쓰는 것이 좋겠어요."

"의식이라니……."

"황제의 목숨을 살리기 위한 의식 말이에요. 그때 이자의 몸이 있다면 좋을 것 같군요."

"흐음."

레노스트가 침음을 흘리며 레온을 쏘아보았다.

자신의 목숨을 노린 자였다.

조금이라도 오래 살게 하고 싶은 생각은 없었다.

하지만 자신에게 암살자가 올 것이라고 귀띔해 준 레니에가 하는 말이니 마냥 무시할 수도 없었다.

"의식에 사용한다면 어찌한다는 거요?"

레니에는 자신이 행한 의식을 정확히 기억하고 있었다.

이곳에 있는 레니에는 자신과 똑같은 방식으로 의식을 거행할 것이다.

그녀가 묘한 웃음을 지으며 말했다.

"의식은 지하 3층에서 거행할 거예요. 이자를 지하 2층에 가두도록 하세요."

"알겠소."

레노스트가 눈짓으로 부하들에게 명령을 내렸다.

곧 누군가 레온 뒤로 다가왔다.

퍽!

'큭! 빌어먹을…….'

레온은 둔탁한 소리를 들으며 의식을 잃어갔다.

“으윽……!”

레온은 두통을 느끼면서 눈을 떴다.

“이제 일어난 거야?”

레니에의 목소리가 들렸다.

레온이 고개를 들고 사방을 둘러보니 칙칙한 어둠이 가득했다. 단지 문이라고 생각되는 쪽에서 가는 빛이 새어 들어올 뿐이었다.

자박자박.

발걸음 소리가 들리더니 이내 레니에가 모습을 드러냈다. 그녀는 파이프를 입에 문 채 레온을 빤히 바라보고 있었다.

팔을 들어 올리려던 레온은 자신이 묶여 있다는 것을 알았다.

‘완전히 당했군.’

피식 웃음이 새어 나왔다.

자조적인 미소였다.

왜 레니에가 함께 있었던 것을 떠올리지 못했단 말인가.

그녀도 이곳에 들어와 있을 가능성이 있다는 것을 인지했어야 했다.

“시간이 얼마나 지났지?”

레온이 조용히 묻자, 레니에가 입꼬리를 치켜올렸다.

“안타깝게도 지날 만큼 충분히 지났지.”

“황제는……? 화신으로 만드는 데 성공한 건가?”

“그 정도는 아니고.”

‘그럼 아직 완전히 희망이 사라진 건 아니군.’

레온이 안도하는데 레니에의 차가운 목소리가 다시금 귓속을 파고들었다.

“황제는 화신으로 만들지 않을 거야.”

“그럼?”

“짐작할 텐데 묻는군. 아니면 머리가 안 돌아가는 거야?”

레니에가 벽 쪽으로 천천히 걸어갔다. 그녀가 파이프를 빨아들일 때마다 파이프 끝에서 피어나는 붉은 빛이 그녀의 얼굴을 일시적으로 밝혔다.

그녀는 벽에 걸린 촛대에 파이프를 가져갔다.

화륵.

촛대에 불이 붙으면서 지하가 다소 환해졌다.

“이건……!”

레온은 자신을 중심으로 어지럽게 그려진 문양을 보며 눈을 휘둥그레 떴다.

결계진.

“날 화신으로 만들 작정이군.”

레니에가 씩 웃으며 대꾸했다.

“황제를 다시 화신으로 만드는 것도 나쁘지 않아. 하지만 그보다 널 화신으로 만들면 더 완벽하지 않겠어? 타라 신께서도 황제보단 네 몸이 마음에 드시는 것 같더군.”

레온이 몸을 뒤틀어 결박을 풀어내려고 했다.

하지만 내력이 없는 그가 결박을 푸는 일은 쉽지 않았다.

레니에가 비아냥거리듯 말했다.

"소용없는 짓이야. 지금쯤이면 아래층에서 의식을 시작했겠지. 조금만 참아, 곧 편하게 해줄 테니까."

"병사의 시체를 치운 것도 너였나?"

"물론이지. 그 시체가 발각되면 내 계획과 다르게 넌 바로 옥살이 신세야. 그렇게 되면 널 화신으로 만들기가 곤란해지잖아."

"하나만 더 물어보자."

"들어보지."

"왜 마녀가 된 거지?"

레니에는 잠깐 뜸을 들이다가 다시 파이프를 깊게 빨아들이고는 대답했다.

"듣고 나면 시시할 텐데."

"어차피 이렇게 된 것, 시시한 이야기나 들어보지."

"생각보다 포기가 빠르네?"

"어차피 방법이 없을 땐 괴로워하지 않는 성격이니까."

"좋아, 마음에 들어."

레니에는 미소를 지으며 레온에게 다가갔다.

그녀가 파이프를 내밀었다.

"한 대 펴볼 테야?"

"됐다."

"재미없는 남자."

레니에가 몸을 돌리고 걸어가며 말을 이었다.

"아버지가 돌아가시고 나서 외동딸인 나는 곧바로 작위를 이어받았지. 하지만 알다시피 아란스 왕국은 여자 귀족에게 별로 고운 시선을 보내지 않더군."

"아버지가 죽은 이유와 관련된 건가?"

"그 당시 아버지는 카자른 제국에게 매수된 귀족들을 조사하는 임무를 맡고 계셨지. 그러다가 암살자에게 살해당하신 거야. 그런데 아무도 그 사실을 인정하려고 하지 않더군. 단지 사고로 처리됐어."

"그래서 복수를 하기 위해 마녀가 됐다는 건가?"

"처음에는 아버지의 죽음에 대한 내막을 밝혀내려고 이리저리 뛰어다녔지. 그때까진 용서할 수 있다고 생각했어. 그런 멍청한 나라라도 아버지가 틀리지 않았다는 걸 인정해 주기만 한다면 그걸로 됐다고 생각했어. 하지만 내 이야기는 통하지도 않더군."

"정말로 시시한 이야기군."

"내가 말했잖아, 듣고 나면 시시하다고."

"그래서 지금은 복수를 해서 속이 시원한가?"

"틀려."

"뭐?"

"복수 따위는 애초에 생각하지도 않았어. 어차피 돌아가신 아버지, 이제 와서 억울한 죽음을 밝혀낸다고 해도 전혀 기쁘지 않거든. 참고로 아버지의 죽음은 원인이 밝혀졌어. 그 당시에 관계된 사람들은 모두 처형당했고."

"그럼 왜 마녀가 된 건가?"

"아버지의 죽음을 밝혀낸 사람은 내가 아니라 다른 귀족이었어. 그때 깨달았지. 내가 아무리 소리쳐도 이 나라는 받아들이지 않는다는 것을. 힘이 없는 자는 그대로 억울한 인생을 살 수밖에 없는 나라라는 것을. 그렇게 비겁한 세상이라면 차라리 힘의 논리가 분명한 세상이 낫지 않을까라는 생각이 들더군. 어차피 단 하나의 가족이었던 아버지를 잃고 살아갈 자신도 없었어. 될 대로 되란 심정이기도 했고."

레온이 고개를 저었다.

"도저히 납득 안 되는 이유야."

"납득하려는 쪽이 더 웃긴 거 아냐?"

"어째서?"

"인간들이 정의하는 모든 악은 납득하기 힘든 법이니까. 그래서 악이니까. 납득한다면, 그래서 그것이 타당하다고 생각된다면 그건 악이 아니라 정의겠지."

레온은 입을 나물고 레니에를 가만히 바라보았다.

한참 만에 그가 다시 입을 열었다.

"그럼 네가 만들 세상에서는 모든 것이 완전할 거라고 생각하나? 힘의 논리가 분명한 세상에서는 억울하고 비겁한 일이 없을 거라고 생각하나?"

"아니. 있을 거야."

"그런데도 이런 일을 저지르는 이유는?"

"말했잖아. 어차피 모든 악은 납득하기 힘들어. 만약 내가 만든 세상에서 불만을 느낀 자가 나타나면 그는 그의 힘으로 세상을 다시 뒤집겠지. 그럼 그만이야. 나는 그저 지금의 세상이 싫어서 새로운 세상을 열려는 거야. 그 세상에서 또 나 같은 자가 나오면 누군가 세상을 뒤집겠지. 그럼 돼."

"간단하군."

"간단하지."

두 사람은 다시 침묵에 잠겼다.

그때, 바닥이 가늘게 떨려오는 것이 느껴졌다. 레니에가 레온의 정면에 섰다.

"이제 시작이군."

그녀가 두 손바닥을 맞대고 주술을 읊기 시작했다. 레온으로서는 도저히 알아듣기 힘든 말이 그녀의 입술에서 흘러나왔다.

주문은 길게 이어졌다.

그때,

"크윽!"

갑자기 머릿속이 욱신거린 레온이 이를 꽉 깨물었다. 동시에 바닥에 그려진 새빨간 문양이 이글거리기 시작했다. 문양에서 붉은 연기가 넘실거리듯 일어나더니 레온의 콧속으로 빨려 들어갔다.

"아아악!"

레온이 비명을 지르며 고개를 꺾어 들었다.

뀌에에에엑!

고막을 찢을 듯한 소음이 레온의 전신을 휘어감았다.

실제로 소리가 울린 것은 아니었다.

레온의 머릿속에서만 처절하게 울리는 원성(怨聲)이었다.

백 명의 처녀가 동시에 울부짖는 소리였다. 그녀들의 원망과 분노, 슬픔이 고스란히 레온의 뼛속까지 스며들고 있었다.

"으아아아악!"

레온이 전신을 뒤틀며 비명을 내질렀다.

이마에서는 실핏줄이 터질 듯이 부풀어 올랐고, 온몸의 근육이 그대로 뒤틀리며 찢어지는 듯했다.

레니에는 주술을 멈추지 않았다.

그녀는 오히려 레온이 몸부림칠수록 더욱 소리를 높여 주문을 읊어갔다.

"크아아악! 그마아아안!"

레온이 처절하게 부르짖었다.

투둑. 투둑.

레온을 결박하고 있던 밧줄이 부풀어 오른 근육에 끊어져 나가기 시작했다. 이어서 바닥에 그려진 붉은 문양이 마치 종잇장을 들어내듯 허공으로 솟아올랐다.

붉은 문양들은 기체로 변한 채 실처럼 이어져 레온의 콧속으로 완전히 빨려 들어갔다.

그 순간, 몸부림치던 레온도 바닥에 축 늘어졌다.

레니에의 주문도 조금씩 소리를 낮추며 잦아들었다.

레온이 천천히 눈꺼풀을 들어 올렸다.

그의 눈동자가 적색으로 물들어 있었다.

머릿속에서 왕왕 울리던 여인들의 비명 소리는 이제 완전히 잦아든 상태였다. 대신 귀에 익은 중성의 목소리가 레온의 뇌리를 들쑤셨다.

─크흐흐흐. 레온. 드디어 너의 몸을 가지게 됐구나.

그 마성은 레니에에게도 똑똑히 들리고 있었다.

레니에가 레온을 향해 무릎을 꿇었다.

"타라 신이시여."

"후후후. 레니에, 수고했다."

레온의 입에서 마왕의 목소리가 흘러나오고 있었다.

레니에의 얼굴에 미소가 그려졌다.

"축하드립니다."

그때였다.

레온의 입에서 놀라운 소리가 터져 나왔다.

"닥쳐!"

레니에의 눈동자가 경악으로 부풀었다.

"어, 어떻게!"

분명 그것은 레온의 목소리였다.

동시에 마왕의 목소리도 섞였다.

"크읏! 네놈……!"

레온의 눈동자가 다시 적색으로 물들었다.

레온의 눈동자가 적색일 때는 괴기스러운 목소리가, 검은색으로 돌아왔을 때는 본래의 목소리가 나왔다.

레니에가 주춤 뒤로 물러났다.

"어, 어떻게 이런 일이!"

본래 화신이 되면 모든 이성을 잃게 되는 게 정상이었다. 화신이 되는 순간, 레온의 본래 의식은 깊은 잠재의식 속으로 빠져들어 가야 한다. 그리고 레온의 육신은 텅 빈 그릇이 되어야 했다.

한데 지금은 레온의 몸에 그의 의식과 마왕의 의식이 공존해 있었다.

있을 수 없는 일이었다.

레니에가 주위를 둘러보았다.

여전히 촛대가 불을 밝히는 지하였다.

레온이 화신이 됐다면, 이 환영도 깨져야 정상이었다.

레온의 눈동자가 다시 검은색으로 돌아왔다.

"네놈이… 내 몸에 멋대로 들어오게……."

"시끄럽다! 너는 나를 거부할 수 없다!"

"멋대로 들어오게… 놔둘 것 같으냐!"

"어떻게 나를 거부할 수 있지? 이럴 수는 없다!"

레온은 마치 미친 사람처럼 혼자 떠들고 있었다.

보통 접신(接神)을 거부하는 육체에서 이런 현상이 일어난다. 일반적인 망령이 강인한 의지력을 가진 육체에 깃들려고 할 때 망령과 인간의 의지가 싸우면서 이처럼 광인으로 보이기 십상이었다.

하지만 지금 레온의 몸에 깃들고자 하는 것은 일반적인 망령이 아니었다. 마왕의 혼이었다.

한데 그 마왕의 혼을 거부하고 있는 것이다.

"불가능한 일이야… 어떻게……."

레니에가 도리질을 치며 뒤로 주춤주춤 물러났다.

그런 중에도 레온은 혼자 몸부림을 치며 마왕의 혼과 싸우고 있었다.

"내 몸에서… 나가라!"

"너는 나를… 거부할 수 없다!"

"시끄러워!"

"레니에!"

레온이 레니에를 불렀다.

레니에가 퍼뜩 정신을 차렸다. 레온이 부르는 것인지, 마왕이 부르는 것인지 제대로 알아차리기도 힘들었다.

그녀는 곧 레온의 눈동자가 붉다는 것을 깨닫고는 대답했다.

"말씀하십시오, 타라 신이시여!"

"주술을 걸어라! 이놈의 몸을……."

다시 마왕의 말이 끊기고 레온의 눈동자가 검은색으로 돌아왔다. 레온이 레니에를 향해 다시 소리쳤다.

"죽여 버린다!"

레니에는 얼른 손바닥을 맞대고 주문을 읊기 시작했다.

그녀가 입을 열려는데, 레온이 후다닥 달려들어 그녀의 양

볼을 손으로 꽉 쥐었다.

"크윽!"

레니에가 뒤로 물러서려고 했지만 레온은 그녀를 놓아주지 않았다.

"나불거리면 죽여 버리겠어!"

레온의 목소리에 레니에는 등골이 서늘해지는 것을 느꼈다. 평소 어딘지 장난기가 스며 있던 레온의 모습과는 판이하게 달랐다.

그 순간 레온의 손이 뒤틀리더니 레니에를 놓아주었다.

레온의 눈빛이 다시 붉은색으로 돌아온 것이다.

"레니에! 뭣 하는가!"

"예? 예!"

레니에가 다시 손을 모으고 주문을 읊기 시작했다.

"크으윽!"

레온은 몸을 뒤틀며 괴로워했다.

레온의 입에서 마왕의 목소리가 튀어나왔다.

"포기해라!"

레온에게 소리친 것이었다.

레온이 다시 대답했다.

"포기하면? 네놈이 날 차지하는 것인가?"

"그렇다. 하지만 너의 고통은 사라질 것이다."

"쿠쿠쿠쿠."

레온이 다시 혼자 웃기 시작했다.

레니에는 그것이 레온의 웃음소리인지 마왕의 웃음소리인지 구분할 수가 없었다.

'있, 있을 수 없는 일이야. 어떻게 마왕과 레온의 영혼이 공존하는 거지?'

사실 레온을 화신으로 만들면서 묘한 위화감을 느끼긴 했다. 그래도 그때까진 오히려 좋은 징조라고 여겼다.

보통 사람들보다도 레온은 마왕의 혼을 더욱 빨리 흡수했다.

거기에 부작용이 생긴 것일까?

그때 레온이 벌떡 일어났다.

레온의 눈동자가 검은색에서 붉은색으로, 다시 붉은색에서 검은색으로 빠르게 교차했다.

"그럼……."

"무……."

"내가……."

"슨 짓……."

"너를……."

"을 하려……."

"죽여……."

"는 거냐!"

"주지!"

두 영혼의 목소리가 한 사람의 입에서 어지럽게 쏟아져 나오고 있었다.

레온이 팟 달려나갔다.

레니에가 움찔 놀라서 뒤로 물러섰지만, 레온은 그녀에게 달려간 것이 아니었다.

레온은 그대로 벽으로 달려가 촛대를 부러뜨려 쥐었다.

레니에는 순간 레온의 의도를 알아차릴 수 있었다. 그녀가 손을 내뻗으며 소리쳤다.

"안 돼!"

하지만 레온은 일말의 망설임도 없이 촛대를 거꾸로 쥐고 자신의 목을 내찔렀다.

푸욱!

"커억!"

레온의 입에서 두 영혼의 비명 소리가 뒤섞이며 튀어나왔다. 하나는 레온의 비명이었고, 다른 하나는 마왕이 내지른 비명이었다.

레니에는 그 자리에 석상처럼 굳은 채 멈추고 말았다.

"이럴… 수가……."

그녀가 털썩 무릎을 꿇었다.

레온의 찢어진 목에서 피가 스며 나오고 있었다.

날카로운 촛대는 레온의 목을 완전히 관통해서 지나간 채였다.

레온의 눈동자는 여전히 검은색과 붉은색으로 교차하고 있었다.

레온이 입꼬리를 치켜올렸다.

독기.

레니에는 그의 표정에서 독기를 읽어냈다.

레온이 촛대를 뽑아내자 피가 분수처럼 터져 나왔다.

츄아아아아!

"크아아악!"

레온의 입에서 비명이 터져 나왔다.

하지만 그것은 레온의 비명이 아니었다. 마왕이 비명이었
다.

레온은 비명을 내지를 수도 없을 만큼 목이 상해 있었다.

찢어진 목과 벌어진 레온의 입에서 검붉은 마왕의 혼이 토
해져 나왔다.

─이놈! 레오오온!

"흐흐흐."

레온이 희미한 웃음소리만 흘렸다.

레온이 털썩 고꾸라졌다.

─네 이놈! 레온! 죽여 버리…….

쒜에에에에!

마왕의 절규는 더 이상 이어지지 않았다.

대신 레온의 입과 찢어진 목에서 연신 검은 기운이 빠져나
가고, 이어서 붉은 문양의 기체가 쏟아져 나오기 시작했다. 레
온이 집어삼켰던 마혼(魔魂)이 모두 토해지는 중이었다.

레니에가 허공을 향해 소리쳤다.

"타라 신이시여! 타라 신이시여!"

하지만 그녀가 애타게 찾는 신은 더 이상 아무런 대답도 하
지 않았다.
  벽이 일그러지기 시작했고, 바닥이 무너지기 시작했다. 온
세상이 찌그러지면서 그 속으로 레니에와 쓰러진 레온이 휘말
려 들어갔다.

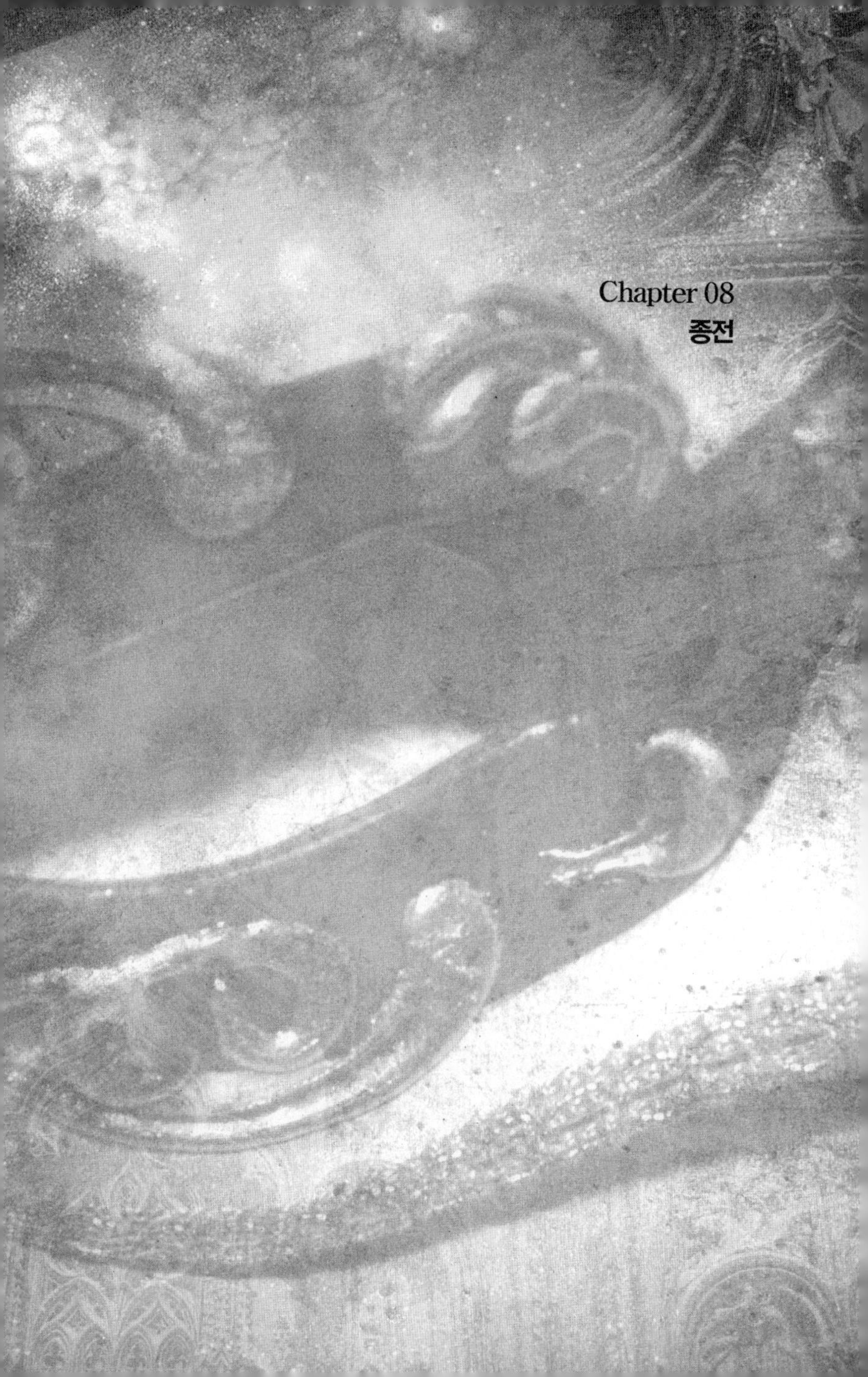
Chapter 08
종전

가면의
레온

　　"쿨럭!"

　　레온은 바닥을 짚고 한 움큼의 피를 토해냈다.

　　시커먼 피가 바닥에 떨어지자 타들어가는 소리를 내며 하얀 연기를 피워 올렸다.

　　"후우……."

　　그가 긴 숨을 내쉬고 몸을 일으켜 세웠다.

　　막사 안이었다.

　　환영이 깨지고 다시 본래 있던 곳으로 나온 것이었다..

　　'살긴 살았군.'

　　레온은 자신의 몸을 더듬으며 죽지 않은 것을 실감할 수 있었다.

사실 마왕을 죽이기 위해 자결하기로 결심했을 땐, 틀림없이 죽을 것이라고 생각했다. 보통 진법이 그러하듯, 환영 진법 안에서 죽게 되면 현실에서도 죽음으로 이어지는 법이었다.

레온이 주위를 살펴보니 황제가 바닥에 축 늘어져 있었다. 그도 조금씩 의식을 찾고 있는 듯했다. 레니에는 황제와 조금 떨어진 곳에서 멍한 표정으로 서 있었다.

레온은 조금씩 정신을 차리는 황제를 보고 고개를 끄덕였다.

'그런 건가…….'

자신이 갇혀 있던 곳은 황제의 무의식 속.

즉, 누군가를 해하기 위해서 일부러 설치한 환영의 진법과는 다른 것이리라. 그러니 황제의 무의식 속에서 자신이 죽는다고 하더라도, 실제로 자신의 죽음으로 이어지진 않은 것일지도 몰랐다.

즉, 다른 사람의 꿈속에서 자신이 죽는다고 해서, 실제로 자신이 죽는 것은 아닌 것과 비슷한 이치일 것이라고 생각했다.

만약 황제의 무의식 속에서 처음부터 자결을 했더라면, 아마도 자신은 현실로 빠져나오게 됐으리라. 대신 황제가 화신이 된 것은 막을 수 없었겠지만.

그렇게 되면 모든 것이 원점.

'운이 따라준 것인가…….'

레온은 천천히 몸을 일으키고 레니에에게 걸어갔다.

멍하니 서 있던 레니에는 털썩 무릎을 꿇고 주저앉았다.

"어떻게… 어떻게……."

그녀의 눈에서 눈물이 흘러내렸다.

"그렇게 억울한가?"

레온의 질문에 레니에가 멍한 표정으로 고개를 들었다. 그녀의 눈동자엔 원망이 잔뜩 서려 있었다.

"네가… 네가 모든 걸 망쳐 놓았어. 네가……!"

"그거 미안하게 됐군. 네가 말했지. 힘이 있는 자가, 불만을 가진 자가 그 세상을 바꾸면 그만이라고."

"……!"

"이런 걸 보면 아무래도 불의보다는 정의가 좀 더 센 걸지도 모르겠어."

"어째서지?"

"뭐가?"

"어째서… 마왕을 거부할 수 있었던 거지?"

레니에는 여전히 이해되지 않는 얼굴로 레온을 올려다보았다.

이런 경우는 없었다. 아니, 있을 수가 없는 일이었다.

마왕을 거부할 수 있는 인간이라니.

어떻게 그런 인간이 존재할 수 있는가?

그때 레온이 황제를 힐끗 돌아보고 말했다.

"글쎄… 모르긴 하지만 내가 보통 사람들과 좀 다른 몸인 건 아닐까?"

"다른… 몸?"

“뭔진 몰라도 그 기운이 익숙하다고나 할까?”

“익숙하다니, 마왕의 기운이 익숙하다고?”

레온은 말없이 레니에를 내려다보았다.

순간 그가 내력을 끌어올렸다.

후우우웅—!

레온의 전신에서 뜨끈한 마기가 쏟아져 나왔다.

그 엄청난 마기 때문에 레니에조차 숨이 막히는 것만 같았다.

순간 레니에의 두 눈이 찢어질 듯 부릅떠졌다.

“저, 저게 도대체……!”

“왠지 느낌이 비슷하지?”

레니에는 믿을 수 없다는 표정으로 레온의 등 뒤로 나타난 거대한 수라혈마상을 보았다.

확실히 비슷했다.

미묘하게 달랐지만, 마왕의 기운과 수라혈마상이 뿜어내는 마기는 상당히 흡사한 느낌을 가지고 있었다.

“도대체 저게 뭐냐!”

“나도 자세히는 몰라. 그냥 오래전부터 내 몸속에 있었던 거야. 뭐, 나도 그 사실은 얼마 전에 알게 됐지만.”

레니에는 레온의 말을 제대로 듣지 않았다.

그녀의 눈은 아직도 수라혈마상에 꽂혀 있었다.

실제로 발롭과 싸울 때, 저것을 멀리서나마 본 기억은 있었다. 하지만 그때는 그저 오러가 만들어낸 일종의 환영이라고 여겼다. 저것이 뿜어내는 이 진득한 마기도, 발롭이 뿜어내는 것이라고 착각했었다.

한데 지금 이토록 가까이서 보고 있자니 그야말로 마왕의 기운과 너무나 흡사하지 않은가.

레온이 살의를 띠지 않았기에 망정이지, 만약 그가 조금이라도 살의를 가졌다면, 이 자리에 존재하는 레니에와 황제는 손 한 번 까딱하지 못하고 절명했을지도 몰랐다.

그만큼 수라혈마상이 뿜어내는 마기는 대단했다.

"너… 너… 도대체 누구야?"

"본좌는……."

레온이 잠시 뜸을 들이다가 싱긋 웃었다.

"그냥 레온이야."

레니에는 레온의 미소를 보면서 입술을 쿡 씹었다.

처음부터 레온을 화신으로 만든다는 것이 그녀의 실수였던 것이다. 이미 레온은 반쯤 화신인 상태였다. 마왕과 다른 존재이지만, 그와 비슷한 마혼을 자신의 몸속에 녹여낸 자였다.

그런 자에게 마왕을 집어넣으려고 했으니, 당연히 두 영혼이 싸울 수밖에 없었으리라.

"젠장!"

레니에가 입술을 질끈 씹었다.

새빨간 피가 턱을 타고 흘러내렸다.

"너도 피는 붉은색이구나."

레온의 말에 레니에는 그저 말없이 그를 쏘아보기만 할 뿐이었다.

그때 칼루스가 완전히 의식을 되찾고 눈을 떴다.

그는 레온과 레니에를 돌아보고는 몸을 일으켰다.

레온과 레니에는 가만히 칼루스의 반응을 살폈다.

그동안 마왕에게 육신을 빼앗겼던 칼루스 황제였다. 칼루스가 어떻게 나오느냐에 따라 두 사람의 행동도 달라질 것이었다.

한데 칼루스는 뜻밖에도 두 사람을 보고도 별로 놀라지 않았다. 마치 오래전부터 레온과 레니에를 알고 있었다는 듯 행동했다.

"내 몸을 고치는데… 참 멀리도 돌아오셨구려."

칼루스가 레니에를 보고 말했다.

레니에의 표정이 일그러졌다.

좋지 않았다.

눈빛으로 보건대, 황제는 지나간 일들을 모두 기억하고 있음이 틀림없었다. 이 또한 보통의 경우라면, 마왕에게서 버려진 화신의 육신은 그대로 죽어버리거나 백치가 되어야 정상이었다.

하지만 마왕이 사라지기 직전, 그의 무의식을 온통 들쑤셔 놨으니 오히려 그 부작용이 생길 수밖에 없었던 것이다.

칼루스가 레온을 향해 정중하게 말했다.

"레온 신관, 그녀를 포박해 주실 수 있겠소?"

레온이 씩 웃었다.

"물론입니다, 폐하."

잠시 후, 칼루스가 밖을 향해 소리쳤다.

"여봐라!"

병사들이 안으로 들어왔다. 그들은 포박되어 있는 레니에와 가짜 얼굴을 벗어 던진 레온을 보고 기겁을 했다.

그들이 레온에게 창칼을 들이밀자, 칼루스가 엄하게 소리쳤다.

"짐의 은인에게 겨눈 칼을 거두어라."

병사들이 서로 눈치를 살피다가 수군거리며 무기를 거두었다.

칼루스가 다시 날카롭게 명했다.

"저 여자를 끌고 가서 가두도록 하라."

병사들이 눈치를 보며 망설이자, 칼루스가 다시 소리쳤다.

"뭣들 하는가!"

그제야 병사들이 후다닥 레니에를 끌고 나가기 시작했다. 레니에는 멍한 표정으로 포박된 채 아무런 저항도 하지 않았다.

*　　　*　　　*

쏴아아쏴아아쏴아아!

무형의 기운이 좀비 군단을 무참히 짓눌렀다. 좀비들의 움직임이 둔해지면 아란스 군과 루카스 성기사단, 이스키오스 사도단, 그리고 시아 조직이 나서서 싸웠다.

하지만 좀비들 중에는 불과 어제까지만 해도 같은 아란스 군으로서 싸우던 자들도 포함되어 있었다.

메이븐 신관은 전군에게 가능한 살생을 저지르지 말고, 부상을 입히는 데서 그쳐달라고 주문했다. 물론 대다수의 아란스 군은 그러한 이야기 따위는 귓가로 흘려버렸다.

광기가 넘치는 전장.

이런 곳에서 적에게 동정을 베풀자는 아무도 없었다.

동정을 베풀다가도 그 동정심에 대한 대가가 배반으로 돌아올 때는 더 큰 복수로 이어지게 마련이었다.

하지만 그 와중에도 살생을 망설이는 자들도 있었다.

그럴 경우에는 전력적으로도 큰 손실이었다.

무작정 살기를 드러내고 달려드는 적과 살생을 피해가며 싸우는 아군은 전력상 차이가 큰 법이었다.

메이븐 신관은 신성력을 이용해 좀비 군단을 짓눌렀고, 힐러 계열의 신관들은 메이븐 신관이 가져온 꽃씨를 가지고 부상당한 좀비들을 치료해 나갔다.

제롬은 중무장을 한 채 말에 올라 적과 맞서 싸웠다. 마리와 함께 과거 자신을 따르던 제이대의 사도들을 이끌고 전장에 나선 것이었다.

"대장! 이제 그만 돌아가십시오!"

전쟁이 점점 더 치열해지면서 위기감을 느낀 사도들이 제롬을 말렸다.

하지만 제롬은 아랑곳도 하지 않았다.

"시끄러! 오러만 가지고 싸우는 곳이 아니야!"

"하지만 너무 위험합니다."

"네놈들 처신이나 잘해라!"

제롬은 연신 검을 휘두르며 대꾸했다.

본래 단검을 주무기로 사용하던 그였기에 큰 검이 영 어색하기만 했다. 하지만 일반 보병들에 비해서는 확실히 우월한 솜씨였다.

그러던 어느 순간, 제롬이 움찔 떨고는 한 곳을 노려보았다.

그곳에는 좀비들을 이끌고 싸우는 카를레스가 있었다.

"저 새끼!"

제롬이 말을 몰아 카를레스에게 달려갔다.

"흐아압!"

제롬이 기합성을 터뜨리며 카를레스의 등을 노렸다.

하지만 그런 어설픈 공격에 맥없이 당할 카를레스가 아니었다. 그가 노련하게 몸을 뒤틀어 피해내며 제롬의 옆구리를 베어갔다.

캉!

갑자기 휘두른 검이라 오러를 쓰지 않은 탓에 검이 갑옷에 맞고 튕겼다.

대신 제롬은 말에서 굴러떨어지면서 투구가 벗겨졌다.

제롬을 확인한 카를레스가 눈살을 찌푸렸다.

"넌……?"

"흐흐. 기억하느냐?"

"분명히 그때……."

"이 몸은 불사신이거든."

제롬이 고개를 까딱이며 검을 움켜쥐고 가슴 앞에 세웠다. 그 모습을 본 카를레스가 픽 웃었다.

"과연. 알 만하군. 오러를 사용하지 못하는 건가?"

"네깟놈 정도야 오러를 쓰지 않아도 충분하지."

"훗. 그래서 비겁하게 등 뒤에서 노린 건가?"

"비겁하게 밀실에서 숫자로 밀어붙인 누구한테는 듣고 싶지 않은 말인걸? 그리고 이곳은 전장이야. 무슨 일이 일어날지 모르는 곳이야. 등 뒤에서 노리는 건 너무도 당연한 일이지 않나?"

카를레스가 이맛살을 슬쩍 찌푸렸다.

"구사일생으로 살아났으면 목숨 아까운 줄 알 것이지."

"글쎄, 난 불사신이라니까."

카를레스는 대답하지 않았다.

대신 오러를 내뿜으며 그대로 제롬을 향해 휘둘렀다.

쉬잉!

제롬이 그대로 몸을 굴려 검날을 피하고는 잽싸게 검을 가로로 말의 다리를 베었다.

이히히힝!

말이 비명을 지르며 앞으로 고꾸라졌다.

카를레스가 말에서 뛰어내리며 중심을 잡았다.

“건방진!”

카를레스가 빠르게 제롬의 품을 파고들었다.

제롬이 뒤로 성큼 물러났지만, 거리는 좀처럼 멀어지지 않았다. 카를레스가 검을 대각선으로 베어들어 갔다.

순간 제롬은 고민했다.

살을 내주고 뼈를 취할 것인가.

피하고 다음 기회를 노려볼 것인가.

싸움은 단지 오러를 얼마나 잘 다스리느냐에 따라 승패가 결정되는 것이 아니다. 실력과 경험, 판단력과 순발력.

그리고 목숨을 건 도박!

제롬은 왼쪽 어깨를 내주기로 마음먹었다.

생각은 길었지만, 실제로는 찰나의 순간에 결정을 내린 것이었다.

서걱!

살을 베는 섬뜩한 소리가 들려왔고, 제롬이 이맛살을 구겼다.

“크읏!”

하지만 그대로 제롬은 상대의 옆구리를 향해 검을 내찔렀다.

쉬잉!

검은 허공을 갈랐다.

마치 알고 있었다는 듯한 반응이었다.

그러나 제롬이 노린 것은 바로 다음 수였다.

그는 부츠에 장착된 단검을 꺼내서 카를레스를 향해 던졌
다.

그가 가장 자신있어 하는 단검이었다.

한데,

깡!

카를레스의 검이 날아드는 단검을 쳐냈다.

'막았어!'

제롬의 눈동자가 커졌고, 그 순간 카를레스가 제롬에게 바
짝 다가와서 발로 내리찍었다.

콱!

"크악!"

제롬이 그대로 바닥에 쓰러졌고, 카를레스가 발로 그의 가
슴을 눌러 밟았다.

카를레스가 검을 내려 제롬의 목을 겨누었다. 그의 입꼬리
가 치켜 올라갔다.

"이거 두 번 죽이게 됐군. 미안하게도."

제롬은 카를레스를 가만히 쏘아볼 뿐이었다.

이제는 정말 꼼짝없이 죽게 생긴 것이다.

그런데 그때,

"음?"

카를레스가 문득 고개를 들고 두리번거렸다.

그 순간 제롬이 카를레스의 발을 걸어치우고 빠져나왔다.

한데, 카를레스는 제롬에게 신경도 쓰지 않았다.

'뭔가 이상하다!'

불길한 기분이 카를레스의 정신을 사로잡고 있었다.

잠시 후, 그 불길함은 눈에 보이는 현실로 돌아왔다.

"크악!"

"카아악!"

좀비들이 갑자기 이성을 잃고 적아를 구분하지 않고 싸우기 시작한 것이다.

갑자기 일어난 일에 카자른 제국군은 일대 혼란에 빠져들었다.

그때, 좀비 하나가 카를레스의 등을 덮쳐 왔다.

"이게 도대체 무슨!"

카를레스의 검이 달려들던 좀비를 절반으로 갈랐다.

츄아아악!

피가 터지면서 그의 몸이 새빨갛게 젖었다.

바로 그 순간,

푸욱!

"음……?"

카를레스는 자신의 가슴을 내려다보았다.

가슴 정중앙에 제롬의 검이 박혀 있었다. 그가 고개를 들고 제롬을 보았다.

"너 이 자식……."

순간 카를레스가 마지막 남은 힘을 짜내며 검을 들어 올렸다. 동시에 제롬의 손이 빠르게 움직였다.

파박!

제롬이 허리춤에 차고 있던 단검을 연이어 내찔렀다. 하나는 카를레스의 목을 관통했고, 다른 하나는 그의 이마에 꽂혔다.

카를레스가 검을 높이 치켜든 채 퀭한 시선으로 제롬을 보았다.

제롬이 천천히 뒤로 물러갔다.

"내가 말했지? 전장에서는 무슨 일이 벌어질지 모른다고. 항상 등 뒤를 조심하라고."

카를레스가 뒤로 천천히 쓰러졌다.

그때 제롬의 등 뒤에서도 피가 터져 나왔다.

분수처럼 터져 나오는 피 속에 빈센트가 서 있었다. 그가 막 제롬의 뒤를 덮치려던 좀비를 양단한 것이었다.

"너나 등 뒤 좀 조심하지."

제롬이 픽 웃었다.

그는 알고 있었다.

빈센트가 근처에서 자신을 지켜보고 있었다는 것을.

언제든 정말 위험해지면 빈센트는 나설 생각이었던 것이다.

하지만 제롬의 자존심을 생각해서 참고 또 참은 것이었다. 그러다가 마침 태생적으로 운이 좋은 것인지, 또 한 번의 기적이 일어난 것이다.

둥! 둥! 둥!

아란스 진영에서 퇴각 신호가 울리고 있었다.

갑자기 좀비들끼리 서로 치고받고 싸우는, 이 이해할 수 없는 상황 속에서 아란스 군이 더 이상 힘을 소모할 필요는 없었다.

"이건 도대체……."

빈센트가 완전히 통제력을 잃은 좀비를 보며 중얼거렸다.

제롬이 툭 던지듯 말했다.

"뭘, 그리 놀라? 우리 마스터께서 또 한 건 하신 거지."

"훗."

빈센트는 가볍게 웃고 몸을 돌렸다.

두 사람은 퇴각하는 아란스 군과 함께 진영으로 돌아갔다.

＊　　　＊　　　＊

호로록.

칼루스는 차를 들이켰다.

그가 비어버린 찻잔을 내려놓았다.

"무조건 세 가지라……."

칼루스가 혼잣말처럼 중얼거렸다.

맞은편에 앉은 레온은 가만히 그를 바라보기만 했다. 그 무언의 눈길이 더욱 칼루스의 대답을 재촉하고 있는 것만 같았다.

"그것이 무엇인지는 지금 말해줄 순 없으시다?"

"그렇습니다. 나라의 중대사가 걸린 조약인만큼 그 세 가지는 저 혼자 결정할 문제가 아니니까요."

"하지만 그것이 지나친 것이라면……."

"충분히 카자른 제국에서 이행할 수 있을 것만을 제시하겠습니다."

"그걸 어떻게 믿소?"

칼루스의 질문에 레온은 그의 눈을 빤히 마주 보았다.

무거운 침묵이 막사에 내려앉았다.

이윽고 레온이 빙그레 웃으며 말했다.

"지금 폐하께서 절 믿지 않으신다면 누굴 믿으시겠단 말씀입니까?"

"그건……."

"끌려간 레니에에게 다시 의지하시겠습니까?"

칼루스의 눈썹이 꿈틀거렸다.

한 나라의 황제로서 마녀에게 희롱당했다는 사실이 그의 마음을 괴롭혔다.

"아니면 그녀에게 놀아난 카자른의 대신들을 믿으시겠습니까?"

"말씀이 지나치시구려."

"사실만을 말씀드리는 것입니다. 과한 요구는 아니라고 생각합니다."

"크흠."

칼루스가 침음을 흘렸다.

레온이 못을 박듯 한마디 덧붙였다.

“지금 카자른은 외통수에 몰렸습니다. 과거의 힘만을 기억하면 잘못된 결정을 내리게 될 것입니다. 선택의 여지가 없으십니다.”

그때 막사 안으로 레노스트 백작이 들어섰다.

“폐하!”

레노스트 백작은 칼루스와 마주 앉은 레온을 보고 경악을 금치 못했다.

“어, 어떻게 네놈이!”

하지만 레온도, 칼루스도 그를 보이지 않는 사람처럼 취급하며 서로만 바라보고 있었다.

마치 눈싸움을 하듯 긴 시간을 그렇게 바라만 보다가 칼루스가 레노스트에게 물었다.

“무슨 일인가?”

레노스트 백작이 얼른 정신을 차리고 보고를 올렸다.

“체이스 총사령관이 이끈 우리 군에 문제가 발생했습니다!”

“무슨 문제인가?”

“그것이… 좀비들이 통제력을 잃고 적아를 구별 못해 아수라장이 되고 말았습니다. 체이스 사령관은 통솔 가능한 아군의 병력을 거두어 퇴각하는 중입니다.”

보고를 올리는 레노스트의 표정이 침통하게 변했다.

하지만 칼루스는 이미 예상했다는 듯 담담한 표정이었다.

그는 여전히 레온을 바라보고 있었다.

한참 만에 그가 대답했다. 레노스트가 아닌, 레온을 향한 대답이었다.

"받아들이도록 하겠소."

레온이 활짝 웃었다.

"잘 결정하셨습니다."

영문을 몰라 어리둥절한 레노스트에게 칼루스가 명령했다.

"적을 것을 가져오게."

"예?"

"뭐 하고 있는가. 적을 것을 가져오라고 했네."

"아, 알겠습니다, 폐하."

레노스트가 얼른 필기구를 가지고 왔다.

칼루스는 그것을 펼쳐 놓고 레온과 약조한 사항들을 적어나 갔다.

내용인즉, 카자른 제국은 한 달 후에 아란스 왕국과 협약을 가질 것이며, 그 협약에서 아란스 왕국이 제시하는 세 가지 요 구를 무조건으로 수용하겠다는 것이었다.

양피지를 건네받은 레온이 미련없이 자리에서 일어났다.

칼루스도 마주 일어나며 씁쓸한 목소리로 말했다.

"뒤처리를 부탁드리겠소."

"맡겨두시지요."

레온이 빙그레 웃고는 발길을 돌렸다.

레온이 휘적휘적 걸어나가는 동안 그를 막는 사람은 아무도 없었다.

이해되지 않는 상황에 레노스트가 더듬거리며 물었다.

“폐, 폐하, 지금 도대체 무슨 상황이……."
“전군을 철수시키도록 하게.”
“폐하?”
칼루스가 걸음을 옮겼다.
“짐은 수도로 귀환하겠다.”
칼루스가 호위병들을 이끌고 걸어나갔고, 텅 빈 막사 내에
서는 레노스트 백작만이 멍한 표정을 짓고 있었다.

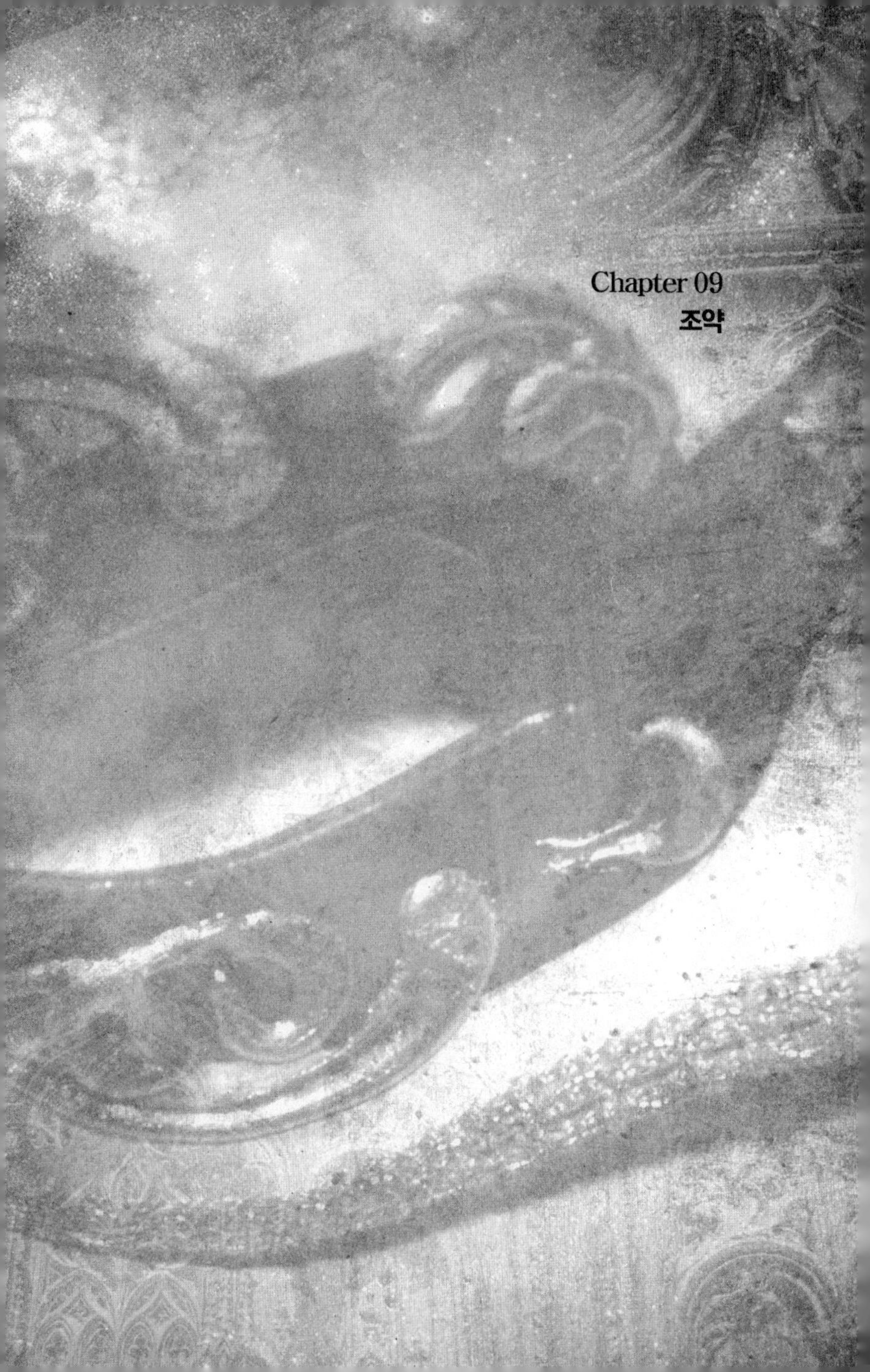
Chapter 09
조약

가면의
레온

　마왕이 사라진 직후, 이성을 잃고 방황하는 좀비들을 잠재운 것은 아란스 군이었다.

　특히 좀비들을 잠재우는 데 가장 큰 역할을 한 것은 루카스 성기사단이었다. 그들은 메이븐으로부터 받은 꽃씨를 이용해서 좀비들을 치료해 나갔다.

　하지만 메이븐 신관이 가져온 꽃씨는 그 많은 좀비들을 치료하기에 턱없이 부족했다. 이에 아란스 군은 마왕이 사라지고 나서 힘을 잃은 좀비들을 생포하기 시작했다. 그리고 좀비들을 모두 포박한 채 대신전으로 이송했다.

　모든 것이 정리되고 보름이 지난 어느 날, 레온은 대신관의 가면을 벗었다. 대신전의 회의실에서 갑자기 인피면구를 벗어

던진 것이다.

그 순간 대신전의 신관들이 경악했음은 말할 필요도 없으리라.

혼란을 잠재우고 진실을 밝힌 사람은 아셀 신관이었다. 거기에 메이븐 신관도 함께 있었으니, 다른 신관들도 수긍을 할 수밖에 없었다.

새로운 대신관을 선출하는 데 있어서 많은 사람들이 메이븐 신관을 추대했으나, 그는 끝끝내 대신관의 자리를 거부했다. 결국 메이븐 신관은 대신관이 선출될 때까지만 임시로 그 자리에 앉게 되었고, 레온은 스스로 신관 직에서 물러났다.

하지만 그런 후에도 많은 사람들이 레온을 신관이라고 불렀다.

아란스 왕은 아란스 왕국을 아란스 제국이라 부르기로 결정했다. 그리고 레온을 불러 조만간 있을 카자른 제국과의 협약에 대해 상의했다.

"레온 신관, 아니, 이제는 신관이 아니겠지요?"

레온이 빙그레 웃으며 대꾸했다.

"편한 대로 부르십시오, 폐하."

"그대에게 백작의 작위를 수여하고 봉토를 내리기로 했소."

하지만 레온의 대답은 뜻밖이었다.

"거두어주십시오, 폐하. 전 봉토를 받더라도 다스릴 자신이 없사옵니다."

"하지만 그대가 세운 공을 보면 그 정도도 부족하다고 여기오."

"폐하, 저는 모든 일이 정리되면 꼭 하고 싶은 일이 있사옵니다. 그 일을 위해서라도 그 작위와 봉토는 받을 수 없사옵니다."

"허어……."

아란스 왕, 아니, 황제가 난감한 표정을 지었다.

그가 다시 레온을 보고 물었다.

"꼭 하고 싶은 일이라는 것이 무엇이오?"

레온이 빙그레 웃으며 대답했다.

"많은 사람들을 행복하게 해주는 일입니다."

"역시 신관이 되려는 것이오?"

"그럴 리가요. 이미 신관 직에서 물러났습니다."

"흐음. 그대 생각이 정히 그렇다면, 명예기사로 임명하겠소. 봉토도 주어지지 않고, 작위도 명확한 것은 아니나, 백작에 준하는 지위라고 볼 수 있소. 그대가 이마저도 거부하지 말았으면 좋겠소."

레온 역시 그마저 사양하지는 않았다.

"영광이옵니다, 폐하."

이야기가 정리되자 아란스 황제가 본론을 꺼냈다.

"그럼 이번에는 곧 있을 카자른 제국과의 협약에 대해서 이야기를 나눠보았으면 하오."

"여러 대신들의 의견은 조율이 되었는지요?"

황제가 손을 내저었다.

"말도 마시오, 어찌나 잡설이 많던지. 그대도 알다시피 강경 세력과 온건 세력이 팽팽하게 맞서니 좀처럼 결론이 나지 않았다오."

"그럼 결정은 되신 건지요?"

"우선은 강경 세력의 의견 하나와 온건 세력의 의견 하나를 받아들이기로 하였소. 나머지 하나는 레온 신관께서 직접 카자른에게 요구한다고 하였지요?"

"그렇습니다, 폐하. 제 임의대로 그런 결정을 내려 죄송합니다."

"무슨 말을. 그대가 아니었다면 지금 우리 아란스는 그야말로 어려운 지경에 처했을 것이오."

레온은 카자른 제국에게 세 가지를 요구할 것이었다. 단, 그 중 하나는 레온이 내세울 것으로, 지극히 개인적인 요구였기에 아란스 제국에서는 공식적으로 두 가지 요구를 할 수 있는 셈이었다.

황제가 말을 이었다.

"우선 강경 세력에서 내세운 요구 조건은 카자른 제국으로부터 불가침 조약을 받아내는 것이었소. 그 증표로 카자른 제국의 대표적인 영지 쉰 곳을 선정하여 쉰 개의 비석을 세우는 것이오."

"그렇군요. 분명 역사라는 것은 증거가 남는 이상 묘한 힘을 가지게 되는 것이지요. 나머지 하나는 무엇입니까?"

"온건파에서 내세운 요구 조건은 앞으로 플레타 공국과 아란스 사이에서 전쟁이 일어날 시, 카자른 제국에서는 우리의 요구가 있을 때 무조건적으로 지원군을 보내는 것이오.”

“흐음. 그렇군요.”

레온이 가만히 고개를 끄덕였다.

과연 대외 온건파이자, 플레타 공국에 대해서는 강경 입장인 세력들이 내세울 만한 요구였다.

이 경우에는 양날의 칼이 될 수 있었다.

물론 당분간은 일종의 보호 정책의 일환으로 이용될 수 있을 것이다. 플레타 공국 역시 카자른 제국의 지원을 의식해서 쉽게 아란스를 공격하진 못할 것이다.

그러나 먼 훗날 피치 못하게 전쟁이 벌어진다면?

아란스 제국의 군사력이 약해졌을 때, 카자른 제국에게 힘을 빌린다는 것은 지극히 위험한 상황을 초래할 수도 있었다. 플레타 공국을 물리친다고 하더라도 카자른 제국은 언제든 본심을 드러낼 수 있는 상황인 것이다.

과거 아란스의 유능한 군사였던 라벨라키마도 ‘원군에 의존하는 군주는 거의 항상 유해한 결과를 초래하게 마련’ 이라고 하지 않았던가.

그때가 된다면 아란스 제국은 다시 위기에 봉착할지도 모를 일.

‘이것이 이 나라의 한계인가.’

레온은 씁쓸한 마음을 지우지 못했다.

친 카자른 세력이 이렇게 약해져 있을 때인데도 이런 정책들을 용납하는 강경 귀족들도, 태도를 분명하게 하지 않는 아란스 황제도 문제가 있었다.

그렇다고 이제 와서 레온이 그 요구를 거부할 수는 없었다.

다만 그는 마지막으로 한 번 더 물어보았다.

"폐하께서는 그 두 가지 조건으로 만족하시겠습니까?"

"물론 더 많은 조건을 요구한다면 좋을 수도 있겠지만 우선은 그렇소. 괜히 너무 강한 요구를 내세워 그들을 자극하는 것보다 이 정도 선에서 그치는 것이 어떨까 하오."

레온이 고개를 끄덕였다.

"알겠습니다. 그럼 그리 전하겠습니다."

며칠 후.

카자른 제국은 레온이 수도에 도착하기도 전부터 길을 닦고 황성의 정원을 손질했다. 과거 아란스 왕국의 사신이 도착할 때와 비교해 본다면 판이하게 달라진 태도였다.

그들로서도 그럴 수밖에 없는 것이, 이번 협약을 통해 아란스 제국에게 요구할 것이 있었던 것이다.

때문에 이번 외교 담당인 하임 백작은 레온이 도착할 때쯤, 수도 밖까지 마중을 나갔다. 전쟁이 끝난 후, 레노스트 백작이 곧바로 작위가 강등된 탓에 그가 대신 나선 것이었다.

카자른 황제 역시 레온을 부드러운 미소로 맞이했다.

입장이 바뀐 그들로서는 최대한 레온의 비위를 맞춰줄 수밖에 없었다.

"차는 어떠시오?"

칼루스의 물음에 레온이 부드러운 목소리로 대답했다.

"향기가 좋군요."

"마음에 든다니 다행이구려."

곁에 앉은 하임 백작이 넌지시 물었다.

"먼 길을 오시는 데 불편함은 없으셨는지요?"

"카자른 제국은 길이 잘 닦여 있어서 그런지 피곤한 줄 몰랐습니다."

"다행이군요."

세 사람은 그러고도 여담을 더 나누었다.

대부분 날씨나 카자른의 자연경관에 관련된 시시한 이야기들이었다. 어쩌면 뒤에 있을 본격적인 협약을 앞두고 긴장을 풀기 위한 당연한 수순이라고 할 수 있었다.

하지만 역시 빙글빙글 둘러가는 이야기는 레온에게 맞지 않았다.

레온이 찻잔을 내려놓고 먼저 물었다.

"그래서 하실 말씀은 무엇입니까?"

"무슨 말씀이신지……."

하임 백작이 짐짓 당황한 마음을 숨기고 차분히 물었다.

레온이 미소 지었다.

"이토록 융숭한 접대를 해주시는 데에는 그만한 이유가 있지 않겠습니까?"

하임 백작이 짐짓 미소를 지으며 대꾸했다.

"이유가 있기보단 외교관으로서 외국의 사신을 접대하는

것은 당연한……."

"이미 세 가지의 조건을 무조건적으로 받아들이기로 약조한 상황. 이제 와서 그 조건들이 달라질 것이라고 생각하진 않으셨겠지요. 그렇다면 카자른 제국에서도 뭔가 우리 아란스 제국에 바라는 것이 있는 게 아닙니까?"

하임 백작은 입을 다물었다.

그가 바라보자, 칼루스가 고개를 끄덕였다. 말을 해도 좋다는 뜻이었다.

결국 하임 백작이 차분히 대답했다.

"과연 레온 백작님이시군요. 정말 못 당하겠습니다."

그가 애써 웃음을 지으며 말을 이었다.

"실은 한 가지 요구 사항이 있긴 있습니다."

"무엇입니까?"

"지난번 전쟁에서 아란스 왕국… 아니, 아란스 제국에서 생포해 간 우리 병사들이 있지요?"

과연 무슨 이야기인지 알 만했다.

레온이 재미있다는 듯 가만히 고개만 끄덕였다.

하임 백작은 레온과 칼루스의 눈치를 가만히 살피며 어렵사리 말을 이어갔다.

"그들을 돌려보내 주셨으면 합니다."

"과연 그런 말씀이었군요."

레온이 순순히 고개를 끄덕이자, 하임 백작의 표정이 밝아졌다.

"들어주실 수 있겠습니까?"

"제가 함부로 결정 내릴 사항은 아닙니다. 하지만 이번 협약이 끝난 후, 본국으로 돌아가서 아란스 황제 폐하께 건의해 볼 수는 있겠지요."

"오오. 그럼……."

"그전에."

레온이 말을 잘랐다.

하임 백작이 침을 꿀꺽 삼키고 레온을 보았다.

레온이 하임 백작에게 양피지 서류를 내밀었다.

"우리 아란스 제국의 요구 조건입니다."

하임 백작과 칼루스의 시선이 양피지 서류로 향했다.

레온은 가만히 그들의 반응을 살폈다.

사실 아란스 제국의 입장에서 카자른 제국의 요구를 들어주지 않을 이유는 없었다. 좀비로 변했던 카자른 제국의 병사들은 이미 루카스 대신전에서 힘써서 대부분 치유가 된 상황이었다.

다만 지난번의 소모적인 전쟁에서 병사들만 잃은 꼴이 된 카자른 제국에서는 그들을 돌려받는 것이 시급한 일일 것이다.

사실 카자른 제국에서는 그 문제로 백성들 사이에서 반발 조짐도 보이고 있었던 것이다.

하임 백작이 두루마리를 펼쳐 들고 읽어 내려갔다.

"첫째, 카자른 제국은 아란스 제국을 절대 침공하지 않겠다는 불가침 조약을 맺는다. 그 증거로 카자른 제국의 대표적인 쉰 곳의 영지에 각각 비석을 세울 것."

하임 백작이 칼루스를 한 번 바라보았다.

칼루스가 고개를 끄덕였다.

하임 백작이 다음 조항을 읽었다.

"둘째, 아란스 제국과 플레타 공국 간에 전쟁이 발발할 시, 아란스 제국의 요청이 있을 때는 즉각 지원군을 파병할 것."

이번에도 칼루스 황제가 고개를 끄덕였다.

하임 백작은 마지막 글귀를 읽었다.

"셋째, 카자른 제국은 현재 보유하고 있는… 이건?"

그가 읽다 말고 레온을 바라보았다.

레온은 담담히 차만 들이켰다.

칼루스가 손을 내밀었다.

하임 백작이 양피지 두루마리를 그에게 건넸다.

양피지 두루마리를 읽어본 칼루스가 눈을 가늘게 뜨고 레온을 보았다.

"이게 필요한 거요?"

"카자른 제국이라면 어려운 일이 아닐 거라고 생각됩니다만."

"이유를 물어보아도 되겠소?"

"그 부분만은 지극히 개인적인 이유입니다."

"흐음."

칼루스가 양피지 두루마리를 보며 침음을 흘렸다.

세 사람 사이에 다시 묘한 침묵이 흘렀다.

얼마나 시간이 흘렀을까?

칼루스가 고개를 끄덕였다.

"알겠소. 세 가지 요구를 모두 받아들이도록 하겠소."

레온이 미소로 답했다.

"감사합니다. 그럼 차 한잔 더 부탁드려도 되겠습니까? 맛이 좋군요."

"우리가 말한 요구 사항도 잘 부탁드리겠소, 레온 백작."

"힘써보겠습니다."

시녀가 레온의 잔에 차를 채웠다.

레온이 찻잔을 입으로 가져갔다.

＊　　　＊　　　＊

레온이 카자른 제국에서 돌아왔을 때, 아란스 황제는 성대한 파티를 열었다.

파티에 앞서 레온을 비롯한 이스키오스 사도단의 단원들은 저마다 공을 인정받아 포상을 받았고, 루나는 남작의 작위를 수여받았다.

뿐만 아니라, 시아는 어쌔신 활동을 그만두고 아란스 제국의 일급 첩보원들로 기용되었다.

그날 후, 아란스 황제는 새로운 시대를 열 것을 약속하며 커다란 공장을 지었다.

골렘을 만드는 공장이었다.

공장의 총책임자는 율란으로 정해졌다.

애초에 루나가 책임자로 내정될 예정이었지만, 그녀가 끝까지 그 자리를 거부한 탓에 율란이 책임을 지게 된 것이었다.

그리고 이든은 한동안 카자른 제국에서 비석을 완전히 세울 때까지 감사하는 일을 맡아야 했다. 불가침 조약을 새긴 비석은 처음부터 크기가 정해져 있었는데, 그 크기가 웬만한 집 한 채에 이를 정도로 컸기에 공사하는 데 꽤나 많은 시간이 소모되었다.

게다가 오십 군데의 영지를 돌아다녀야 했기에 생각처럼 쉬운 일은 아니었다.

그렇게 약 한 달여가 지났을 때, 나라가 어느 정도 진정되자 레온과 루나는 비로소 자신들이 진정 원하는 것을 이룰 수 있었다.

바로 마르텐으로 귀향하는 것.

두 사람의 말을 들은 주위 사람들은 하나같이 안타까움을 나타냈다.

"정말 이대로 가시는 겁니까?"

루펠스 남작의 말에 루나는 맑은 미소를 지으며 고개를 끄덕였다.

"네, 남작님. 그동안 정말 많은 신세를 졌습니다."

"아닙니다. 오히려 제가 많은 것을 배웠답니다."

이리나 공주 역시 레온과 루나가 떠나는 것을 아쉬워했다.

"두 분, 어디서나 건강하시길 바라겠어요."

"감사합니다, 공주님."

윌리엄 백작도 레온의 손을 마주 잡고 축복을 빌어주었다.

물론 배웅을 하는 사람들 중에는 바힐 마법사와 아셀 궁정 신관도 속해 있었다. 그 외에도 많은 사람들이 두 사람을 배웅했다.

한편 시아의 수장인 하사신은 레온에게 속삭이듯 말했다.

"반년의 시간을 약속했지만, 그보다 일찍 떠나시는구려."

"그렇게 됐군요."

레온도 하사신에게 더 이상 하대하지 않았다.

하사신이 여유로운 미소를 짓다가 물었다.

"반년 뒤에 말하겠다던 두 번째 요구 사항. 지금 들어볼 수 있겠소?"

레온이 피식 웃었다.

"사실 별거 아닙니다."

"무엇이오?"

레온이 하사신에게 속삭였다.

이야기를 들은 하사신이 껄껄 웃었다.

한참 후, 하사신이 고개를 끄덕이며 말했다.

"알겠소. 내 책임지고 우리 애들을 루카스 신전으로 보내도록 하지."

"하사신도 함께 가도록 하세요. 이제 청부업은 그만두셨으니 마음을 맑게 가지는 것도 좋으리라고 생각합니다."

"당신에게 그런 말을 듣는 날이 올 줄이야. 누구보다도 사악하다고 생각했는데……."

두 사람은 마주 보고 한참 동안 웃었다.

레온 일행이 타고 갈 마차의 마부는 미첼이었다.

루나는 성을 떠나는 것이 꿈만 같았다.

처음 왕성에 입성하던 순간이 바로 엊그제 같았다.

그때도 지금처럼 꿈결 같은 심정이었다.

앞으로 펼쳐질 거대한 모험 앞에서 한없이 작은 자신을 느끼며 온몸에 전율이 일어났었다.

이제는 그 모험을 접고 귀향하는 순간이었다.

지금도 느낌은 전혀 다르지만 떨리는 마음은 비슷했다.

두 사람이 마차로 걸음을 옮기려고 할 때였다.

이런 행사에는 절대 빠지지 않는 사람, 황성 관리소에서 멕콜린이 왔다.

"이야~ 이거이거. 역시 제가 위인을 알아보는 눈이 있었군요. 저는 두 분이 처음으로 이 황성에 오셨을 때를 분명히 기억합니다. 두 분도 보잘것없는 저를 기억해 주셨으면 좋겠군요. 혹시 기억하십니까? 아, 그거 정말 영광입니다. 역시 루나 남작님께서는 기억력도 뛰어나시군요. 그보다 골렘이라니. 저는 정말 놀랐습니다. 남작님처럼 곱고 아름다우신 분께서 그토록 강한 골렘을 만들어내셨다니. 몇 번을 듣고 보아도 믿어지지 않는 것이 사실이랍니다. 그리고 레온 신관님, 아니, 이제는 레온 백작님이라고 불러야겠지요? 저는 정말이지 레온 백작님을 처음 뵀을 때부터 알아보았지요. 아! 이분이다! 이분이 앞으로 닥칠 위기에서 아란스 왕국을 구해줄 영웅이시다! 과연 제 생각이 틀리지 않았습니다. 게다가 두 분은 정말 잘 어울리신답니다. 처음에, 저는 두 분이 부부인 줄로만 알았답니다. 제가 당시 왕성의 구석구석을 설명해 드리니, 두 분께서는 즐거운 마음으로 제 설명을 들으셨지요? 네? 지겨웠다고요? 하하하. 역시 레온 백작님은 농담도 잘하시는군요! 에? 백작님? 남작님? 어딜 가십니까?"

이미 레온과 루나는 마차에 오르고 있었다.

마차를 호위하는 사람들은 이든을 비롯해서 과거 이스키오스 사도단의 대장들이었다. 이미 사도단은 해체되었고 아란스 황제는 그들에게 새로운 지위를 주었지만, 이든을 비롯한 대장들은 레온과 루나와 함께 마르텐으로 가기로 결심한 것이다.

"출발해, 이든."

"예, 마스터."

이든이 앞장서서 말을 몰았고, 미첼이 마차를 이끌기 시작했다.

그들이 황성을 빠져나가는 동안 많은 사람들이 그들의 뒷모습을 지켜보았다.

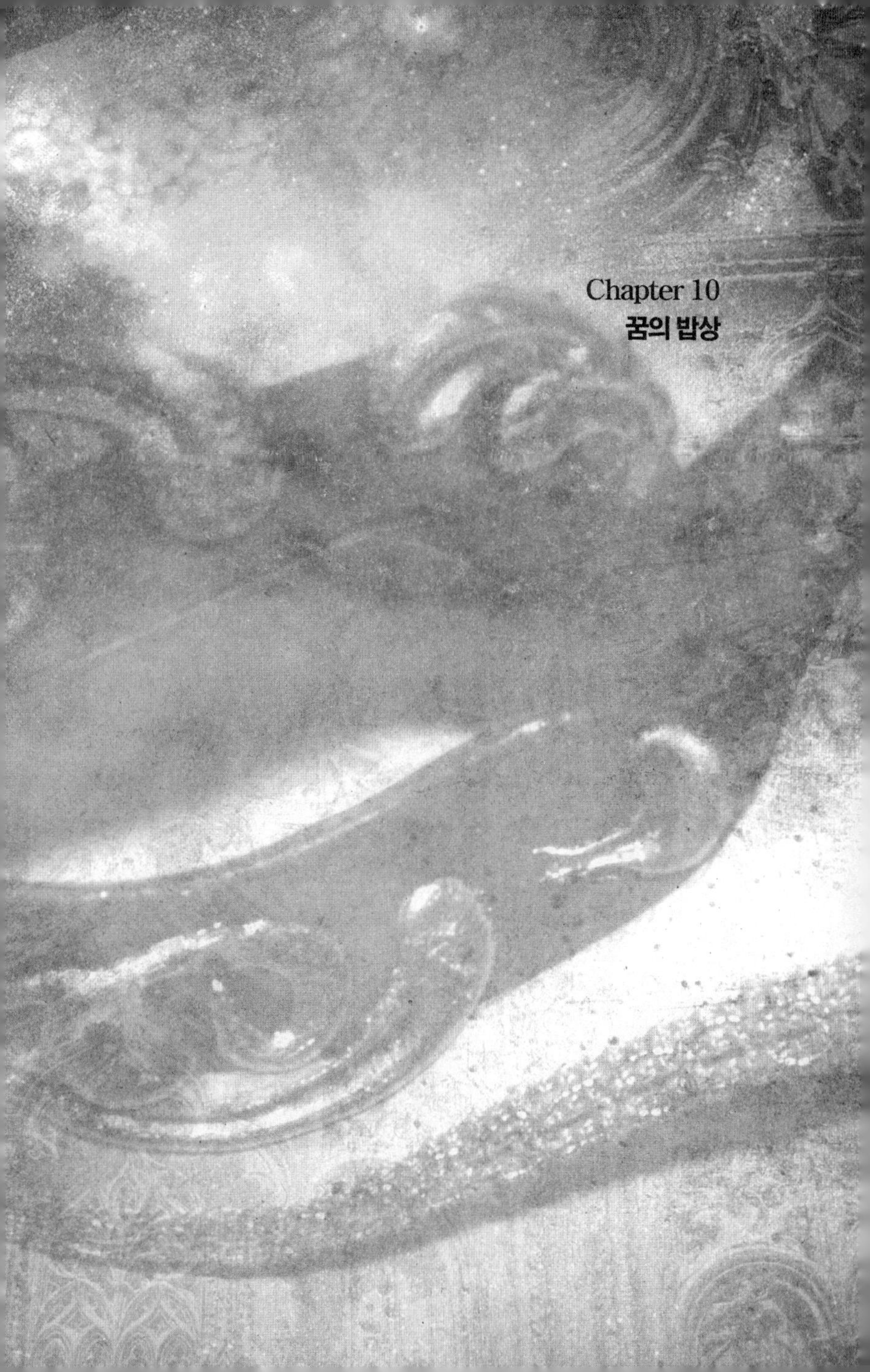
Chapter 10
꿈의 밥상

가면의
레온

해가 지고 곳곳에 유등이 밝혀질 무렵.

버몬과 그란은 오랜만에 마르텐의 중심가를 돌아다녔다. 그들은 아란스 전역에 타라 교가 성행할 무렵 피난을 떠났다가 이제 막 돌아온 것이었다. 물론 메이븐 신관이 버티고 있는 마르텐은 어떠한 피해도 받지 않았지만, 본래 돈 많은 자들이 더 호들갑을 떨지 않던가.

어쨌거나 오랜만에 마르텐으로 돌아온 두 사람은 꽤 많이 달라져 있는 거리를 보며 히죽거렸다.

"그사이에 달라진 게 많은데?"

"킬킬. 그러게. 어째 사람도 좀 많아진 것 같지?"

"후후후. 그럼 이제 수금하러 다녀볼까?"

두 사람은 야비한 미소를 지으며 길거리를 쏘다녔다. 그러다가 문득 궁궐처럼 커다란 식당을 보고 그 앞에 멈춰 섰다.

"이게 뭐야? 이런 게 언제 생긴 거지?"

엄청나게 화려한 식당이었다.

온갖 색으로 빛나는 유등이 건물 구석구석에 내걸려 있었고, 들어가는 입구만 해도 마치 성문처럼 거대했다. 간판에는 다음과 같이 적혀 있었다.

서민을 위한 합리적이고 저렴한 가격! 최고의 맛! 언제나 우수한 재료만을 고집합니다! 손님의 입맛에 맞춰 드리겠습니다!

그란이 버몬을 돌아보며 비아냥거리듯 말했다.

"서민을 위한 곳이라는데?"

"훗. 얼마나 맛있는지 봐줘야지."

버몬이 소매를 걷어붙이고는 걸음을 옮겼다. 그 뒤를 그란이 따라 들어갔다.

어디서 나타난 녀석이 만든 식당인지 모르겠지만, 이곳 마르텐의 주인이 누구인지 분명히 가르쳐 줄 심산이었다.

하지만 그들은 머리 위에 새겨져 있는 간판은 미처 보지 못했다.

'꿈의 밥상' 이라는 간판을.

그리고 레온이 마르텐으로 돌아왔다는 소문을 먼저 들었더라면 그들은 한 번 더 신중하게 생각해 보았을지도 몰랐다.

"어서 오십시오!"

버몬과 그란이 실내로 들어서자 나이가 지긋한 사내가 걸어 나오며 인사했다. 무척 인상이 좋아 보였는데, 버몬과 그란이 마르텐에서 살면서 한 번도 보지 못했던 사람이었다.

한편 식당 내부는 놀라울 정도로 넓었다. 게다가 일층 홀에는 이층에서 오층까지 모두 보이게끔 천장이 뚫려 있었다.

'대단하군. 언제 이런 게 생긴 거지?'

버몬과 그란은 장황한 식당 내부를 보고 저도 모르게 입을 쩍 벌렸다.

감미로운 음악이 흘렀고, 금방이라도 침이 꿀꺽 넘어갈 만큼 먹음직스러운 음식 냄새가 솔솔 풍겨왔다. 큰 규모와 화려함에 한 번 놀라고, 음식에서 풍겨 나오는 먹음직스러운 향기에 두 번 놀라는 셈이었다.

"버, 버몬, 여기가 정말 서민들을 위한 식당이 맞긴 한 거야?"

그란의 말에 버몬이 얼른 주위를 살펴보았다.

그리고 그는 확신했다.

"맞아. 서민들의 식당이군."

확실히 식사 중인 사람들은 모두 평범한 옷을 입고 있는 서민층이었다. 더구나 마르텐이라는 이 소도시에 이토록 많은 귀족들이 있을 리가 없지 않나.

그때 인사를 건네온 노사내가 물었다.

"이곳은 처음이신지요?"

"그, 그렇다! 혹시 무시하는 것인가!"

"그럴 리가요. 두 분 성함이 어떻게 되시는지요?"

버몬과 그란이 긴장했다.

설마 이 녀석들이 마르텐을 장악하기 위해서 인명 조사까지 하고 있는 것일까?

그것은 아니 될 말!

마르텐의 제일 갑부는 제프리 가가 되어야 했다. 그리고 두 번째는 바로 그란의 가문이 되어야 했다.

버몬이 대뜸 소리쳤다.

"그것은 왜 묻는가!"

"저희 식당은 회원제를 실시하고 있습니다. 누구나 회원을 들 수 있으며, 이름과 주소를 말씀해 주신다면 회원으로 등록해 드릴 것입니다."

"회원? 회원이 되면 뭐가 좋지?"

"저희 식당에서만 사용할 수 있는 적립금을 드립니다. 일정 금액이 되면 얼마든지 적립금을 사용할 수 있지요."

"호오?"

버몬과 그란이 놀라운 표정을 짓고 있는데, 마침 카운터 쪽에서 젊은 남자가 노사내를 불렀다. 조금은 인상이 날카로워 보이는 남자였다.

"오스왈드, 여기 손님들 계산해 주십시오. 그분들은 제가 안 내해 드리지요."

“알겠습니다.”

오스왈드는 고분고분 대답하고는 카운터로 걸어갔다.

오스왈드.

바로 루카스 대신전에서 참회관의 대표를 맡고 있던 그 오스왈드 신관이었다. 모든 계획이 수포로 돌아가고 카자른 제국으로 망명을 하려는 도중에 레온에게 뒷덜미를 잡히고 만 것이었다. 결국 그는 레온의 마안에 걸려들어 스스로 신관직을 공식 사퇴하곤, 꿈의 밥상에서 봉사활동(?)을 시작했다.

그리고 오스왈드를 대신해서 버몬과 그란에게 다가온 남자는 다름 아닌 제롬이었다.

제롬이 버몬과 그란에게 깍듯이 인사를 건넸다.

“어서 오십시오, 손님. 두 분이십니까?”

“그, 그렇다.”

오만한 말투에 제롬의 표정이 살짝 구겨졌지만 아주 잠깐이었다. 그가 앞장을 서며 말했다.

“저를 따라오십시오. 삼층의 전망 좋은 방으로 안내해 드리겠습니다.”

버몬과 그란은 연신 사방을 둘러보며 걸음을 옮겼다.

이렇게 값비싸 보이는 곳이 서민을 위한 식당이라니. 도무지 믿어지지가 않았다.

놀라운 것은 그것으로 끝이 아니었다.

홀 한쪽으로 걸어간 제롬이 벽 앞에 놓인 구슬을 한 번 쓰다듬었다. 그러자 구슬에서 푸른 광채가 빛나기 시작하더니 문이 스르르 열리는 것이 아닌가.

열린 문 안으로는 대략 열 사람 정도가 들어갈 수 있을 정도의 공간이 드러났다.

"헉! 이건 도대체 뭐지?"

버몬과 그란이 경악성을 터뜨렸고, 제롬은 아무렇지도 않게 대답했다.

"저희 여사장님께서 만드신 발명품입니다. 승강기라고 하는 것입니다. 타시죠."

버몬과 그란이 얼결에 승강기에 올라타고 나자, 제롬이 문을 닫고 벽에 붙은 버튼을 눌렀다.

지이이잉―

"우와아앗!"

"어헉!"

버몬과 그란이 화들짝 놀라며 사방을 두리번거렸다. 자신들이 들어 있는 방이 통째로 움직이기 시작한 것이다. 정확히 말하면 위로 오르고 있었다.

제롬이 여전히 웃는 얼굴로 말했다.

"마나를 이용해서 움직이는 기계랍니다."

마나를 이용해서 움직이는 기계라니!

보통 평범한 식당에 그런 것이 있을 수가 있냔 말이다!

아니, 평범한 식당이든 특이한 식당이든 그런 것이 존재하는 식당 자체가 없는 게 정상이 아닌가.

하지만 버몬과 그란은 자신들이 놀랐다는 것에 대해 괜히 자존심이 상했다.

"흥! 그런 것은 이미 알고 있다!"

"아, 그러십니까?"

그때 승강기가 삼층에 도착했다.

문을 닫을 때와는 달리 저절로 문이 열렸다.

"손님, 이쪽으로."

제룸이 다시 앞장서서 걸어갔다.

삼층의 분위기는 일층의 홀과 또 달랐다. 복도를 걸어가면서도 난간 너머로 일층의 홀을 구경할 수 있었다.

제룸이 칸막이로 나누어진 창가의 테이블로 그들을 안내했다.

"이곳이라면 두 분이서 조용히 대화를 나누시며 식사할 수 있으실 겁니다. 커튼을 치면 방음 효과가 있으니 더욱 조용할 것입니다."

"오오. 이거 근사하구만."

버몬과 그란이 방처럼 꾸며진 객실을 보며 연신 감탄을 터뜨렸다.

하지만 두 사람은 곧 자신들이 방문한 목적을 되새겼다.

이렇게 감탄이나 하려고 온 것이 아니지 않은가.

어떻게 해서든 이곳을 접수해야만 했다.

아무리 식당이 번쩍번쩍 하더라도 일개 장사치들이다. 준남작에 해당하는 그들의 가문이 으름장을 놓으면 고개부터 숙여야 할 서민들인 것이다.

"음식을 가져와."

버몬의 말에 제롬이 메뉴판을 내밀었다.

"무엇으로 드시겠습니까?"

"내 입맛에 맞는 걸로."

제롬은 이제 확실히 알 수 있었다.

이 녀석들은 단지 시비를 걸고 싶을 뿐이라는 것을.

하지만 제롬은 레온이 그토록 강조한 봉사 정신을 잊지 않았다. 그는 여전히 활짝 웃으며 물었다.

"여러 메뉴가 있습니다. 천천히 둘러보시고 메뉴를 정하셔도 좋을 것입니다."

"글쎄, 내 입맛에 맞는 걸 가져오라니까."

"벽에 보시면 추천 메뉴도 몇 가지 있습니다만, 골라보시는 게……."

"손님의 입맛에 맞춰 드린다면서? 밖에 보니까 그렇게 써 있던데? 그럼 알아서 내 입맛에 맞는 걸 가져와야 할 것 아냐? 아니면 그거 허위 광고였어? 신고라도 해버릴까?"

그 순간,

쒜에엑! 쒜에엑!

탁! 탁!

"헉!"

"으헉!"

버몬과 그란이 기겁을 하며 물러났다. 그들은 하마터면 의자에서 떨어질 뻔했다.

그들 사이를 가르며 날아간 나이프가 창가의 벽에 박혔다. 그곳에는 추천 메뉴가 안내되어 있었다.

제롬이 씩 웃으며 대답했다.

"오늘의 추천 메뉴는 저 두 가지입니다. 저것으로 충분할는 지요?"

버몬과 그란이 식은땀을 흘리며 겨우 고개를 끄덕였다.

아무래도 이 종업원은 한때 한 가닥 놀았을 것이다. 괜히 잘못 건드렸다가는 개념도 없는 녀석 때문에 골치만 아파질지도 몰랐다.

가끔 그런 녀석들이 있지 않은가?

홧김에 귀족이든 뭐든 죽여놓고 도망치는 놈들.

버몬과 그란은 왠지 제롬에게서 그런 광기를 읽을 수 있었다.

"일, 일단 그럼 그걸로 가져오게!"

"감사합니다."

제롬이 걸어나가다가 말고 돌아섰다.

"참……."

제롬이 벽으로 걸어가 박힌 나이프를 뽑아냈다.

"손님들의 나이프가 바닥에 떨어지면 바꿔 드릴 용도였는 데, 새것으로 바꿔야겠군요."

제롬은 여전히 사람 좋은 척하는 미소를 지으며 방을 나갔다. 그는 나가기 전에 한마디 더하는 것을 잊지 않았다.

"혹시 필요한 것이 있다면 테이블 위의 구슬을 한 번 쓰다듬어 주십시오.”

과연 그의 말대로 테이블 한쪽에는 작은 구슬이 있었다. 아마도 그것 역시 마나가 담겨 있는 구슬인 모양이었다.

제롬이 나가고 나서 그란과 버몬은 얼른 커튼을 쳐버리고는 숨을 골랐다.

“제길, 뭐 저런 놈이 다 있어?”

“설마 그놈이 또 오진 않겠지? 여기 종업원도 엄청 많던데.”

“흐흐. 그럼 이제 슬슬 우리 계획대로 해볼까?”

버몬과 그란이 마주 보며 야비한 미소를 지었다.

그들은 어떤 음식이 나오든지 일단 한 입만 먹고는 퇴짜를 놓을 생각이었다. 맛이 없으니 다른 음식으로 내오라고 할 작정인 것이다. 그리고 다른 음식이 나오면 다시 같은 방식을 반복한다. 그런 후 음식 값을 내지 않고 그냥 돌아가는 것이다. 이런 식으로 며칠을 반복하면 눈치 빠른 사장이라면 으레 알아서 상납금을 준비하게 되어 있었다.

마침 종업원이 들어왔다.

한데 이번에는 늘씬하고 예쁜 종업원이었다.

바로 마리였다.

‘이게 웬 떡이냐!’

버몬과 그란의 입술이 헤벌쭉 벌어졌다.

마리는 두 사람의 속셈을 이미 눈치챘지만 모른 척 테이블 위에 음식을 내려놓았다.

“주문하신 양고기 볶음과 팔보채입니다. 맛있게 드십시오.”

마리가 인사를 하고 나가려고 하자, 버몬과 그란이 불러 세
웠다.

"잠깐."

"필요한 게 있으신지요?"

"우선은 먹어봐야지. 먹어보고 맛이 있는지 없는지 봐야 할
것 아냐. 거기 기다리고 있으라고."

마리가 고분고분 대답했다.

"알겠습니다, 손님."

버몬과 그란은 서로 눈빛을 주고받으며 음흉한 미소를 지었
다. 이 예쁘게 생긴 여자가 앞으로 곤혹스러워할 모습을 생각
하자니 벌써부터 입꼬리가 치켜 올라갔다.

"그럼 먹어보지."

"그러세."

버몬이 먼저 팔보채를 입에 넣었다.

그 순간,

버몬이 두 눈을 크게 부릅떴다.

'이, 이럴 수가!'

머리가 아찔할 정도로 강하게 울리는 이 맛!

'안, 안 돼! 겨우 이 정도로 질까 보냐! 여기서 절대 맛있다
는 걸 드러내면 안 된다! 끝까지 맛없는 척해야 한다! 한데, 어
째서 이렇게 맛있는 거지? 저녁도 먹고 왔는데!'

그란이 고개를 갸웃거리고 물었다.

"도대체 왜 그러나, 친구?"

　사실 그란은 버몬이 이제부터 본격적으로 맛이 없다고 핀잔을 주려는 줄로만 알았다.

　한데 이어진 버몬의 행동이 이상했다.

　다시 아무 말 없이 팔보채를 입에 넣는 것이 아닌가.

　"이보게?"

　분명 맛이 없다고 노발대발 소리를 쳐야 하는데 벌써 두 번씩이나 맛을 보다니.

　버몬은 버몬대로 곤욕이었다.

　'이런 제기랄! 도대체 왜 이렇게 맛있는 거야! 도대체 어떻게 해야 이런 맛을 낼 수 있단 말이냐! 음식에 무슨 짓을 한 거지? 하아, 너무 맛있다. 너무 맛있어서 나 자신을 잃어버릴 것만 같아. 안 되지, 있을 수 없는 일이다. 이따위 맛에 져버리면… 그건 정말 영광이야. 아악! 내가 무슨 생각을 하는 거야! 영광이 아니라 그것은 그야말로 패배를 인정하는 광영이다! 아악! 광영이나 영광이나 똑같은 말이잖아! 이제는 내 머릿속이 이 팔보채처럼 복잡해지고 있다! 제기랄!'

　버몬은 결국 허겁지겁 팔보채를 먹어치우기 시작했다.

　"이, 이보게!"

　그란이 놀라서 버몬을 보았다.

　이제는 누가 보아도 음식을 맛있게 먹고 있는 버몬이었다.

　"그럼 이제 저는 가봐도 되겠습니까?"

　마리의 말에 그란이 벌떡 일어났다.

　"흥! 아직 이르다! 나는 아직 맛을 보지 않았다!"

"그럼 드시지요."

"이익!"

그란이 이를 바드득 갈고는 앉았다.

그는 마치 음식이 아닌, 맹수를 노려보는 심정으로 양고기 볶음을 쳐다보았다.

'절대 지지 않겠어!'

그란이 포크를 들고 양고기를 찍어 입에 넣었다. 그 순간,

'뭐, 이런!'

그란은 충격에 석상처럼 굳어버리고 말았다.

'어, 어떻게 이런 맛이 나올 수가 있는 거지? 아아, 여긴 어디란 말인가? 초원? 그래 초원이구나. 저기 뛰어가는 것은 어린양인가? 하하하. 어린양아, 어딜 가느냐. 나와 함께 놀지 않으련?'

그란은 흐물흐물해지는 몸으로 허공에 손짓을 했다. 그러다가 퍼뜩 정신을 차렸다. 갑자기 푸른 초원이 온데간데없어지고 식당의 방 안으로 정신이 돌아온 것이다.

'이, 이건… 도대체…….'

하지만 이성을 차리고 생각할 겨를도 없이 다시 밀려오는 그 맛!

"헉! 이 맛은…….!"

초원이 다시 펼쳐졌다. 한데 이번에는 붉은 꽃잎들이 화려하게 피어올랐다. 붉게 피어오른 꽃잎들의 금빛 수술에서 꽃씨가 흩날렸다. 어린양이 자신의 가슴에 안겨 장난을 쳤다. 눈

물이 흘렀다.

“흑… 흑…….”

그란은 진짜로 울었다.

“어쩌면 이런 맛을… 초원의 어린양과 놀고 나면, 매콤하고 새콤한 맛이 꽃을 피우듯 나타나는구나. 이것은 정말이지… 흑흑…….”

“대박이다…….”

두 사람은 이제 마리의 시선은 아랑곳하지도 않고 음식을 먹기 시작했다.

마리가 나가고 나서도 한참 동안 두 사람은 요리만 먹었다.

그릇까지 핥아먹은 두 사람은 갑자기 정신을 차리고 우울해졌다.

“이럴 수가… 우리가 이런 추태를 보이다니.”

“그러게 말이네. 하지만 역시 최고의 요리였어.”

“흥! 자네 이 정도로 물러날 생각인가!”

“그럴 순 없지.”

“좋아, 다시 그 여자를 부르세.”

두 사람은 테이블 한쪽에 놓인 구슬을 만졌다.

그러자 이번에도 운이 좋은지 마리가 들어왔다.

“흐흐. 요리는 잘 먹었네. 아, 아니지. 요리는 별로 맛이 없었네. 다른 걸 가지고 와!”

“하지만 맛있게 드시지 않았습니까?”

“네가 내 마음속에 들어와 봤어? 엉?”

버몬이 억지를 부리자, 마리는 잠시 눈을 가늘게 떴다가 물었다.

"그럼 이번에는 어떤 걸로 드시겠습……."

말을 하던 마리의 눈이 매섭게 찢어졌다.

버몬의 손이 그녀의 엉덩이에 닿은 것이다.

버몬이 히죽 웃었다.

"흐흐흐. 손이 시려서 말이야."

"어머, 그럼 손님 손을 따뜻하게 해드려야겠네요."

"호오, 역시 교육이 잘된 종업원이… 흐어억!"

버몬이 화기를 느끼고 얼른 손을 떼내려고 했다.

하지만 마리의 엉덩이에 붙은 손이 좀처럼 떨어지지 않았다. 마리가 손으로 붙잡은 것이다.

"크으윽! 이, 이것 놔……."

"어머, 왜 그러십니까? 따뜻하게 해드리려고 그러는데……."

사실 마리는 지금 마계의 기운을 이용해서 온몸을 불덩이처럼 만들고 있는 중이었던 것이다.

"크윽! 제, 제발 손을 좀 놔주세… 요."

그제야 그란도 뭔가 잘못됐다는 걸 알고 벌떡 일어나서 소리쳤다.

"무슨 짓이냐! 그 손을 놓지 못할까!"

"어머, 죄송합니다. 손님을 따뜻하게 해드리려다가 그만……."

그란이 입술을 쿡 씹었고, 버몬은 손을 부여잡고 부들부들

떨었다. 성질이 난 버몬은 고개를 홱 돌리고 마리를 쏘아보았
다. 하지만 마리의 눈을 보자 버몬은 호랑이 앞에서 혼난 강아
지마냥 눈을 내리깔 수밖에 없었다.

"무엇을 드시겠습니까?"

마리의 질문에 버몬이 작은 목소리로 대답했다.

"후, 후식으로……"

"특별 요리로 케이크가 있습니다만."

"그걸로 가져다줘."

"그럼 잠시 기다려 주십시오."

마리가 나가자, 버몬은 얼른 커튼을 쳤다.

그란이 버몬을 향해 물었다.

"도대체 무슨 일을 당한 거야?"

버몬이 퀭한 시선으로 말했다.

"여, 여기서 나가야 해."

"무슨 말이야? 이제 시작해야 하잖아."

"그럴 때가 아냐. 이곳 어딘지 이상하다. 나가야 해. 아무래
도 우리가 잘못 고른 것 같아."

"앙? 그건 또 무슨 소리야."

"아무튼!"

버몬이 버럭 소리치자, 그란도 어쩔 수 없다는 듯 한숨을 내
쉬었다.

"그럼 뭐, 후식이나 먹고 가지."

그때 마침 후식이 들어왔다.

이번에 후식을 가지고 온 사람은 다름 아닌 이튼이었다.

케이크는 제법 컸다.

그가 케이크를 내려놓고 부드러운 목소리로 말했다.

"음식이 입맛에 맞지 않으시단 말씀을 들었습니다. 정말 죄송합니다. 그래서 특별히 대형 케이크로 준비했습니다. 모쪼록 맛있게 드십시오."

버몬과 그란은 정중한 이튼의 태도에 내심 안도할 수 있었다.

하지만 먹기에는 케이크가 너무 컸다.

버몬이 퉁명스레 말했다.

"잘라줘야 먹든지 말든지 할 것 아냐."

"아, 이런. 제 실수를 용서하십시오. 그럼 케이크를 잘라 드리겠습니다."

스르릉.

버몬과 그란의 눈동자가 튀어나올 것처럼 커졌다.

이튼이 허리춤에서 검을 뽑아 든 것이었다. 그냥 일종의 재미를 고려해서 설정된 복장이라고 생각했는데, 진짜 날이 시퍼렇게 선 검날이었다.

"지, 지금 뭐 하는 거요!"

버몬이 버럭 소리쳤다.

자신도 모르게 존대를 하고 있었다.

그란도 몸을 달달 떨었다.

이튼의 전신에서 풍겨지는 기운이 범상치 않았다.

"케이크를 잘라 드리려고 합니다만."

"칼, 칼이 너무 크지 않소! 게다가 그건 진짜 칼이잖아!"

"알아봐 주셔서 감사합니다, 손님. 저희 식당에서는 언제나 진품만을 고집하지요."

"이게 그런 말이냐앗!"

"금방 끝내 드리겠습니다, 손님."

순간 검에서 검은 빛깔의 오러가 피어올랐다. 이어서,

쉬익! 쉬익! 쉬이익!

몇 줄기 검은 빛이 지나가더니 케이크가 여덟 갈래로 곱게 쪼개졌다.

이든은 언제 검을 뽑아 들었냐는 듯 다시 검집에 검을 넣고 차분히 서 있었다.

"그럼 드셔보시지요."

버몬과 그란은 잠시 넋이 나갔다가 돌아왔다.

두 사람이 자리에 앉고 이든의 눈치를 살피다가 물었다.

"왜 나가지 않고 계속 거기에 서 있는 거요?"

"특별히 이 방 손님들은 음식 맛을 확인할 때까지 대기해야 한다고 들었습니다."

버몬과 그란도 자신들이 한 짓이 있었기에 더는 아무 말 하지 않았다.

둘은 케이크를 입에 넣었다.

그리고……

'헉! 이럴 수가!'

두 사람은 동시에 입을 쩍 벌리고 말았다.

"부드러운 크림 속에 폭신한 카스테라. 이건 마치 달콤한 신혼 첫날을 보내는 연인들의 그것과 닮은 맛! 마치 침대에서 나누는 애틋한 사랑 끝에 혀에 감기는 듯한 이 부드러운 애무!"

"버, 버몬… 아하앍~ 나, 나 지금 오르가슴을……."

두 사람은 한차례 전율을 일으키다가 풀썩 쓰러지듯 앉았다.

잠시 후 정신을 차린 버몬과 그란은 허겁지겁 케이크를 먹기 시작했다. 정말이지 온몸을 녹여 버릴 만한 맛이었다.

그런데…….

"음?"

케이크를 먹던 그란이 다음 조각을 접시로 옮기려는데, 카스테라 안에 뭔가가 보였다.

"이게 뭐지?"

그란도 빤히 쳐다보고는 고개를 갸웃했다.

노란 빛깔의 카스테라 안에 유독 살색의 무언가가 눈에 띈 것이었다.

버몬과 그란이 이든을 돌아보고 물었다.

"종업원, 이건 무엇이오? 토핑인가?"

"무엇을 말씀이십니까?"

이든이 만면에 미소를 지으며 두 사람이 가리킨 곳을 보았다. 그가 교환용 포크를 꺼내 들고 카스테라 안의 그것을 꺼냈다.

그리고 포크에 의해 완전히 카스테라에서 그것이 빠져나왔을 때,

툭. 데굴데굴.

"헉!"

버몬과 그란이 경악해서 입을 쩍 벌렸다.

카스테라 안에서 나온 것은 다름 아닌 사람의 손가락이었던 것이다.

이든이 살짝 혀를 차고는 중얼거렸다.

"칫. 실수인가."

버몬과 그란은 뻣뻣하게 굳은 채 고개를 돌려 이든을 바라보았다.

"방, 방금 뭐라고……."

이든은 얼른 활짝 웃는 표정을 지었다.

"무슨 말씀이신지요? 저는 아무것도 말하지 않았습니다."

"아니, 방금 분명히 실수라고."

"그런 말 하지 않았는데요?"

"분명히 그랬잖소! 여기 이걸 보고는……."

버몬이 잘린 손가락을 가리키는데, 이든이 얼른 그 손가락을 주워 삼켰다.

"어헉!"

버몬과 그란이 다시 경악성을 토해내며 이든을 바라보았다. 이든은 여전히 사람 좋은 미소를 지으며 두 사람을 보았다.

"무엇을 말씀이신지요?"

"먹, 먹었잖아! 당신이!"

"먹다뇨?"

"손가락 말이다!"

"설마요. 짓궂으시네요, 손님. 전 그런 건 먹지 않는답니다."

"아냐! 분명히 먹었어! 여기 있는 걸 먹었어! 내가 봤어!"

그란도 거들었다.

"나도 봤다! 당신이 손가락을 먹었어! 도대체 당신 정체가 뭐야!"

"전 종업원입니다, 손님."

"그리고 방금 분명히 당신이 손가락이 나오니까, 실수라고 그랬잖아!"

"무슨 말씀이신지… 그보다 어서 케이크를 드셔보시지요. 케이크 안에는 숨어 있는 토핑이 아주 많답니다."

"그게 더 수상해!"

버몬과 그란이 동시에 소리쳤다.

순간 이든의 표정이 싸늘하게 굳었다.

그가 양손을 맞잡고 힘을 주자 우두둑 뼈 부러지는 소리가 들렸다. 그의 입에서는 지금까지와 전혀 다른 거칠고 굵직한 목소리가 튀어나왔다.

"지금 후식이 마음에 안 든다는 말씀이십니까? 어엉?"

"으, 으아아악!"

버몬과 그란이 동시에 일어나며 달려나갔다.

이런 수상한 식당에서는 더 이상 잠시도 있고 싶지 않았다. 그저 최대한 빨리 도망가고 싶을 뿐이었다.

그들은 승강기를 이용할 생각도 하지 않고 계단을 따라 달려 내려갔다. 마침 일층에 다다랐을 때, 계단을 오르려던 아린과 부딪치고 말았다.

우당탕탕!

버몬과 그란이 서로 뒤엉키며 넘어졌다.

하지만 아린은 쟁반 위에 와인 잔을 올려놓고 있음에도 용케 중심을 잡았다. 다만, 그녀가 떨어뜨린 것은 포크였다.

쉬익─ 쉬익─

탁! 탁!

포크가 버몬과 그란의 바로 눈앞을 스쳐 바닥에 꽂혔다.

아린이 포크를 뽑아 들며 속삭이듯 말했다.

"이런, 죄송합니다, 손님. 하지만 식당 안에서 뛰어다니시면 곤란하답니다."

"으힉!"

버몬과 그란이 벌떡 몸을 일으켰다. 그들은 아린의 미소를 본 순간 확신할 수 있었다.

'이 녀석 일부러 포크를 떨어뜨렸다!'

"으아아아!"

버몬과 그란이 앞뒤 보지도 않고 달려가 버렸다.

음식을 먹던 손님들이 고개를 갸웃거리고 쳐다보았다.

제롬이 손님들에게 웃으며 양해를 구했다.

"신경 쓰지 마시고 즐거운 식사하십시오. 잠깐 소란스럽게 해드려 죄송합니다."

곧 손님들은 요리만 먹기 시작했다.

다른 곳에 신경을 돌리기에는 이 식당의 요리는 너무 맛있었다.

어두컴컴한 창고 안에서 버몬과 ㄱ란은 숨을 헐떡였다. 급하게 달리다 보니 입구가 아닌 반대 방향으로 달려 버린 것이다. 일단 나타난 문을 열고 들어섰지만, 이곳이 어디쯤인지 감을 잡을 수가 없었다.

"후우, 후우. 도대체 여긴 뭐 하는 곳이지?"

"그보다 빨리 나가자고. 이 식당 분명히 뭔가 이상해."

"그래, 나가서 영주님께 이 사실을 알려야 해!"

두 사람은 마음을 굳건히 다잡고 어둠 속에서 벽을 더듬어 갔다. 그러다가 모퉁이를 돌아 나오니 문 너머로 희미한 빛이 새어 나오는 것이 보였다.

"저긴 어딜까?"

"밖으로 나가는 뒷문이 아닐까?"

"우선 가보자."

두 사람은 천천히 다가가서 문을 열어보았다.

화끈한 열기가 느껴졌다.

밖이 아닌 것은 분명했다.

"주방인가?"

둘이 속삭이며 안으로 살금살금 들어갔다.

아무래도 재료를 다듬는 곳인 듯했다.

그때, 반대편 문이 열리더니 긴 머리카락의 사내가 들어섰다. 버몬과 그란은 얼른 조리대 아래로 몸을 숨기고 사내를 살폈다.

그는 바로 빈센트였다.

평소 그가 즐겨 쓰는 레이피어 대신, 가늘고 날이 선 검을 차고 있었다.

조리대에 선 그가 무, 파, 양파, 당근, 오이 등을 허공으로 마구 띄웠다.

'뭐 하는 거지?'

다음 순간,

'헉! 저럴 수가!'

쉭쉭쉭쉭쉭!

빈센트의 현란한 칼놀림에 재료들이 잘게 썰려 접시에 차곡차곡 담기기 시작했다.

버몬과 그란은 입을 쩍 벌린 채 아무 말도 내뱉을 수가 없었다.

그때,

"음?"

빈센트가 문득 버몬과 그란이 있는 쪽으로 고개를 돌렸다.

"으힉!"

버몬과 그란이 입을 틀어막으며 놀란 심정을 억눌렀다. 그들은 주위를 빠르게 살폈다. 방금 빈센트가 나온 문이 비스듬히 열려 있었다. 그곳이라면 도망갈 수 있을지도 모르겠단 생각이 들었다.

빈센트가 버몬과 그란이 있는 쪽으로 걸어왔다.

두 사람은 긴 조리대를 사이에 두고 반대로 살금살금 움직였다. 빈센트가 조리대 끝까지 걸어갔다가 고개를 갸웃했다.

"흠. 쥐새끼……? 그런 건 없을 텐데……."

빈센트가 중얼거리며 다시 돌아가려는데, 마침 겁에 질린 그란이 딸꾹질을 하고 말았다.

"히꾹!"

"거긴가!"

빈센트가 날카롭게 소리치며 오러 쓰레드를 날려 보냈다.

"으힉!"

콰장창!

조리대 한쪽이 부서져 나가면서 요란한 소리가 울렸다.

그 혼란을 틈타서 버몬과 그란은 두 눈을 질끈 감고 열린 문을 향해 냅다 달렸다.

"헉. 헉. 헉."

어쨌거나 두 사람은 무사히 문 안으로 들어올 수 있었다.

"도대체 이놈의 식당은……."

버몬이 중얼거리는데, 마침 이번에는 모퉁이 너머로 맛있는 냄새가 솔솔 풍겨왔다.

너무 긴장을 반복해서 그런지 그새 배가 고팠다.

두 사람이 음식 향기에 이끌리듯 발을 옮겼다. 그러다가 그들은 바로 맞은편에 정말 밖으로 나갈 수 있는 문을 발견했다. 문은 천만 다행히도 활짝 열려 있었다.

하지만 문제는 그곳으로 가기 위해서는 주방을 완전히 지나가야만 한다는 것이었다.

그랬다.

두 사람이 들어온 곳은 바로 주방이었다.

화르르륵. 치이이익.

요리하는 소리가 들리고 맛있는 냄새가 두 사람의 식욕을 자극했다.

버몬과 그란이 머리를 빼죽이 내밀고는 주방을 살폈다. 그런데…….

"으헉!"

"헙!"

두 사람은 다시 경악을 금치 못했다.

도대체 저건 무엇인가?

웬 호리호리한 사람 등 뒤에 검붉은 기운의 존재가 떡 하니 버틴 채 요리를 돕고 있지 않나.

그것은 바로 수라혈마상이었다. 그리고 사람은 바로 레온이었다.

어쨌거나 수라혈마상을 처음 본 두 사람은 모골이 송연해졌다.

레온과 수라혈마상은 요리에 열중하고 있었다.

그러다가 문득 뒤에서 기척을 느끼고 몸을 돌렸다.

수라혈마상도 같이 시선을 옮겼다.

마침 엿보고 있던 버몬과 그란은 수라혈마상과 시선이 딱 마주치고 말았다.

"으헉! 으아아아아아아!"

두 사람은 결국 세상이 떠나가라 비명을 지르며 뒷문으로 달려나갔다.

*   *   *

꿈의 밥상 신축 건물의 옥상.

버몬과 그란이 비명을 지르며 달려가는 모습을 보고 이든이 피식 웃었다. 그 곁에 있던 제롬이 재미있다는 듯 낄낄거렸다.

"마스터도 정말 짓궂으시다니까."

"후후. 이제 이 근처에 얼씬도 못하겠지. 저 녀석들에게 마스터의 음식을 맛보게 하는 것 자체가 아깝단 말이야."

"그런데 그거 진짜 손가락이었어요?"

"설마."

"그럼?"

"돼지 족발을 손가락처럼 만드신 거라고 하더군."

"호오."

"뭐야? 그 눈초리는?"

"그거 정말일까요?"

"아니면?"

"마스터라면 악당 손가락 하나쯤은 잘라 넣어도 이상할 게 없는 분인데……."

"하긴… 음?"

이든의 표정이 조금 어두워졌다.

그가 제롬을 돌아보았다.

"아니… 겠지?"

"먹어보신 분이 알겠죠."

"아닐 거야."

"그렇죠? 아닐 거예요. 그런데 어느 날 만난 악당이 손가락 하나가 없다면……."

"그만해라."

"그거 토할 수도 없고……."

"네가 요즘 맞아본 지 오래 됐구나."

결국 두 사람은 웃음을 터뜨렸다.

"율란도 곧 골렘 공장을 다른 사람에게 위임하고 이곳으로 온다고 하더군요."

"하긴. 그 녀석도 여기 와보곤 엄청 부러워했었지?"

"뭐, 조금은 지루할 때도 있지만. 여기 생활도 충분히 나쁘진 않으니까요."

두 사람의 뒤로는 공사가 한창이었다.

이곳 옥상은 여름철에 특별히 개관될 스카이 라운지였다.

맑은 날이면 밤하늘의 별을 보며 식사를 할 수 있도록 꾸밀 예정이었던 것이다.

물론 방음 효과와 실드 등 각종 마법 장치와 결계를 쳤기 때문에 아래층에서 식사를 하는 손님들은 이러한 사실을 전혀 느끼지 못하고 있었다.

데이먼은 인부들에게 이런저런 지시를 내리고 있었다. 그리고 가끔씩 곁에서 구경하는 헤일즈와 잡담을 나누기도 했다. 그는 레온과 루나가 돌아오고 나서부터 완전히 신바람이 나 있었다.

처음 이렇게 큰 건물을 짓겠다고 했을 때는 반대했었다.

지을 돈이 있다고 하더라도 분명히 적자가 될 거라고 생각했기 때문이다.

하지만 이대로라면 1년 내에 충분히 본전을 찾고도 남았다.

게다가 서민을 상대로 한 식당.

그야말로 서민들에게는 꿈의 밥상인 것이다.

데이먼은 이제 여러 곳에 꿈의 밥상 지점을 내고 싶어졌다. 돈을 벌기 위해서는 아니었다.

어디까지나 레온의 의견을 존중해서 그들의 요리로 좀 더 행복한 사람들이 많아지는 세상을 만들고 싶다고나 할까.

"아빠!"

마침 옥상으로 올라온 루나가 데이먼 곁으로 다가왔다.

"바쁘지 않니?"

"괜찮아요. 종업원이 많은데요. 뭐."

"하하. 이제는 슬슬 게으름 피우는 거냐?"

"아빠가 일 열심히 하고 계시는지 감시하러 온 거예요. 치."

"뭐야? 하하하."

데이먼이 호탕하게 웃는데 마침 레온이 옥상으로 올라왔다.

"힘들지 않으세요?"

레온의 물음에 데이먼이 함박웃음을 지었다.

"힘들긴. 요즘 같을 땐 힘이 절로 난다."

"너무 무리하지 마세요."

"고맙구나, 레온."

데이먼이 레온을 애정 담긴 눈길로 바라보았다.

레온은 간단히 여담을 나누고는 다시 이든과 제롬에게로 걸음을 옮겼다. 그의 손에는 접시가 들려 있었다. 그걸 본 제롬의 표정이 눈에 띄게 굳어졌다.

"으윽. 마, 마스터……."

"제롬, 약속했지? 오늘은 정말 먹겠다고."

"하, 하지만 그건 정말……."

"도대체 왜 안 먹겠다는 거야? 남들은 먹지 못해서 안달인데. 내가 이걸 너에게 주려고 카자른 제국에서 얼마나 황제를 설득했는지 알아?"

"그래도 드래곤 하트는 좀……."

레온이 접시에 담아온 것은 다름 아닌 드래곤 하트였던 것이다. 바로 사일란의 것이었다.

　물론 하나를 통째로 담은 것은 아니었고, 일부분만을 잘라서 가지고 온 것이었다. 접시에 담긴 심장의 일부분은 마치 살아 있는 것처럼 간헐적으로 꿈틀거렸다.

　비위가 그다지 좋지 않은 제롬은 도저히 그것을 먹기가 부담스러웠던 것이다.

　"먹어! 명령이다!"

　"마스터! 제발!"

　"먹으란 말이야!"

　"으아아아! 죄송합니다, 마스터!"

　제롬이 냅다 달리기 시작했다.

　레온이 제롬을 쫓았다.

　"먹으면 네 몸을 고칠 수 있다니까!"

　"그거 먹고 죽는 사람도 많잖아요!"

　"그러니까 내가 시킨 대로만 기를 운용하면……!"

　"전 모험하지 않고 그냥 이대로 살래요!"

　"좋은 말할 때 처먹엇!"

　"싫어요!"

　"나를 못 믿는 거냐!"

　"못 믿어요!"

　"죽여주마!"

　레온과 제롬을 보며 사람들이 웃음을 터뜨렸다.

　밤이 깊은 시각.

영업도 끝나고 인부들도 집으로 돌아간 후, 레온과 루나는 옥상의 난간에 나란히 앉아서 별을 바라보고 있었다.

얼마만일까?

이렇게 둘만 꿈의 밥상 옥상에 있어본 것이.

레온은 괜히 심장이 뛰었다.

"결국 실패했어?"

루나의 맑은 목소리에 레온이 퍼뜩 정신을 차렸다.

"응? 뭘?"

"제롬 말이야."

그제야 레온이 머리를 긁적였다.

"그렇지, 뭐. 그 녀석, 몸에 좋은 걸 준대도 싫다고 하니……."

"풋."

루나가 생긋 웃었다.

그녀는 한참 야경을 바라보다가 물었다.

"괜찮아?"

"뭐가?"

"네 꿈……."

"내 꿈?"

"대신관이 되는 게 네 꿈이었잖아."

"후후. 그거라면 질리도록 해봤는데, 뭐. 그리고……."

레온이 먼 산을 응시하듯 고개를 돌리고는 더듬더듬 말했다.

"지, 지금 꿈이라면… 꼭 만인을 행복하게 해주는 것보단…

바, 바로 옆 사람부터 행복하게 만들어주는 거라고나 할까……."

루나가 고개를 돌리고 레온을 보았다.

레온의 얼굴이 터질 듯이 발갛게 달아올랐다.

루나도 괜히 어색한 분위기에 얼굴을 붉히고는 다른 쪽으로 시선을 돌렸다.

"시간이 멈춰도 좋을 만큼 행복하다고 생각한 건… 처음인 것 같아."

레온이 고개를 돌려 그녀를 보았다.

그가 시선을 내려 루나의 가녀린 손을 보았다. 손을 잡아 주고 싶었다. 그 행복을 계속 지켜주겠노라고 말하면서.

레온이 멈칫멈칫 손을 뻗었다.

그때,

루나가 레온의 팔을 잡으며 몸을 돌렸다. 그리고 순간 레온과 입을 맞췄다.

멈춰 버린 시간.

귓가에 울리는 것은 쿵쾅거리는 심장 소리뿐.

영원히 이어질 것 같은 시간이 끝나고 루나가 부끄러운 듯 살며시 몸을 빼냈다.

레온은 여전히 멍한 시선으로 루나를 보고 있었다.

루나가 어색함을 감추려는 듯 짐짓 크게 웃었다.

"헤헤. 어땠어?"

하지만 질문을 하고 루나는 후회했다.

괜히 더 어색해지고 말 것 같은 질문을 고른 탓이다.

레온이 반쯤 넋이 나간 표정으로 말했다.

"지, 지금까지 본좌가 먹어본 것 중에서… 가장 맛있었다."

그가 그다운 대답을 했다.

묘한 표현.

이 분위기 파악 못하는 대답에 화를 내야 하나, 웃어야 하나.

결국 루나는 풋 웃음을 터뜨리고 말았다.

결국 레온은 레온인 것이다.

어쩔 수 없이.

그래서 그가 좋았다.

서투르고, 엉뚱하고, 이해할 수 없는 부분이 많아서.

하지만 그래서 더 이해해 주고 싶은 남자.

깔깔 웃는 루나와 어색하게 미소 짓는 레온 위로 별빛이 가득 쏟아져 내렸다.

꿈의 밥상에서 꿈이 무르익어 갔다.

『가면의 레온』 완결

암제혈로
설경구
新무협 판타지 소설